快酒慢茶不惆怅

方雪梅 著

天津出版传媒集团

百花文艺出版社

图书在版编目（ＣＩＰ）数据

快酒慢茶不惆怅 / 方雪梅著 . -- 天津：百花文艺
出版社 , 2024. 12. -- ISBN 978-7-5306-8897-7

Ⅰ . I267

中国国家版本馆 CIP 数据核字第 20242JK060 号

**快酒慢茶不惆怅**

KUAIJIU MANCHA BU CHOUCHANG

方雪梅　著

**出 版 人**：薛印胜
**责任编辑**：赵世鑫
**封面设计**：鸿儒文轩·末末美书
**出版发行**：百花文艺出版社
**地址**：天津市和平区西康路 35 号　　邮编：300051
**电话传真**：+86-22-23332651（发行部）
　　　　　　+86-22-23332656（总编室）
　　　　　　+86-22-23332478（邮购部）
**网址**：http://www.baihuawenyi.com
**印刷**：三河市华东印刷有限公司
**开本**：880 毫米×1230 毫米　1/32
**字数**：210 千字
**印张**：9.75
**版次**：2024 年 12 月第 1 版
**印次**：2024 年 12 月第 1 次印刷
**定价**：68.00 元

如有印装质量问题，请与三河市华东印刷有限公司联系调换
地址：三河市燕郊冶金路口南马起乏村西
电话：19931677990　邮编：065201
版权所有　侵权必究

# 目　录
CONTENTS

## 辑一　咸淡事

## 辑二　行迹录

**辑三　悬情记**

### 辑四　风烟望

辑一

# 咸淡事

# 酒饭书

"酒饭书"这三个字，我觉得颇有情味。搁在一起，雅俗一堂，别有境界。

饭是俗物。自长出牙齿，人就开始了一日三顿的五谷杂粮。大米小米、粟米薏米、籼米糯米、稀饭硬饭，一路吃了过来。从童年念着"谁知盘中餐，粒粒皆辛苦"，到后来，明白了"人是铁，饭是钢，一顿不吃饿得慌"的道理；再到今时，知道了米饭背后伟大的农耕文明与稻作文化。

所以，每当看到乡下的稻田泛绿、谷穗飘黄，我的心里总充满了对粮食的敬意与热爱。当然，还有对水稻忠贞不贰的喜欢：我是一个除了米饭，无法以其他东西当主食的人。

我会吃饭，吃遍川味粤味湘味闽味，却不大会做有居家味的饭。就算打小父亲怕我将来吃生米，抑或怕我没出息，期望我有一技之长，数次给我灌输"割烹为相"的故事，我在这方面还是愚钝至极。故事说商人伊尹善庖厨，背着砧板入宫，烹煮佳羹美肴献给商汤。商汤食着有味，便封其为相。由此可见，做饭比吃饭的学问大。可我没有悟性，不大在意庖厨之人得庙堂之位的世事，也不在意世事与烹饭食皆有"时疾时徐""九沸九变"之狡黠。但我一如既往，书好诗好岁月好，爹亲娘亲米饭亲。

酒我是不敢沾的，一沾就犯晕。我没有生在刘伶、嵇康、李白们的年代，不能与人竹下狂饮，也没有"琼怀绮食青玉案，使我醉饱无归心"和斗酒诗百篇的豪情，但我喜欢酒里的喜气与诗情。

曹孟德以《短歌行》言酒："慨当以慷，忧思难忘。何以解忧，唯有杜康。"杜康本是夏王相之子，名少康，其父被另外部落杀害后，他逃至河南有虞氏处，当了专管饮食的"庖正"。为了奉迎主人，他亲选精粮，采制酵曲，酿出了极品美酒。主人饮后大悦，惊为琼浆，故封他为"酒仙"。从此他声名远播，"杜康"亦衍变为酒的代名词。

我虽身在酒外，但也心系酒事，偶尔探头看看酒的来历，以便能在饭局酒瓶旁言语几句。我眼里的酒，大概分成白酒、黄酒、果酒、药酒之类。

白酒始于杜康，旗下有北齐武成帝与诗人杜牧之最爱的山西杏花村；有蜀中的五粮液、剑南春；有黔人的茅台、董酒；有安徽的古井贡，陕西的西凤酒，江苏的洋河大曲，湖南的酒鬼酒之类，多不胜数。白酒是一片汪洋，却总藏在人的肠肚里，伺机成事与败事。

因为白酒，武松打虎；因为白酒，张飞丧命；也因为白酒，赵匡胤给世人留下一出"杯酒释兵权"的政治剧；更因为白酒，唐诗、宋词、元曲酿出了醇厚的味道……只是白酒是烈物，多了无益，我不沾，也不免劝勉朋友中的嗜酒者。这时，爱酒者会列举一干酒辈中的耆老或人瑞，以继续高张酒帜，寄情其中。

黄酒自夏商已有，是中国特有的酒种。《诗经》有"十月获稻，为此春酒，以介眉寿"之句，是言喝黄酒可以长寿。黄酒的麾下，有状元红、加饭酒、花雕等，还有自唐代开始盛行的女儿红。《清稗类钞》有诗云："越女作酒酒如雨，不重生男重生女。女儿家住东湖东，春糟夜滴珍珠红。"是说吴越人家，有女儿出生，即酿美酒存坛，到女儿长大出嫁方开坛敬客。这多年陈酿的女儿红因有着浓浓的人情味，更加让人感念与喜爱。

有朋友从绍兴来，带来加饭酒，说闻着就会思念青梅。不是吗？青梅煮酒方好论英雄啊！如今，日、韩、朝盛行的清酒，就源于当年周武王封箕子于朝鲜，以及徐福东渡带去的黄酒酿制技术。

果酒是外来的风气，以葡萄酒为大类。当年汉使张骞出使西域，从乌孙、大宛等国带回葡萄种子，在凉州一带开始种植、酿酒。因其极少，故而奇贵。宋人窦子野在《酒谱》中记载："汉末，政在奄臣，有献西凉州葡萄酒十斛者，立科凉州刺史。"以葡萄酒行贿，便得地方行政长官职位，一见官场无光，二见葡萄酒无价。如今，葡萄酒亲民，人人可得而饮之。

前些日子，我在病中，得朋友果酒一支，谓之施韵百益果酒，细看乃木瓜发酵酒。其色如琥珀，气息香郁；浅酌几口，回味甘甜。原来，这是由滇西横断山脉高寒地区的白花木瓜酿成的。

说起木瓜酿酒，最早是 907 年契丹人建立辽国后，派分支入滇，入籍云南大理、思旬等地后带入的。契丹人早在西南征战时，就发现木瓜入酒可益肝避寒、补血强身。我想起《诗经》中"投我以木瓜，报之以琼琚"的句子，或许这正说明，我们的先民也早知木瓜酿酒的方法了。朋友是此酒的粉丝，笑言日品半盏，百岁可望。

我少年时读王安石的《元日》："爆竹声中一岁除，春风送暖入屠苏。"一直不知"屠苏"为何物，后来才明白，原来它是指传统的药酒。据南朝《荆楚岁时记》记载，古代就有饮屠苏以鹊报平安之说，书中亦有"屠绝鬼气，苏醒人魂"的说法。

父亲早年小酌一点药酒，以大黄、桔梗、白术等泡成。偶尔在大玻璃瓶中可以看见整条小蛇，把我吓得不敢再看第二眼。

酒中只有一味，让我念兹思兹。

每年入冬，母亲就要用柴火煮一盆香香的糯米饭，凉后加入酒酿，再以绿色琉璃坛密封，以厚棉被包裹，置于床头。数日后，寒雪成冰，香热的米酒带着亲情，溢满了我欢喜的心。只是至今我不知米酒该归于酒中的哪一列。

酒的气韵，延续数千年后，如今被酿成了一种看不见的神力。作为一种文化，它把一个民族的历史润泽得五彩缤纷。

# 笺纸录

小寒之夜，临窗夜读。

素来喜欢纸本的我，今夜听到书页翻动的声音，看到夹在其中的旧笺纸，仿佛沙漠旅者，遇到了生波老井。

旧笺纸泛着岁月的陈味，上面写着一首笔迹漫漶的诗："磨润色先生之腹，濡藏锋都尉之头。引书媒而黯黯，人文亩以休休。"这正是我多年前抄录的唐朝女诗人薛涛的《四友赞》，是她褒议砚、笔、墨、纸的诗作。夹在《新唐书》中的笺纸，原本玫瑰殷红，如今褪成了桃花色浅，显出一丝时光苍老的痕迹。

记忆中，这笺纸是读初三时做的。那时的我对文墨之事有着炽盛的向往，甚至还有学遍天下文豪的雄图大念。读到薛涛制红笺以吟诗札记的典故，我效之仿之，也录诗写句于小笺上，以供养自己青涩的文心。年轻时胆怯，不敢把心里所有的弦音展示于人，也不敢把所有的心底话赶到笔尖纸面，只能挑些自以为最勾人绮思的名家短句，载录于小笺之上，悄悄与爱读书的同伴分享。

　　将红、绿、黄、紫等各种颜色的彩色贺年卡剪成长条，再用锥子在上面扎一个小孔，以彩色毛线穿入，系成蝴蝶结模样，就成了我心里的花笺。它看上去有几分孩子气的拙意与妖娆，但不妨碍我丑丑的文字在上面马踏连营。

　　时光的蜗牛从少年爬到中年就变成了奔马，读书写诗文是我唯一能让它慢下来的缰绳，纸笺书本也是我手中仅有的资财。

　　我爱听纸张翻动的声音，那声音如蜂蝶振翅，发出柔和的声波；也喜欢小笺纸上，那一团孜孜的青春火焰；更喜欢旧书的老仓味和新卷的油墨香。读书让我与纸声墨气有了深切的牵系。早年一知半解地读，如今变成了刨根问底地读。且中国历史上，长于诗词书画、玩章品石的女性，多在我阅读的视野里。

　　今夜，这枚早年的小纸笺，有记忆，有往事细小的玄思，却不及薛涛的那页粉笺纸那般古意缠绵，能让我闻到旧卷里唐朝的气息。

　　唐代宗大历三年（768），诗人薛涛的诞生，对中国纸业史有着不同寻常的意义。她本是官宦家的女儿，安史之乱后，其父奉命在蜀为官，年幼的她随父入蜀。不料薛父亡于府城（今成都），生活无依的薛涛不幸坠入乐妓娼籍，成为一朵暴风雨中的梨花。

　　然而，形貌艳丽的她因才学过人，长于诗词歌赋、琴棋书画，常能与雅士文人诗歌唱和、献艺侑觞，并深得他们的仰慕。正如《全唐诗》介绍的那样："（薛涛）字洪度，本长安良家女，随父宦游，流落蜀中，遂入乐籍。辩慧工诗，有林下风致。"

　　有林下风致的薛涛，爱写短诗，更喜爱艳丽色彩。北宋苏易简《文房四谱》云："元和之初，薛涛尚斯色，而好制小诗，惜其幅大，不欲长，乃命匠人狭小为之。蜀中才子既以为便，后裁诸笺亦如是，特名曰薛涛焉。"

相传薛涛在城南浣花溪边临水而居，以"浣花溪的水，木芙蓉的皮，芙蓉花的汁"制作红色的小幅诗笺，其颜色、花纹精巧鲜丽，后人称之为"薛涛笺"。李商隐有诗云："浣花笺纸桃花色，好好题词咏玉钩。"此笺常被薛涛用来写与元稹、白居易、杜牧、刘禹锡等人唱和的诗作。

也许是出于对正常生活和爱情的渴望，薛涛尤其喜爱红笺纸。以俊逸的行书，将清雅脱俗的诗写在红色的"薛涛笺"上，显得别有神韵，因而名著文坛，成了文人雅士收藏的珍品。

"薛涛笺"一如随风而行的早春桃瓣、深秋红叶，凭雅致之态，惹得历代才女纷纷仿制，名门闺秀和大宅小姐都爱以笺托言。

"薛涛笺"还有别称，谓之"浣花笺""松花笺""红笺"，它是最早的"个人定制"产品，也是制笺史上丰腴的一笔。曹雪芹在《红楼梦》第六十三回里，就曾借丫鬟小姐、姨娘奶奶们的嘴，称其为"粉笺子"。

浣花溪，该是花枝招展处吧？可它自古以来也是产笺之地，且盛名如幡，在时光里招展。杜工部有"巴笺染翰光"的诗句，《往都谈资》也记载："花笺古已有名，至唐而后盛，至薛涛而后精。"

《蜀笺谱》把薛涛与宋代的造纸名家"谢公"谢景初相提并论。后者发明了新的染色技法，能染出深红、粉红、杏红、明黄、深青、浅青、深绿、浅绿、铜绿、浅云十种颜色，这就是所谓的

"十样变笺"。后来，官方的国札也屡用此笺。

薛涛的小纸笺，承载过她的美妙才思，承载过她与诗人元稹的鹣鲽深情，那是一场年龄相差十二岁的姐弟之恋。"双栖绿池上，朝暮共飞还。更忙将趋日，同心莲叶间。"她写在红笺上的绮丽情思，也赢得了才子的一腔惜玉之心："双栖绿池上，朝暮共飞还。更忙将趋日，同心莲叶间。"

虽然这场缠绵恋情后来被元稹返京后的千山万水所隔断，但它无疑是"薛涛笺"上滚过的一江狂涛，千年之后仍能因其壮美而打动人心。于我而言，"薛涛笺"更像拼命开放的昙花，有着历史隐秘的美丽。

历史之美，隐伏在书本与文字里。我想，这是天下读书人痴迷书案纸墨的原因之一。

我一直喜欢纸的质感，读书时除了享受文字的魅力，也享受纸张在手指间小风掀动的空间感。近年来，我结识了不少书家画家朋友，看他们在宣纸上挥毫泼墨、行草篆隶，写山画水、栖神寄魄，不由得对其笔墨下绵软的宣纸有了亲切感，也忍不住在书卷里张望它的来路。

清末文史学家胡朴安在《纸说》一书里说道："泾县（今安徽境内）古称宣州，产纸甲于全国，世谓之宣纸。"一千五百多年前的东汉安帝建光元年（121），造纸之父蔡伦离世后，其弟子孔丹感念师恩，欲造出特等好纸为蔡伦画像，以寄托缅怀之情。然他试造多次，却均不成功。

正当他愁肠郁结时，一株倒在清溪旁、被侵蚀得纤维如雪、柔若棉丝的青檀古树，引起了他的注意。他立马将树干带回家里，悉心研究多年，终于造出了薄密、绵韧、匀洁、轻软的宣纸。而它一出现，也与中国书画形成了魂魄相系的关联。

唐代画师韩滉，是世上首位用宣纸绘画的人，其《五牛图》今藏于北京故宫博物院。此后，历朝历代的书家画家再也舍不得与宣纸作别，仿佛要接力着与它谈一场繁花似锦的恋爱。

小时候拿起课本，我就对东汉的蔡伦先生心怀感激，也为自己是其乡党而骄傲。从书上得知，汉明帝永平十八年（75），十五岁的蔡伦被选入宫。他勤于学识，一生为官四十六年，一度官尊九卿，地位显赫。东汉定都洛阳后，他深感"帛贵而简重，并不便于人"，因而下定决心造出好纸。因身体力行、全力推动，到公元二世纪初，他便完成了具有重大意义的造纸技术革新。

要知道，没有他，人们可能很长一段时间还会在龟甲、兽骨、金石、木牍、竹简、缣帛上记事、抒情，或许我们上学时，还要用牛车来拖竹简呢。再说，蔡先生乃湘籍先人，为他骄傲是理所当然。

因为他，中国文字才排列得这样意气风发；因为他，世界上才有了五花八门的纸和汪洋大海似的书，如黄草纸、皱纹纸、牛皮纸、蒙肯纸、铜版纸、硫酸纸、新闻纸、材料纸……

如今，我与纸张书本打交道更多。我喜欢纸上生动的词句和跌宕起伏的故事，也喜欢以笔墨在各种纸本上倚马狂歌。

我还知道，宣纸也像普洱茶一样，有生熟之分。生纸柔情，善蓄墨，可书法写意；熟纸硬道，多老枯，利于工笔。这正是宣纸的奇妙之处：柔情的偏偏可以豪放写意，笔写狂风；硬道老枯的却容得细腻缜密，笔走纤毫。

宣纸上有颜真卿的雄浑、张旭的豪气、米芾的癫狂，有文征明的沉着、八大山人笔墨的高古、何绍基的清奇，还有我身边文朋诗友、书痴画魔们的奔放激情，与古往今来的人文趋向，所以，我对纸张、书本深怀敬畏之情。

# 大袖秋风

衣橱里的事，对女人来说就好比家国天下事，大而要紧，与一生相关。记得曾经读到一篇文章，大约是说衣橱里那些长衣短衫、厚袄薄裙，是女人们挂在柜子里的梦想。

我喜欢这样的感悟，也同样有着素布艳绸缝制的色深色浅的梦想。因为衣橱里那些或朴素或华贵的压箱之物，女人的俗世便有了雅意，好比枕上诗书，门前风景。

我从前是个美衣狂，是"衣不惊人不出门"的那类。除了读书、写文字，最喜欢的事，就是逛服装店。每到周末，我就拉着闺密，从街头"扫荡"到街尾，如乱蝶在花草间来去，直到大包小包拎不动了，才歇气收梢。

年轻时在穿着上，我逆流而为，追求自己特别的品位。如今向往平和宁静，也就更景仰传统的美好，喜欢逛古镇老街，喝绿茶普洱，穿棉麻衣衫，对服饰背后累世的积淀，亦有了寻根访源之心。

"宽袍大袖"是我打小就熟悉的词，它背后是大量的历史文化，以及黄梅戏、越剧、花鼓戏等所诠释的人物与故事。

关汉卿笔下的窦娥，白色的衫袖内，有着深不可测的悲凉，一拂袖便是汪洋血泪；而在王实甫的文字里面，张生在"月色溶溶夜、花阴寂寂春"中，遇到"兰闺久寂寞，无事度芳春"的莺莺小姐，也被她长袖随风、莲步轻移的倾城之美所打动；还有贾府园子里，大小奶奶与宝黛们、丫鬟们的轻声巧笑、嗔喜悲怒，均在一袭华衣美服之下。

而历代金銮宝殿和深宫后院之中，宽袍雷霆、长袖善舞往往会引出惊天动地之事，甚至导致时世翻覆，引发后人的沧桑兴亡之慨……

前几日，写宋朝才女魏玩的文字时，我意外看到一幅她在庭院的斜阳花影间把卷而读的画作，但见她粉袖笼风、罗带舞动、神情娴静，正是宋人推崇的"秋风过处，裳卷带飞"的女子神采。

我想，如今舞台上、电视屏幕中古装戏里的花旦们甩动的水袖，与宋时女子的"大袖"一定是气脉贯通的。

若干年后我才知道，"大袖"原来是宋明时期女子的服装。其两袖宽大，以单层素罗制成，外沿与袖端饰有花边。《宋史·舆服志》言："其常服，后妃大袖。"可见大袖原是皇亲国戚、宫中嫔妃的家居服，后来它又成了上层社会女子的礼服。而地位低的女性则与"大袖"无缘。《朱子家礼》有记载"大袖，袖长一尺二寸"，其中又言"众妾则以'背子'代大袖"。

北宋初年，服饰尚无定制，主要是承袭前唐遗制而来。女子以衫、裙、袍、褂、襦、背子、深衣为主；士大夫的直缀、对襟长衫，也是大袖，袖口、领边、衫角均镶黑边，头戴方形"东坡巾"。同时，受到外夷影响，也有人穿毡笠、钩、袜一体的契丹服装，人称"奇装异服"。

后来，随着程朱理学思想的推崇，服装不再艳丽奢华，女服变得拘谨，色泽趋向于淡雅恬静。

宋太祖乾德三年（965），朝中规定宫内妇女衣装要随士大夫而变化，庶民百姓不得穿着绫缣锦绣五色华衣。不仅女子衣橱的事有讲究，官宦权贵士农工商的峨冠博带，均有相应的规定，冒犯者便是"僭礼逾制"，罪不可赦。翻开历史的卷册，历代都有因为僭越而获罪者。可见，衣橱里是有等级、有贵贱、有悲喜、有风云的。

诗人陆游曾留下过"业农……唯布襦裙，取适寒暑之宜"的文字。这是写农耕者的衣装。当时平民日常穿用的必备之服为"襦""袄"，有夹棉之分。还有一种叫"短褐"的，是一种又短又粗的布衣，为贫苦之人穿用。

而这时女装中的大袖，改变了隋唐时期常用的原色搭配，时兴沉香、粉紫、葱白等色彩；旧时常用的团花图案亦被改为折枝花均衡式为主的装饰图案；平民女子的衣衫以青色居多，杂有浅绛、深蓝色等，衣裙上经纬着花鸟符号与棉麻元素。

到明代，大袖成为命妇礼服之一，规定只能用真红色。除了命妇们，宫中乐女也可以大袖轻盈，歌舞伺君。大袖扬起，袖底便是女性的如花风姿。如今，大袖是戏里的东西了，再好看我们也不可能穿越到宋明时期去追赏了。

倒是裙子的穿透力极强。这一块原始社会用于围腹的兽皮，到黄帝时期被葛麻布帛所取代。《周易·系辞》曰："黄帝尧舜垂衣裳而天下治。"可见上衣下裙成为天下人穿着的基本式样。

秦汉时期,布衣人家多穿短裙,便于男耕女织;而官家、士人平日则多穿长裙禅衣。魏晋时的女人别有风情,以"羊肠裙"为时尚。此裙原本是西北少数民族服饰,裙褶曲卷,挛缩似羊肠,汉末三国时期传入中原地区。到了南北朝,女子的衣橱里,少不了以纱罗布帛织成的长长的裥裙。

裙子传衍千年,历代制衣人的心力在其中余音留韵,所以它至今仍是女人衣橱里最美的气象。

钗裙乃柔美之物,比喻为女子,最为妥帖。

我一直觉得,民国女子那种身着蓝色或者白色上衣,配上黑色过膝裙子的穿搭,更彰显一种贵气、一种书卷味道。它仿佛预示着新文化时代的开启,将带来一段让人荡气回肠的历史章节。

而我小时候因物质条件有限,衣服常常是姐姐们穿旧了、小了,才披到我身上。大约六岁时,细瘦如竹的我,得到了一件白色红碎花的新连衣裙。那时穿着那件大得像袍子的裙子,幸福感似乎要将天地撑破。那条让我无比幸福的裙子我一连穿了好几年,直到将它穿成了紧身衣。

十岁那年,大姐给我做了件白短袖上衣,领上镶了墨绿色荷叶边,胸前绣了一朵红色牵牛花。穿上它,自己仿佛变成了小公主。但因为怕被人指点,我居然不敢穿它去上学,小小年纪的我也担心被人批评"有资产阶级思想"。

在那个黑色、蓝色、灰色等素装一统天下的年代,家里的衣橱,空得可以让我躲进去与小伙伴捉迷藏。而今天,家中衣橱里花花绿绿的长衣短衫、内衣外套,各种时尚精美的连衣裙、超短裙，将我的烟火女人心装点得芬芳而温和。

其实，在历史的每一个段落，女人的衣橱里因为注入了不同的文化基因、文化符号与元素，亦承载了不同的幸福、惆怅与忧愤；女人的衣裙上，经纬着其时的文化气韵与魂魄，寄放着不同时代文化推行者的品格。

今日回望，我依然喜欢看古装戏，也许是迷恋秋风大袖的气氛。秋桂深院，朱门半掩，寂寂幽径人不到，满阶苔衬落花雨，唯有娇媚含羞的女子，在暮秋的风中看花赏月、吹箫吟诗。大袖与花叶同舞，那是怎样动人的古典氛围？

# 墨砚边

前些日子，朋友赠我一块湘中出产的雕花石砚。其形端庄雅致，十六开画册大小，褐色石料，一沿团着花卉枝叶。它虽只有一本书的厚度，我却必须双手抱着才能搬动，沉得像怀抱了一方墨色乾坤。

我不擅长挥毫泼墨，所以只写得一笔丑字，小时候常被父亲训斥，称之为"猫脚爪子所刨"，或者"鬼画桃符"。及至成年，光长了岁数，一笔丑字依然故我。好在如今以电脑书写，键盘的跳动，遮去了我的字丑之羞。

少年时，父亲习字，笔墨纸砚均置于案头，每日对帖临习，楷行草隶挂了一墙。他也嘱我学书，无奈我除了旁观，或者在砚中为其添水磨墨，全然不可教化。那时我唯一感兴趣的事，就是在书本大的石砚上，将那管寸长的墨棒，磨成短短的一截；看一点清水渐渐地渗开一团墨晕，仿佛夏夜从屋脊上降临，又像云烟般轻盈地飘舞。

所以，每当父亲习字，我便是磨墨的书童。

父亲的同事，看见我总抢着为父亲磨墨铺纸，总会夸赞一句："这丫头，存了忠孝之心，怕也会承继笔墨之缘呢。"

其实，我喜欢的是墨块与砚石相遇时的形、色变化，与丝竹、山水清音一般的声韵。砚墨相遇，一团淡墨迤逦散开，有唱和之余韵。在父亲的书架与书案前，听纸张掀风，闻书香墨味，更有晴川历历的佳趣。

父亲的几方砚，有的是青色石块上凹下一处，有的有简单的卷云图，看上去也就是落寞不言的几块方石，却是我家宝物，父亲总嘱我小心待之。

我不知其贵贱，但知道父亲是爱墨惜砚之人，只要在墨砚前，其疾厉、豪迈的心绪就会在纸上跃马奔腾。

父亲习字时，总要将砚上一泓墨池写到水落石出的地步才收笔。收笔之后，他将毛笔在石砚上侧拖几下，枯笔便又似春雨润竹了。而在纸上线条的浓淡虚实、焦重轻淡中，亦有他藏不住的跌宕自喜。父亲说，坚持习字者会得墨砚妙性与朴拙之质，气质也会日渐沉稳端庄。

父亲还常常谈到墨砚中的事，说墨出皖南歙县，被称为徽墨，是墨之上品，乃古墨工奚超所传。南唐后主李煜、明神宗朱翊钧以及康熙皇帝对徽墨多有夸赞，称其"入木三分，超过黑漆"。父亲对于墨砚的仰慕之情，言谈间也传递给了我。虽然至今也没藏得几方好砚，但我对笔墨书案之事却有几分兴致，尤其对各种砚石更怀喜爱之心。

参加工作后，我与书法家、画家相交甚多，对笔墨纸砚之事，亦更为上心。与他们雅集闲谈时，我知道了关于砚的许多知识：端砚、歙砚、洮砚、澄泥砚为砚中四大名角，前三者均为石料雕琢，唯后者以泥烧制。

端砚的故乡在广东肇庆，肇庆为古端州之地。其东郊有一条清澈如镜的溪流，溪中多奇石，那正是制作端砚的材料。端砚有坑料之别，以宋坑、梅花坑以及水岩、龙岩等名坑材料为贵；以青花、冰纹、蕉叶白和天青为极品。装饰的是云龙、松鹤、梅雀、丹凤等图案，造型亦是千姿百态，可观可赏可珍藏。

我的忘年交、老书法家杨炳南先生，如今已年逾八旬，每日在家挥毫泼墨。说起端砚，他总会唏嘘感叹。

原来，端砚的盛名源于唐代某年的一场会试：南粤考生梁公子，携一方石砚赶考。其时苦寒，大雪弥天。众生墨砚成冰，无法下笔，唯梁公子的石砚熠熠生辉，水墨不冻。后来得知，此砚为端石所制。考官很好奇，便将其献入宫中，皇帝御览后龙颜大悦，钦定端砚为贡品。明代文学家屠隆《纸墨笔砚笺》记载："下岩（即水岩）天生子石，油润如玉，眼高而活，分布成像，磨之无声，贮水不耗，发墨而不坏笔者，为稀世之珍。"清人高兆《端溪砚石考》跋中也曾言道："砚槽之水，隆冬极寒，他砚常冰，而水岩独否。"可见梁生的墨砚，是由水岩石雕制而成的。

杨炳南先生对一款名砚十分推崇，那就是传说中的"二娘砚"。清代苏州顾二娘，乃制砚名家。其祖父顾子昂有砚癖，在"宝八砚斋"里收藏了元明时期的八方珍砚。二娘自幼以此为范本，摹拓砚铭，拣选砚材，心领神会，练就了辨石筑砚的绝活，只需用鞋尖轻轻一点，便知道石材优劣。二娘筑砚，非端溪老坑之石而不为。她一生制砚不及百方，却多为皇亲国戚、王公贵族收藏。

如今每当看到书家写字，我就会想象在某个残旧的锦盒里，小心存放着的荷叶端砚，那是旧年苏州的西窗下，二娘在晚风染紫的秋色中细心雕琢而成的；也会想象她伫立在中国工艺史上眉目如画、清癯秀削的身影。

我想，中国工艺史之所以能够辉耀如此，闺人的手泽是不可忽视的。

近年来，江西婺源因其美景引得游人蝶舞蜂飞。其实，此地为古歙州属地，黄山与白际山一带，歙石满山，为歙砚之源。宋人周必大有诗云："旧曾起草向明光，独与罗文近赭黄，三载瓦池研灶墨，因君聊复梦仪皇。"诗中的"罗文"是指一种有螺丝纹理的歙石，那正是制作歙砚的上品材料。除此之外，金星、眉纹、金晕等品种也属上品。而眉纹石中的雁攒湖眉子与对眉子，纹理若群雁落湖，风致天然喜人。

老朋友刘鸿伏兄，在文学田园里放歌纵马，收藏墨砚也俨然成家，并出版了与砚有关的专著。他曾说到过宋代米芾的一则逸事，让人颇为惊奇：米芾以书画传名，后人得其一字，若和氏玉璧在袖。这个笔墨中人，有一方歙砚，砚池碧水生波，涟漪层叠。好友苏仲恭见了，爱之入骨，满怀文玩藏家的幽情，居然以一座豪华宅院与米芾换得此砚，给后世慕砚人留下了一则回味绵长的佳话。

北宋书法家蔡襄有诗云："玉质纯苍理致精，锋芒都尽墨无声。相如闻道还持去，肯要秦人十五城。"一砚能抵得五十座城池，可见歙砚之名贵。南唐中主李璟、后主李煜皆精文墨、喜歙砚，特命琢砚技工李少微掌管歙州砚务，这更使得歙砚有了豪华的身价。

书法家盛景华兄，也是墨砚情怀浓烈之人，他告诉我："洮砚的故乡远在河西走廊，是甘肃的洮河。"回家后，我立即读书补课：金代诗人元好问在《赋泽人郭唐臣所藏山洮石研》提到，洮砚最早开采于宋神宗熙宁年间，以绿石为名贵，而红洮为土红色，甘润纯净，是为极品。洮石生于河底，时光与流水的浸润，为它带来了遍体的花纹，或纹理如丝，秀润可见；或若涟漪水波，天际云霞。

宋人赵希鹄的《洞天清禄集》记载："除端、歙石外，唯洮河绿石最为名贵，绿如蓝，润如玉，发墨不减端溪下岩。"洮砚细腻，式样多古朴典雅。

旧时陕州治下的河南灵宝、虢州，是澄泥砚的产地。它的历史，可追溯到三国时期，迨唐宋时期，工艺达到鼎盛。《陕州志》记载："唐宋皆为贡品，虢州澄泥砚唐人品之为第一。"此砚工艺与其他三种名砚不同，是在细沙泥中加入添料，再经名匠悉心雕花琢叶，卷云栖鸟，最后入窑烧制。所得成砚，妙不可言。

澄泥砚的制作工艺后来又被传入山西、湖北、江苏等省。《砚小史》中有这样的描述："澄泥之最上者为鱼黄，其次为绿豆沙，又次为玫瑰紫……然不若朱砂泥之尤妙。"乾隆皇帝最爱苏州澄泥砚，将其置于上书房，是为御用。

佳砚的最高境界，妙在不可言说。

书法家启功收藏有数方上品佳砚，学者张中行曾问他："见过多少顾二娘的砚？怎样从刀法与风格上分辨二娘之砚？"可启功先生却送他六个字:"没见过,不知道。"启功先生乃收藏大家,他深知对文玩的欣赏,味在感悟,趣在感觉,而有些感觉,就是妙到不可言说,那就不言不语为好。这个故事是我从董桥先生书中得知的。我想,启功先生或许正是得了佳砚的金石气,所以墨笔字写得厚重畅丽。

如今,时间的流水,冲走了童年的往事。而父亲案头的砚,却带着魏晋与盛唐的气息,带着明清的乡愁,沉入了我的心底。

我一直觉得,在墨砚边长大,是人生最美丽的事情。回想起来,我自幼喜欢笔墨纸砚,大约是父辈在书案墨砚边那种安心若泰的气场,给了我一种摈弃世间风雨的踏实感。而书画家朋友们聚在一起谈书论字、识墨知砚,他们的余音早已经在我心里弥漫成高逸的旋律了。

其实,倘若纵览历史,墨砚正是中国书法与历史文明的始发站,如长江在青藏高原萌生时的那泪泉水。《诗经》《史记》《老子》《庄子》及孔孟文章,就是先贤们用墨砚筑成的;天下万卷背后,正是无数志远才高者砚边挥毫的执着身影,是儒家襟抱与士子的豪情挥洒。

如今,进入键盘时代、触屏时代,虽然快捷,只是后人离笔墨砚池远了,传统文化的气息与根茎又该如何延展、壮实?

我倒是很怀念小轩窗下,炭火一盆、红烛一盏、羊毫旧笔一支,与墨纸砚池冬夜相对的味道。尤其窗外有雪花如席、梅花几树,唯我独对一砚晴川。如此,最好。

# 书衣

买了几册新书，它们都精致得有些矫情，像五官端丽的女子着了粉黛。装帧是花了心事的，有的束了腰封，贵气得像豪门藏品；有的包了一层书衣，似老树杂花。可匆匆一眼，我便从骨髓里勾出了一串关于书衣的旧事。

当年，书事阑珊。

我接触到的闲书，往往几经辗转，到我手里大多缺角少页的，看相不佳。新书也有，那是每学期开学时，老师发给我的教材。先去报名，交学杂费，然后凭学费条领取新书。

书拿到手上，我会把它们贴在鼻尖，深吸一口气，似那淡淡的纸墨味道里，有春风无声地拂过。

我把新书拿回家，母亲会找来一张大牛皮纸，或者过期的招贴画，反过来铺在书桌上；然后，拿来剪刀、尺子，小心地比着书的大小，裁出一张长方形；再对折一下，折叠几处，便成了一件件书衣。把书的前后封面套进去，合起来，用手轻轻按压一会儿，书本就完成了穿衣的过程。我至今记得母亲在灯下，那郑重其事的神情，仿佛在为我裁剪未来的人生。

这样的事情，从我启蒙到进入初中，每年都会重复两次。我喜欢涂鸦，却不敢轻易在书上留下与课文无关的字迹，因为母亲在灯下的身影，总在心底晃动。往往一个学期结束，我的书衣还是干净平整的，有的还可以留着下学期再用。

那个年代，母亲们大都用旧的包装纸给孩子们做书衣，牛皮纸、废报纸、旧的宣传画……都派上了用场，可谓煞费苦心。

第一次看到塑料的书衣，我惊得下巴都快掉了。

那年，从外校转来一个叫文良的男生，做了我的同桌。他喜欢反着笔尖写字，而且是用钢笔，字迹秀气清丽，就像他文文静静的样子。那时，用钢笔是成年人的特权。我们能用圆珠笔，就很得意了。他的黑色钢笔，是大家眼里的稀罕物。

没料到的是，新学期他从书包里拿到桌面上的课本，居然包着粉色和蓝色的书衣，而且是塑料的。原来，他母亲剪了家里旧的塑料布，将其裁成书的形状，再用烧红的小铁片，在书的四角蜻蜓点水地烙一下，就做成了与众不同的书衣，好看还防水。

我见了，好比隔窗遇到了五彩糖球，羡慕得流口水。那些惯常可见的牛皮纸和画报纸做的书衣，与之相比就是草胎木质了。不知这男生的书衣里，耗费了那母亲多少的匠心与深情。

儿子启蒙时，我也曾在灯下给他裁剪书衣，心里则想着他十多年后的样子：该是个才情丰赡的大小伙子了。他也许文字嚣张得厉害，心地却清风朗月；也许气节凛然，性情则闲散自在；又也许他寻常如春草，却有为人擎雨之心。每次给他做书衣，我心里就会花痕月影，浮想连连。

　　后来，市面上有了现成的、印着各种图案的书衣，再也用不着劳烦母亲们动手了。只是母亲们的心意依然是春深一片，花色漫天。

　　如今，出版物的设计眼花缭乱，各种腰封、书衣只争抢眼，不争朝夕。然打开一瞅，外表热闹得满眼尘嚣，内容真正称得上上品的寥寥无几。有的甚至可谓祸枣灾梨，让我想起一个很旧的词——糖衣炮弹！

　　我有书衣旧情，希望书衣打开，内页可以寄放灵魂，或者能在书衣之内，寄托部分的人生，这样就算是好得天衣无缝了。

# 看戏

说到看戏，我就会想到鲁迅先生关于社戏的文字。

那时，他还是迅哥儿，与一群小伙伴在月光下驾船穿过河道、汊港，去赵庄看老戏班演戏。听到锣鼓在耳朵里咚咚喤喤地响，看到武生挑枪腾跃，便觉得过瘾；待老生、小旦出场咿咿呀呀地唱个没完没了，就感到寡淡，不若在回程的路上，偷六一公公菜地里的豆吃开心。

船头看戏，午夜归航，夜色里有豆麦蕴藻之香，迅哥儿这样的看戏，自然是沁人心脾的。

可在我的童年时代，传统的老戏皆是风中残烛，有的甚至完全绝迹了。只有八个样板戏铺天盖地，从幼儿园看到小学，又从小学看到初中。男孩子们成天把"天王盖地虎，宝塔镇河妖""脸红什么？精神焕发！怎么又黄了？防冷涂的蜡！"之类的戏文挂在嘴上，女孩子们则天天哼着"我家的表叔数不清"。

那时，学校组织大家在剧院看完八个戏，每人只需要交五毛钱。每回一宣布停课看戏，孩子们就欢呼雀跃。我也是，虽然剧情烂熟于心，但可以靠在影院排椅上与小伙伴分吃梅子、红姜，这欢喜便如浪花千叠。

其实，我的家乡也是有老戏的。听老辈人说，岳阳老戏叫"巴陵戏"，是地方剧种，有老岳州的千年韵味。从前，但凡条件好些的人家有个红白喜事，就会请戏班来唱他几出，热闹一番。

依稀记得，在岳州古城的一条叫茶巷子的小街上，有家"巴陵剧院"。但可惜，我只在这家剧院看过一出戏，是京剧《龙江颂》。十多岁后客居他乡，原汁原味的巴陵戏究竟怎样，至今不得而知。

此后数年，我进过影院，却几乎没进过剧院。

近日，好久不看戏的我，却接连看了两场，一场是祁剧，一场是傩戏，都是传统的地方剧种。祁剧《浯溪兄弟》首演，我被邀去祁阳县城观摩。戏是红色题材，以陶铸兄弟在风雨玄黄年代的经历为蓝本，是为参加省里艺术节而创作的。

这一日，祁阳县的剧场里黑压压坐满了人，大多是中老年面孔。可见，对祁阳人尤其是年长者来说，祁剧就是一坛醇香的烈酒，香得撩人情怀。

祁剧年长京剧四百年，乃湖南地方戏曲中的老大哥，其流行最广、历史最久，永州、衡阳、郴州、邵阳、怀化、娄底等地的上空，自古以来都飘着祁剧的旗幡。它兼有高腔、昆腔、弹腔三种声腔，唱念皆以祁阳县的官话为主。

此刻，抬眼戏台上，但见布景华瞻精致，绿影红灯让人惊叹。待男主角一开腔，我立刻被震撼了，他的唱腔里竟然裹挟着奔雷坠石之意。女主角的唱腔，则是柔美中蕴含了激越，十分中听。第一次看祁阳戏的我，被演员们的精彩表演深深打动。

我想，祁阳乃舜文化、楚文化、湖湘文化的交会点，浯溪文化的发祥地，在这里发端的祁剧，有着充沛的文化基因，生命力当是极强的。祁剧好看，是因为其中揉入了历代伶界中人的心血。梅兰芳先生曾经感叹"祁阳子弟满天下"，便是最好的印证。

至于傩戏，更是老戏中的化石。

它由远古时期图腾崇拜的傩祭嬗变而成，且糅合了先秦时期就有的用以驱鬼疫、拜神灵，既娱神又娱人的巫歌傩舞，因而在人们心里，它裹挟着一股强烈的巫气与神秘意味。其情其境，三闾大夫曾经在《楚辞·九歌》中进行过绘声绘色的歌咏。

我是在新晃县贡溪乡天井侗寨头一次看到傩戏的。天井侗寨地处偏远，高踞在海拔数百米的山顶，崇山峻岭将其与外界隔离开来。沿着碎石铺就的山路上行，高远的天穹下，苍茫绵延的群山，更增添了傩戏在我心中的神秘感。

天井侗寨的傩戏，在寨子中的老木楼前开锣。木楼的东墙上，挂满了各色傩戏面具，表演者都是寨子里的长辈，最年长的已逾古稀。他们始终头戴面具，身着青布长衫或裹着蓑衣，在锣鼓钹的"咚咚推"声中，一边用侗语唱对白，一边起舞。他们扮菩萨、演土地公公，祈丰收、贬懒汉、收稻谷……将原始农耕文化和儒释道文化在侗乡的传承历程演绎得十分生动。

寨里的人告诉我，这里所有的农民都是傩戏艺人，都会表演从祖上传来的傩戏。当地人也管傩戏叫"咚咚推"。在农历正月的上元节和七月半的中元节时，大家会聚在一起，集体表演。

　　傩戏分为傩堂戏、地戏、阳戏三种。地戏乃戍边将士的后裔为祭祀祖先而演出的一种傩戏，所演都是反映历史故事的武打戏。而阳戏则以反映民间生活为主，烟火气很浓。傩戏因其古老原始，受到了地方政府的保护，作为一种文化遗产，可谓侗乡的无价之宝。

　　看完两种戏曲，我感受到了一份世俗的美好，不禁惦念起那些散落在民间的老戏骨和老戏班们，希望他们的身影不要在未来的戏剧史册上杳如黄鹤。

　　而不觉间，我也喜欢上了祁剧和傩戏，因为从它们的一曲清词、一段唱腔、一串腾跃中，我看到了中国传统文化的灵魂，正在盛装出台。

# 已知咸淡

上周末，我在溆浦县雁鹅界的瑶寨里，吃到了上好的腊肉。其味甚好，好得让人想为它写诗。

瑶家人把在头年腊月杀的年猪，用厚盐腌制、风干后，再用稻谷壳熏黄，然后埋在谷子里，待吃时才取出。故而腊肉里揉进了谷仓的老香，也裹挟了高山人家的厚朴气息。还有雁鹅界的干茄子皮，也是用盐腌制过的，以青椒茶油猛火爆炒后脆爽耐嚼、回味汹涌，如木屋外那一波接一波的青山。

我疑心雁鹅界的大铁锅里，还落入了瑶山的深秋浅春。又想，大凡美味里总是藏有元神的，这元神，除了指地道食材，无外乎油盐之类。油盐拿捏好了，菜的味道就绝了。

由此，我想到一段与盐有关的旧事。

那时的我年幼，单薄得像纸片，总羡慕长得丰腴敦实的人。邻居大嫂长得胖，脾气、嗓门皆有吨位。众人不敢与之理论，因为其体积大，不管正理歪理，她都得占你几米上风。有一次，听大人私下聊天，"食言而肥"几个字顺着耳洞直接坠入心底。

　　我那时还没有发蒙，把"言"误作了"盐"，心想："原来她是吃盐才长胖的！"后来，我吃菜专挑咸的拣，咸得嘴里发苦，还说最喜欢，因为不想再被小伙伴嘲笑为"瘦猴子"。可我吃多了咸菜，除了对水的需求有所增加，身形依然像枯寂的小枝丫。

　　若干年后，读到《左传》，我才知道自己闹了笑话。

　　"食言而肥"的典故出自春秋。其时，鲁哀公身边有两位重臣，孟武伯和郭重。孟武伯有一大陋习，常常有言无行，又嫉妒郭重最得哀公宠信，与之不睦。郭重其人身材肥胖，这也成了他的心病。孟武伯便在哀公宴请群臣时，故意羞辱郭重："每日吃饭几何？何以更胖了？"这时鲁哀公走过来，曰："是食言多矣，能无肥乎？"意思是人胖的原因甚多，把自己说过的话吃掉，也是会发胖的哦。哀公之言，实际是指责孟武伯言而无信。

　　有趣的是，看到这些文字时，我已经是大姑娘了，对自己当年的年幼无知，就当是花开半墙，姑且笑看。最要紧，是知道了此"言"与彼"盐"风马牛不相及。

　　话说回来，在国人的厨房里，油盐是真正的重臣，缺了谁，饮食江山都难圆满；少一味，都是门掩梨花深院，不见桃花人面，遗憾得令人举箸乏趣。

　　油盐是大事，也关乎性命。有个故事说，君王想知道天下最好吃的东西是什么，问御厨。厨师答曰："盐最好吃。"王以为其欺君，把他杀了，并命后来的御厨烹饪时不得放盐。不日，君王就是吃山珍海味也觉得味同嚼蜡，这时方才明白，厨师之言乃大实话。只是，再多盐也救不回一条人命了。

　　在乡下，盐是长力气的东西。缺衣少食的年月，乡下人都练就了重口味，菜里最舍得放的就是盐了。下盐重，菜就经得嚼，可以多呷几口饭，做事就有劲儿。

那时候，差不多每个人都热爱油盐。

我家在城里，住学校大院的平房。到了冬天，几个校工伯伯在食堂前的大操场上，将校办农场养的肥猪杀了，分割成若干份。老师们拎了自己的那块，欢欢喜喜回家。只有那几天，各家的餐桌上，才见得到一点灿烂的油光。余下的肉，不敢马上"消灭"，得像乡下人家一样，用盐腌一阵，再用花生壳、糠皮熏几天，做成腊肉，为来年"蓄芳"。

油盐是美食的元神，与烟火生活最为欢好、密切。

有例子可证：在湘方言里，讲某人固执，便说他"油盐不进"；说某事乏味，会说"寡淡的，嘴里淡出鸟来"；形容某人不谙世事，便会丢一句"不知咸淡"……诸如此类，都与油盐相关。

我不擅庖厨，做菜不知道油盐分寸，总是拿捏不准。但有一点可喜，人到中年，经历过岁月腌制，禁得起生活的咸淡了。

如今，对碗里喂养我的东西，我总是心怀敬畏，对油盐，更是心怀感恩。

# 一些味道

谈到食物，苏州人会吐出一句口头禅，叫"鲜得要掉眉毛"；长沙人则说"透鲜的"；岳阳人则会形容"味道好得人死"……不论用哪种方言，对于佳肴，人们从不吝啬为其倾注渴望、期待、怀想、回味之情，好像它能调动心里藏着的一本形容词大词典。

精致的时代，才会有与之配套的精致佳肴。

就像昨天，我坐在老字号"杨裕兴"的一家门店里，欣赏着细瓷碗碟中凉拌的黑木耳，和刀工细腻的海带丝，看黝黑与草绿两种色泽在桌上小聚；又要了几块外焦里嫩的臭豆腐、一碗卤肉面，吃得很闲适。这老店的从容意味，让我仿佛待在一阕温婉的《南歌子》里，谁说只有情怀不似旧时家？

我年少时，天下拮据，饭菜能吃个饱，就是大福了。

那时，全家人每餐就吃一两个菜，完全没有色香味的讲究。大米总不够吃，粮店将混杂着老鼠爪子印的红薯丝，堆在墙的角落里，再搭配着卖给市民。每次母亲在家里烟熏火燎地煮好饭，就会用铁皮勺子，轻轻地将上面那层灰黑色的红薯丝刨起来，盛入自己的碗里。

我吃着锅下层的白米饭，心里却惦记着母亲碗里的东西。有一次我偷偷从她碗里挑了一筷子，刚塞进嘴里就吐了出来，原来干红薯丝苦得难以下咽。那一刻，我从面前的饮食里，嚼出了母亲的苦心和大爱。

让人心心念念的，还有中秋的月饼。

每次过节前，父母亲会从黄糙纸包装袋里，拿出几个渗透着油渍的本式五仁月饼，每人半个。我们常常慢慢吃、细细品，舍不得一下吞掉，因为它一旦滚落到肠肚里，就得等三百六十五天后，才能再次闻到它的气味。

那个年代，正合了韩非子的话："糟糠不饱者不务粱肉，短褐不完者不待文绣。"饮食方面，似白露成霜，一片寡淡。

此时，坐在餐桌边，我的思绪在跑马：食客娴静的心态与店家的鲜美食物，才算得上绝配；而急吼吼的人生，必定食不甘味。

照例又想起小时候听父亲讲过的"割烹为相"的故事：商人伊尹善庖厨，背着砧板入宫，烹佳羹美肴献给商汤。商汤食着有味，便封其为相。由此可见美食的力量。

我曾经在文章中坦白，自己没有悟性，不大在意庖厨之人得庙堂之位的世事，也不在意世事与烹饪皆有"时疾时徐""九沸九变"之狡黠。

朋友蓄洪兄与我一样是个地道的美味爱好者，极力向我推荐清代随园老人袁枚的那本《随园食单》。他介绍说，那是一本记录菜谱的书，还有食材选用与洗刷、作料搭配、火候掌握、上菜顺序、器具讲究等等注意事项。

谈到做菜，随园老人尤其强调："咸者宜先，淡者宜后；浓者宜先，薄者宜后；无汤者宜先，有汤者宜后。且天下原有五味，不可以咸之一味概之。度客食饱，则脾困矣，须用辛辣以振动之；虑客酒多，则胃疲矣，须用酸甘以提醒之。"这话的确有道理，可我对蓄洪兄一笑："就算把这本'教科书'吃到肚子里，我也成不了手艺高超的厨娘，更别说成伊尹了。"

正漫无际涯地胡思乱想，新手机上跳出两张图片，一张是"小钵子南瓜汤"，一张是"巧克力樱桃塔"。前者橙黄如落日，配以银亮的小调羹，看上去香醇浓郁，色雅味美；后者画面艳丽，圆润的红与老成的深咖色对比，让人食欲大开。

我突然觉得，自己是有口福的人，赶上了美味纷披繁缛的时代，大可以做到食不厌精，脍不厌细。而饮食文明，早已经从奠基阶段，从李白的坐花醉月时，飞驰到了鼎盛期。

前些时候，长沙的街头闾巷四处红虾飘香。近日，食客们又开始呼朋唤友，向十月的肥美螃蟹开拔了。目标不只是阳澄湖大闸蟹，还有湘阴鹤龙湖、益阳大通湖等地的那些"横行者"。这样的美食，顺应了自然时序，真是令人心满意足。

一座城市，一段人生，总有一些味道，让人迷恋。

# 糯米缠绵

我在饮食方面，最大也最坚定的嗜好，就是糯米。它温软、柔和、缠绵，像一种干净的眼神，撩人脾胃，更撩拨人心。每次吃糯米，我总能吃出米香之外的种种感觉。

糯米就像钓竿上的鱼饵，多年来一直勾着我肚子里的馋虫。

当年物资匮乏、经济拮据，每到冬季，母亲就自己动手，跟着邻居刘胖婶学做甜酒。胖婶是校工的老婆，从乡下进城，是正儿八经的贫下中农。她带来乡村堂客的十八般武艺，做坛子菜、打糍粑、酿米酒……周围教书匠的老婆们个个佩服她，皆在柴米之事上以她为师。"胖婶登门，好事临门。"这是孩子们的共识。

一天，我放学回家，见到胖婶，心里暗自欢呼："又有好家伙吃了！"果然，进厨房一看，灶上柴火旺燃，铁锅里咕噜咕噜直冒白气——母亲和胖婶在煮糯米饭。一股暖暖的香，直冲口鼻。我肚子里的那条馋虫被惊醒了，翻江倒海闹将起来。我便赖在灶台边，装着帮忙，不时往灶里塞把柴火。母亲看穿我的"小九九"，待饭出锅，盛上一碗，打发我这只小馋猫。不必菜肴，一碗香热可口的糯米饭，就能让我吃出许多欢畅。

这时，胖婶咧嘴笑道："臭崽，滚一边吃去，莫碍大人的事！"我不肯走，要看她们的热闹，只见她们将糯米饭晾冷后，拌入酒曲，将其灌入那只绿釉胖肚老壶，再用棉被裹住，放到我睡觉的床上。一入夜，我就觉得，脚边窝了只孵蛋的老母鸡。

过年前，糯米甜酒终于"出窝"了。看着窗外漫天飞雪，捧着热腾腾的甜酒冲蛋，那种快乐，教人无以言表。

从此，我迷恋糍粑、糖油粑粑、八宝饭、粉蒸肉、粽子等一切与糯米相关的食物，以至于家人把糯米肉丸子定为了每年年饭上的主打菜。我以为，其中还有一种隐喻：糯米黏性大，与血肉亲情类似。

那时，我还听说古人曾以糯米浆液、桐油、灰土粘石块筑墙。岳阳楼和长城，都是按此法所建，故而千百年牢不可破。听到这样的传说，我的喉咙里滚出一串啧啧声，跌在脚下皆有脆响。

一次去岳阳楼游玩，我便把鼻子贴在墙上，左右闻之，只闻得一股子青苔潮湿、岁月苍老之气。于是我又佩服孟姜女的厉害，泪一飙，长城就倒了，糯米都不管用了。

几十年过去，我不改对糯米的钟情，家中米桶里总有它一席之地。别的不会做，偶尔蒸个糯米饭，只为满足口腹之欲。去岁到壮乡采风，见家家以糯米做五彩饭，娱神祭祖，招待贵客。那时只幻想可以留下来，哪怕做一卷天际秋云，待在人家屋顶，闻闻米香也好。

我是糯米的拥趸，每每听到"糯米"两字，总有温情自心头荡开。我外甥女的孩子，小名就叫小糯米，听着让人欢喜。三岁的他长得瓷实，一双乌亮的大眼睛，满口京腔，伶俐聪明。偶尔他会学着外公外婆的湖南调，来一句"咯哦得了沙……"笑翻一屋子人。尤其当小糯米奶声奶气地喊我"姨姥姥"时，我真觉得生活温软了许多。这名字，取得好！

母亲往生后，我再也没有在漫天飘雪时围炉温米酒的机会，享受那样的欢快心境了。想吃，便去超市买瓶装的，或者托朋友从汨罗乡下买两坛子。然而，总是少了一点旧味。

后来，我听说糯米不好消化，便渐渐禁了嘴，心里却是一万个不情愿。前些日子，看央视的健康节目，听中医专家为糯米正名，说它乃温补之物，维生素丰富，是最健脾、最养胃的食物。

我听了不禁欢呼雀跃，看来又可以敞开吃了。

# 碗沿盏边

多年前，我常与朋友去长沙南门口的一条窄巷里吃麻辣烫。酒家在巷子口，老宅旧屋自然简陋，菜的味道却让人欢腾。

我们皆喜欢它的阒静，喜欢那儿的鸳鸯锅里汹涌的麻与辣，因而成了"铁打的客人"。每来此，必有趣话佐酒。席间，哥们儿啤酒，姐们儿饮料，言笑晏晏，好不快乐。

某一日，两位长沙土著，几瓶黄汤下肚，兴致飙升，一改往日的斯文，行起长沙版的酒令来。他们把筷子朝碗沿上一顿敲击，相对着大声喊："棒子棒子鸡！棒子棒子虫！棒子棒子老虎！"第一次见人红着颈脖子行令整酒，我大为惊愕，伸向汤锅的筷子也停在了半空。"你们居然会猜拳？"我是头回见此场面，故被斯文人的性情旁逸吓了一个趔趄。

酒家的胖老板倒是殷勤，一面抱着啤酒往桌上添薪加焰，一面打趣我："妹坨不是长沙人吧？不晓得咯是长沙伢子的武林秘籍、当家绝活……"他笑咧着嘴为酒徒"站台"："晓得不？男人不恰（长沙方言，意为"吃"）酒，交不到好朋友；男人不恰酒，活得像条狗咧……"他站在饭桌旁，腔调却往屋顶上跑。

后来我埋头书页，读得宽泛了，对侑酒行令的来路，知道了一点皮毛。

春秋时期，酒事已经在《诗经》里招摇了，"我有嘉宾，鼓瑟吹笙""厌厌夜饮，无醉不归"。酒旗戏鼓间，常常有贵族们摆开的"鹿鸣"之宴。后来，为约束饮酒逾矩者，席间设立了监酒人，专施罚酒之职，对"酒德不端"者，必定要罚他喝个七晕八醉，让他当众失了态，成为旁人逗趣的话柄。贵人们脸皮要紧，自是不甘堕入笑话谈资里。

另外，古人称酒事为觞政，达官、文人、名士们在樽前月下喝得高兴了，轮流出句，来些文绉绉的诗以助酒兴，谓之行酒令。王羲之为之作序的《兰亭集》，便是对文人雅士曲水流觞的记录。只是那些酒客没有想到，此时的一觞一咏，竟然成了千年后的天语纶音。

其实，在各处可见的方块字里，也能经常见到"水村山郭酒旗风"。

从《水浒传》里的草莽英雄，到《红楼梦》里的小姐公子，酒令与人物修养、性情和社会地位是契合相彰的。才学盈腹的人，出口就见得风雅；俗人则文辞粗鄙，如砾石硌人。

大观园中的酒令，最是如锋利的刻刀一般，把人物削切得轮廓历历。第二十八回，贾宝玉与薛蟠等人喝酒，以"悲、愁、喜、乐"四个字与"女儿"发令。宝玉的酒令是"女儿愁，悔教夫婿觅封侯；女儿乐，秋千架上春衫薄……"字里藏着读书人的博雅才情。而薛蟠不学无术，出个酒令是"女儿悲，嫁了个男人是乌龟；女儿愁，绣房里蹿出个大马猴……"轻薄枯粗，直接让人喷酒。

古来帝王将相、贤达名士相遇，宴饮间留下了许多妙笔和惊天大事。杯酒释兵权也好，鸿门宴也好，将进酒也好，如今都已烟云散尽。

而一阵阵酒香，倒是顽强地逾越了无数个历史的特殊场域。谦谦君子、风雅洒然之人，与野老村夫、引车卖浆者流，都代代接踵，出入于酒事之中。

酒令无论俗雅，其实是文化入酒、风俗入流，与拖鼻涕的我们那时的"锤子剪刀布"属于一类，是成年人残留在碗沿盏边的一点真性情。只可惜，酒令之风如今已像秋溪断流，气息微弱，只活在影视与小说里了。

而我，人到中年，有了孤客岑寂感，不再伤春无因、悲秋无凭，偶尔见人行令猜拳，就当是在杂花闲树底下，看了人间半册闲书，听过阵阵风声了。

当然，我也会由此想起南门口的酒令声。

# 快酒慢茶

人到中年，仿佛草叶落入旋涡，会卷进各种茶聚酒局。

我这个人，大约还算气场和煦，故被朋友们逮住入局的机会很多。只是我不擅长喝酒，饭桌前再呼天啸地，我也只是个酒外看客。而茶盅前的我，却是个沉醉角色，绿茶、红茶、花茶、黑茶等等，全都来者不拒。

在我看来，酒快茶慢。酒是烈焰飓风，几杯下肚，脸上的红云与身体里热血豪迈飙升的节奏好比高铁，快得吓人。而茶是微风细雨，品茶的节奏是舒缓的、涓细的，有如松风吹来，半月当空之幽静。

我经常用宽宥的目光旁观喝酒的人，他们大多豪气率真，恣意挥洒。在酒力面前，再怎么端起架子的人，也会像剥笋一样，将各种面具和头衔刨去，露出自己被遮蔽的底色。

前些日子入一饭局，四顾食客，入仕者"端着"，土豪傲气，文人则是一副"不相与谋"的面孔，碍于与主人的友好情谊，大家围坐一桌，气氛却类似西风残照。

然而，酒瓶一开，桌上的一切都快了起来：说话不带停顿了，血液流动迅猛了，杯碟碰撞密集了。不待酒过三巡，就出现了勾肩搭背、称兄道弟、互敬互灌的亲切场面。

这个说："老兄，你随意，我一口干了！"那边回应："干就干，不干不是男子汉！"头一仰，两杯白的，直接灌入嘴里；更有一仁兄，举杯问邻座："家门，贵姓啊？"真是醉态可掬，让人喷饭。

言笑间，众酒客推杯换盏，若风卷残云，杯瓶皆空。酒后人手一杯绿茶，话题滔滔，悬河不及。这时的人间，有百般的好。

喝茶宜在静室、茅亭或者老松树下。一炉一壶一案，一二知己，相对而坐，喜乐忧烦，家国天下，慢慢聊来。那种从容娴雅，是我最喜欢的。

我爱品茶，主要是爱茶里的舒缓。

如今的诸多人事，皆有火急火燎的嫌疑，整个时代，都唯恐慢了。因此，舒缓是一种很金贵的状态。我向往舒缓的生活，比向往钞票和名誉都来得强烈，因而经常在茶室静坐。

从前我喜欢绿茶，沅陵碣滩、石门毛尖、庐山云雾、太平猴魁、六安瓜片……也偏爱君山银针，因它与我同邑，都曾经被洞庭湖的月色雾岚关照过。后来，我爱上了祁门红茶、金骏眉；再后来，又移情于黑茶、普洱茶、六堡茶等发酵品种，觉得每一口中，都有岁月涸了进去，有禅定的品质。

我喝茶时，最喜欢不紧不慢，看条索紧实的芽叶，如交集的枪旗在滚水中上下回旋，不一会儿，杯中汤色明亮，散发出清香。这时，我什么都不想，只是尽情享受茶色的渐变和内心的平和；享受一泡二泡三泡间，那份清冽微茫与色香味形的真趣。

饮酒与品茶相比，是完全不同的。

文人李白的花间一壶酒里，藏有斗酒诗百篇的才情；酒徒刘伶的狂狷与竹林诸贤的无拘无束里，酿着魏晋名士风范；曹孟德"何以解忧，唯有杜康"的感叹中，潜藏着雄霸天下的野心。的确，酒局常常与时局牵手：渑池会，赵文王鼓瑟，秦襄王击缶，蔺相如完璧归赵；鸿门宴，项庄舞剑意在沛公；群英会，曹操将计就计，借刀杀人。还有青梅煮酒论英雄、杯酒释兵权……都是血性郁烈者的杯前较量，擎旗弄潮者于觥筹交错间，就定了乾坤。

翻阅茶盟酒聚的往昔，我常常想，中国文化中，有两种最重要的特质是不可忽视的，那就是酒的豪壮与茶的沉静。

# 芫荽两味

街角有卖菜的，担子里的菜皆绿得滴水。我本不善厨事，但招架不住绿汪汪的芫荽的勾引，还是买了一把。回家洗净，拌以薄盐老醋剁辣椒，就是一碟上好的凉菜。我嗜芫荽，每次只要餐桌上有凉拌的，必吃得欢欣鼓舞、意气风发。

时间倒回去若干年，情形却截然相反。

那时的我，与芫荽水火不容，仿佛与它有仇。第一次看到它，是秋末的一天。那天家里来了客，是一个穿黑色夏布上衣、眼窝深陷的老太太。父亲叫她"玉姐姐"，让我喊她"玉伯伯"。她坐在竹靠椅上，一边与父亲聊天，一边从提着的布袋子里掏出一捆细叶蔬菜，慢条斯理地用手拣掐黄叶。随着她手指的动作，一股奇特的刺鼻气味浓烈地弥散开来。

等玉伯伯离开后，父亲告诉我，那碎叶白根的，叫芫荽，岳阳人叫它"盐西菜"，也叫"香菜"，可做菜，亦可药用。玉伯伯小女儿娟娟身体有病，要吃芫荽医治。那时很少有人种芫荽，大约人们的味蕾还不习惯此物。

后来，玉伯伯经常到我家附近的汴河园来找芫荽，顺便来我家坐坐。她一踏进家门，我就借故开溜，躲到隔壁邻居屋里。我怕闻她带来的那股打屁虫的味道。此后，我管芫荽叫"臭菜"，每次见它就像撞见了鬼，唯恐避之不及。

不久后，父母因为芫荽，爆发了一场"战争"。我则坚定地站在了母亲的阵线。那是吃年饭时，向来远离庖厨的父亲，听说芫荽于身体有益，便从汴河园菜农那里买来一把，并亲自下厨，炒了一大碗。待芫荽端到餐桌上，他还没等开口劝大家动筷子，就立马陷入了四面楚歌之中——我一声尖叫"啊，臭菜？！"赶忙端起饭碗，起身就往门外去；哥哥姐姐们也不领他的情，个个面露厌恶神情，在餐桌前忍耐了几分钟，最后也步我后尘，落荒而逃。

好好的一顿饭，被药一样的芫荽给搅散了。

母亲本来也不喜欢芫荽，见儿女们四散而去，对父亲生气道："净帮倒忙！搞得锅碗都是怪味道……"她端起那碗芫荽，直接倒进了簸箕。父亲费力不讨好，也来了脾气，把筷子重重地往桌上一搁，转身进了里屋。

可世事的转变就像雪崩，裹挟着你不由自主地背离自己。

记得有一次，我患了重感冒，头疼欲裂，鼻涕、咳嗽一起来，药片对付了几天，不见好转。我正被折磨得可怜兮兮时，刘胖婶告诉我母亲，"用芫荽根、葱根、红糖熬水给五妹子喝咯"。不管我怎么抗拒，最后还是被捏着鼻子灌了几天芫荽汤。奇妙的是，不久我又生龙活虎了。这事，让我对芫荽有了一点好感。

后来年岁渐长，我了解到了芫荽的一点皮毛，知道其又叫

"胡菜"，据说是西汉时张骞万里迢迢从西域携来的。既然来得那么远，又兼消食祛风等好处，它肯定倍受前人顾惜，方能瓜瓞绵绵数千载，抵达今日的菜园与餐桌，得以与我们的味蕾相遇。

我不知道，我和全家人的口味是什么时候开始改变的。这种变化真是老僧入定，不动声色。

几十年过去，我们全家都在不知不觉中，变成了芫荽的俘虏。只要芫荽上市，凉拌芫荽、芫荽炒牛肉、芫荽下火锅、芫荽拌卤菜等菜肴，就会充斥我们的餐桌。

有时我会特意到某酒店的美食街去吃顿饭，只因为那里的凉拌芫荽根做得地道。我甚至奇怪自己当初为什么管它叫臭菜，明明是又香又脆的啊！

朋友笑言："如此大变，是基因改变了的缘故吧？"我一头雾水，不知道他所指的是芫荽还是我。

总之，芫荽，以一种柔和的方式，占领了我食谱的制高点。现在想来，世间人事，有时也与芫荽无异，香臭之分，全在其是否对了胃口。

# 桌上素净

年岁愈长，餐桌上的碗碟愈趋清淡。

每与朋友在饭桌边围坐，总免不了强调自己有一副远油荤的腔肠，强调自己的味蕾如何朴素。

其实在饮食上追求素净，于我是一个从被动到主动的过程。童年时期，家国皆贫，日子被各种票据制约，肉票粮票布票豆腐票等，总是我家的紧缺物。那时的餐桌上，荤腥很稀罕，菜里也见不到多少油星子。不到年节，平日很少见着肉食。

白菜萝卜吃得多了，大家都会对荤菜生出无比的向往。

其时我尚年幼，面对餐桌上单一不变的蔬菜，会直接用哭闹表示不满。父亲见我抗拒，哄我说多吃白菜，脸上会长出"红苹果"，像墙上宣传画里的小姐姐一样好看。

我很羡慕那些跳舞的小姐姐，每个人的脸上都是红扑扑的。就这样，我的筷子开始愉快地与青菜打交道了。大口大口吃了许多菜蔬后，我也会取下五屉柜上的方镜，对着自己黄瘦的小脸左看右照。可接连多天，也没见脸上长出"红苹果"。

父亲又解释，人家都是吃了好些年才长出"红苹果"的。于是，我在父亲编出来的故事里，咀嚼着生活的无奈与辛酸长大了。

进入青春期后，身边的孩子们，大都像菜地里的秧苗，开始往纵横方向飞长。尤其女孩子，很容易就会像吹气球一样胖起来。

我就有过一段喝水也长胖的日子。

那时，早上在学校操场跑步的，几乎都是体态丰满的女孩。在学校食堂不好意思只买一两饭，女孩们就会端二两米饭，两个人分了吃。她们的饭碗里，常常只见清炒黄瓜、苦瓜，醋熘包菜、小白菜等青菜，至于食堂菜谱上写着的粉蒸肉、辣椒炒肉、腌菜蒸肉等，再想吃也会咬牙忍着不买。这时的吃素，是自觉而为之，只因为怕胖！尽管这样苦苦忍着，但身上、脸上的小肉肉，还是水汪汪地惹眼。

为了从胖丫头变身为苗条女孩，有些人跑步、吃素菜，就差戒饭了。当然，如果不吃不喝能够活命，她们恐怕也会试一下。

为人妻、人母之后，我的体型竟自然缩了水，有了胡吃海喝的资本。加之又赶上了餐桌极其丰富的年代，吃的方面我不再刻意控制，想荤则荤，想素则素。

及至中年，赶上了"油腻"一词的高热度期。不说其中包含着的各种贬义，尽人皆知的是健康专家的忠告，即远离油腻，因为油腻除了让中年人变得臃肿，背后还躲着心血管疾病的影子。

老实说，我是排斥"油腻"这个词的，每遇大肉，必会提箸迟疑。这个年龄段，我的闺密们正纷纷拜倒在素食面前，有的人还彻底与荤味决裂，扯起了"清淡主义"的大旗。

第一次被朋友带去寺庙吃饭，看到满桌菜蔬的大盘小碟间，居然横着几条胖胖的肥鱼，看上去像酱汁醋浇的。住持面容平静地用筷子撬起一块，放进嘴里。我大惑："出家人怎么如此不能持戒，竟然当众食荤？"见我惊讶，朋友压低声音告诉我，那并非荤腥，乃豆腐制品也。原来，那栩栩如生的"肉食"全都是换了马甲的豆腐制品，味道还一点不输肉类。

我惊叹：寺庙大厨的智慧，高出常人。

后来，我又到寺庙吃过几次斋饭。与众居士一起，围着斋堂原木的长条桌坐下，面前放着两个粗瓷饭碗，住持念过一段经文后，两位事厨者端着大盆菜蔬围桌走动，用勺子分给众人。斋堂里气氛端肃，无人言语，只有咀嚼的声音在空气里来回。

佛家把吃斋饭的事，弄得如此肃穆，与南朝的梁武帝大有干系。梁武帝萧衍为汉相萧何之后，博通文史，才华甚高，在位几十年，把南朝打理得井井有条。尊崇儒家思想的他还尊佛教、建寺庙，也开启了中国佛门素食的滥觞。

据说，在梁武帝之前，中国佛门并不禁荤。

某日，梁武帝读《楞伽经》，知"菩萨大慈大悲，不忍心吃众生肉"，大为感动，自动禁荤吃素。作为一国之君和佛门的大护法，他对于素食的推崇无疑起了带头作用，佛门子弟自然亦步亦趋。

到后来，俗家人也开始响应，以远荤腥为风尚。这是中国佛教素食之肇始。让人不忍的是，因为"侯景之乱"，萧衍在都城陷落后遭到囚禁，以八十六岁高龄被活活饿死于台城。历史与君王，迟早会被时间带走。但素餐之道，却让萧衍的名字深嵌在了佛门的暮鼓晨钟与青灯黄卷里。

一个君王的悲悯之心与悲苦命运相互交织，素食的滥觞并不素净。

当这种悲悯，指向大地上所有生灵时，我对佛门与俗家素食者，都有了一份敬重之情。相比之下，我桌上的清淡，只是为了自己的一副小身板，不知这悲悯的格局是不是有点狭窄了？

# 茶缘

前些日子，长沙见着雪了，白茫茫的。

大雪生寒，让人想起一些暖和的事情。

比如以雪煮茶的古人，从没有人迹的寒枝下，拂开积雪的表层，取回中间部分，或者从树叶上轻轻扫下干净的雪，将其置于瓦罐之中，以小泥炉、木炭火煮沸，然后倒入茶叶。

片刻工夫，茶木之香，便充满了房舍。三两个皂衣鹤发、同气相和之人围炉执盏，或闲叙乡里事，或唱和论诗文。窗外雪大如席，风可卷帘；案几的梅瓶中，红的黄的蜡梅香了。这大概就是贾宝玉所言的"扫将新雪及时烹"吧。

在大雪纷飞的瓦屋纸窗下，于松风泥炉边提壶相应的景象，在我看来，是最有情味的事。

雪来自高天，有仙气，用来煮茶，一定是好的。不惹尘埃的雪，干净晶亮，一粒粒，一朵朵。在我的想象中，它们是梨花，是绵白的糖，落入凡间的碗盏、陶壶，与茶叶相抱，与茶人相遇，也是天作的缘分。

少年时，我不喜欢喝茶，感觉茶水有种沉苦味。

及至成年，在岁月里盘桓久了，身边茶客滔滔，我竟也被同化，成了茶的拥趸。居家、上班、出差、写作，杯不离身，手不离茶。绿茶、白茶、黑茶、花茶、普洱茶、红茶，饮入口中皆是欢喜，仿佛茶香才是这辈子矜贵的归宿。

我最先喜欢的茶，乃母亲家乡醴陵的烟熏茶，那是贤惠的大舅妈从自家的后山采来青茶，揉制、烟熏而成的。每年表哥来岳阳，必会带来一大包。父母亲喝着，一团欢喜。我也觉得，那种柴烟气里有贴心的亲切感。

后来，我跟着大人们仰望起家乡的君山银针来。一则因其产量少，寻常人难见；二则因其茶汤，简直称得上一道景观，亮绿的茶叶先是纤细如毫，入水少顷，叶针稍阔，立于透亮的玻璃杯里，每一条都如摇曳的旗枪，也像亭亭玉立的女子。

再后来，我喜欢过信阳和古丈的毛尖、羊楼司的青砖，还有普洱、小青柑等。也学会了一些穷讲究，喝茶少不得厘清一下明前雨后，高山低丘之别；水呢，也知道山泉为上，可以喝出万山青葱草木意来。只是茶道知识庞杂，我却对其一知半解，嘴上没有说头，手中亦无珍品，一般不敢主动邀闺密、茶人来家里品茗。

最近，我从湘南山里回来，得了款野生红茶，忽然有了牛斗底气，敢约人饮茶了，还在电话里借知堂老人"且到寒斋吃苦茶"的诗句一用，卖弄风雅。

支撑我底气的野生红茶，叫"帝子灵芽"，出自湘南的崇山峻岭、云雾深处。这是我习惯了祁门红茶之后，喝到的最入心肺的高山茶。它生长在烟霞横生的大山里，低温的环境使之少虫害、无污染，故有上品之资。

舜皇山海拔一千八百多米，倚跨永州东安、邵阳新宁与广西全州三地。史书言，舜帝曾狩猎此地，福泽乡里。革命家陆定一曾说过，当年红军的队伍循湘桂古道穿越老山界，为此地留下了一路红杜鹃，也留下了"红军路"这个名字。

舜皇山山高林密，其云崖岩壁上、浅溪深壑边，有约两万亩野生茶。千百年来，它们在雾遮云罩和春秋轮转里寂寞生长，只与林泉相对，与夏花冬叶共荣枯。

若干年过去，一位与野茶同根的舜皇山子孙，揣着富裕乡里的愿景，从求学的大洋彼岸回到故土，带动乡邻采野茶、办茶厂，最终助家乡脱去了贫困的帽子。舜皇山的野生茶也因此终于从阒无人迹之地走到了山外，走向了大海那边。

说起来，茶文化在吾国吾土已有上千年的历史了。

"初唐四杰"之一卢照邻的孙子卢仝说，茶可"破孤闷、清肌骨，明心境"。而茶圣陆羽貌丑，自幼失怙失恃，以孤儿之身，寄寓山寺禅师智积门下。他于荒山采集野茶，汲山泉，研究以茶为饮，一生游历万水千山，遍品天下水，饮遍人间茶。780 年，他在湖州的青塘门外，完成了《茶经》，留给了后人一部伟大的著作。

他最早把中国茶产地划分为五大产区，把水分为山泉、江水、井水等二十个层级。他说："夫茶于所产处，无不佳也，盖水土之宜。离其处，水功其半，然善烹洁器，全其功也。"意为出好茶处，水土必相宜；离开了原产地，水的功效就会减半，要靠沏茶技术和器皿来补救。他的茶论，是国人千年生活艺术的大幸；他的茶与水土说，实在是真知。

舜皇山上受烟云供养的野生茶，就是茶圣陆羽水土说的明证。

上春时节，从山野采下的芽头，一芽二三叶，如指尖小朵山花，嫩绿柔和。以此叶炒青、发酵制成的"帝子灵芽"，有微醺的兰花香气，冲泡起来条索清晰，汤色红亮透明，满目美好；入口香醇温厚，有野蔬村酿的温暖感觉。

去岁仲夏，山里恬静清寂。

当我与一众作家在舜皇山下的舜帝茶庄，喝到当地脱贫致富领头者、制茶人唐爱民用清冽泉水冲泡的这款茶时，只觉满口生香。那时我才恍然明白，为何它会成为一些茶客的禁脔。

晚岁之冬，我在长沙，守着一盅野生红茶的简朴、天然，于一场大雪中和闺密对坐，小杯细语间，如闲走听泉。

# 有味

苦夏难挨，味蕾也寡淡，便有些疏于厨事。每以绿豆米粥配上馒头面包，或者佐以小碟凉菜，吃饭的事就算妥了。心下以为，舌上简单，可以让身形轻盈，也是美事。

岂料，近日得两件礼盒，内置一组六瓶香菇酱菜，分微辣、香辣、原味、牛肉味等口味。琥珀色的酱糜，皆覆以清亮的茶油，透过清亮的玻璃瓶，看得人食欲大动。

开盖后，一股鲜香气鱼饵般抛来，撩得心底各种馋意四起。先盛之以小碟，再用盅，最后连瓶上桌。举箸挑瓜子大一坨入口，牙舌间仿若插进了一把开启食欲仓库的钥匙，味蕾醒了，胃口也四敞八开，后来只有用汤勺子大勺大勺往嘴里运送方觉痛快。我的饭量，被这几瓶香菇酱一鞭子抽过来，就如野马脱缰，无法管控了。看清了标签，是"十三村"的牌子货，湘北家乡的东西。

现在，提起这酱，就嘴里涌涎。

见美食而口舌生津，是人本能的生理反应。奇怪的是，这来自老家的酱菜，引起我的感觉不只如此，还有强烈的情感反射。

那些与酱菜有牵连的事，在脑子里鸣金而返。

记忆里，酱菜是湘北人家餐桌上的重头戏。

那时大街小巷的门户里，少不得有几坛酱菜，尤其当生活被贫穷的尖牙利齿撕咬得疼痛时，下饭的酱菜，就成了家家的必备。一碟酱，吃一顿饭，也是常事。

酱菜的主料多从乡下地里长出，豆子、辣椒、萝卜、瓜果之类。将它们洗净，上火蒸，摊晾控干水分，再揉入辣椒姜蒜，盖薄盐入坛，酿数日便成。

母亲最拿手的是做腊八酱与霉豆腐。把煮黄豆或老豆腐摊在簸箕上制霉，待豆子与豆腐们长出一头白发后佐以配料入坛。因为它们好咽饭，就长年占驻着我家餐桌。物资匮乏的年代，酱菜显露出些许生活的霜寒，但也有喂大我的功劳。

那时，我最喜欢的差事，就是遵照母亲的吩咐，到洞庭北路那家青瓦木梁的酱菜铺去买辣椒酱、蓑衣萝卜之类。隔着木柜台，只见店员从身后水缸大的坛子里，夹几串黏糊着红辣椒的腌萝卜，用两片干荷叶横一卷纵一叠，搁秤盘上一称，然后动作麻利地递予我。

路上，我会悄悄把荷叶抠出个小缝，撕一丁点萝卜解馋。若是买二三两豆瓣酱，店员亦是用苔绿的荷叶做容器，卷成三角筒形，将其包成粽子状。我也有法子从里面挤一两滴出来，舔一舔。

当年，初到长沙谋饭食的我阮囊羞涩，常到菜场买芝麻酱当零食。周末窝在房里，边看书，边用一支长柄小勺，轻轻剜一点搁到舌尖。它的绵软醇香，伴着细碎轻柔的翻书声，治愈了一个外乡女孩的寂寞。

　　那年收拾行李负笈伦敦前，我在箱子里悄悄夹带了一瓶芝麻酱、一瓶辣椒酱，都是湘北口味。出门在外，故乡无法打包带走，就带上它的味道。

　　在北伦敦的科林德尔，我以鲜香的"家乡二酱"，就着长长的法棍面包，细嚼慢咽，似把洞庭湖的波光与湘江的月色都装入了肚子。而桌上，总有一杯君山毛尖，冒着腾腾热气。

　　这时，窗外静悄悄的，只有黑人清洁工乔万尼，正用长帚在清扫园外的落叶。有酱相伴，面对窗外寂静的房子、树木和异国的人事，便不觉得离情太重。

　　说实话，酱菜这种东西，对我而言有一种久而醇香的味道。那是家乡亲切的老岁月，可以咀嚼，可以拥抱。

　　我往昔的烟火日子，与"酱"字贴得很紧，掰都掰不开，以至于如今一看到酱菜，便会打开心中那股似乎前生就备好的欢喜情绪。

# 嘴里的松风

买了一瓶东北松子，开口的，色为纯褐、深咖，颜值不错，且粒粒都是小胖子。

剥开壳衣，象牙白的果肉瞬间勾搭上了我肚子里的馋虫，两下闹将起来，我的手就成了瓶子与嘴舌间的"快递员"——抓一捧，吃一会儿；嗛一把，嚼一阵。一旦开吃，就停不下来，一斤颗颗粒粒，没有一粒像句号，仿佛在写一篇总也收不了尾的文章。

松子开着口，却不说话，任我终日毕毕剥剥贪吃，也不着一词一句。我嗑了一大半，满嘴林木松风味道，且边嗑边翻闲书，开心自在。

不久，大瓶见底了，这才想起，它们在东北白雪皑皑的森林里，躲过了风刀霜剑，可终是躲不过人这张嘴。把松树的籽撸光吃掉，是不是有点不仁厚？没准会让哪片松林"断子绝孙"。

在人类的牙嘴跟前，草木禽鱼躲无可躲。再猛烈的风霜雷电，也比不过带货直播小姐姐的口齿，比不过我的一肚子馋虫。

吃得嘴舌累了，我突然良心回暖，想要弄清楚，这么多饱满度、形状、色泽皆步调一致，仿佛一胎而成的松子是从哪里来的？难不成松树也被"科技"成果树了？我牙齿的开合，是不是嗑掉了一片松风如涛的丛林？

我这辈子与松树的交集甚少，它活它枯，都离我十万八千里。至于松树的生长史，我更是一无所知。

我幼年时很少见到松树。那时住城里的学校大院，院里树木不少，多是石榴、槐树、女贞、樟树、构树和梧桐等，一座宋代文庙矗立在浓绿中。

我父母的同事、教生物课的姜仲海老师，经常挑一担木桶，浇水泼肥，莳花弄草，照顾着满校园的草木。这个教书先生，妥妥变成了树木们的保姆。

姜伯伯甚至还在校门口靠汴河园的坡上，种了一棵银杏树。此后几十年，每到秋天，它就披挂起一身金黄，仿佛有钱的大户人家嫁女，穿金戴银。

记得在文庙前的地面，他用兰草种出了两个巨大的五角星图案，颜色会随着季节，在叶子的墨绿与白瓣黄蕊的花朵间切换。我与小伙伴们常偷摸着连叶带花掐了，卷成圆饼，再插根冰棒棍子，将它做成棒棒糖玩。姜伯伯发现了，少不了会气得骂我们几句"小坏蛋，败家子"。

姜伯伯是学农林的，有农民的勤快劲儿，也有老派知识分子的温和。他爱草木入骨，给女儿取名郁兰、郁林，大约是盼女儿如兰花般葱郁、树木般茂盛。他给儿子取名郁松，肯定是巴望儿子日后有松的质地与本性。

偌大的校园里，花木扶疏，这让我圈养在读书声里的童年，有了爬墙上树、端鸟巢、摘桑葚的野性，有了与草木、昆虫厮混的机会。

只是我在大院里，好像从来没有见过松树。

我认识松树是在街头，而非乡野。有段时间，在激情汹涌的城镇上搭彩门，是一种渲染情感的时髦表达。从郊外砍来的松枝，被人们裹插在竹竿木方搭建的"门"上，一层层苍绿的针叶绒，是彩门必穿的外套。彩门左右两侧的门框嵌入红色对联，中间悬挂大红灯笼。它似一种无可替代的文化符号，受到人们的青睐。

每有重大庆祝活动，松树枝最重要的任务，就是装饰和强调事由的隆重。彩门扎好后，必有敲锣打鼓的人流，和一辆辆彩车沿街游行。

有次我被打扮成《红灯记》中的李铁梅，系牢在彩车竖立的钢管上。小小的我站在高处，耳边有风，头顶有云，黑压压的人群，街边房屋的瓦顶，都在脚底下。我感到晕眩，吓得哭了。恰好彩车正缓缓穿过彩门，一绺垂下的松叶在我脸上划拉一下，生疼生疼的，像被劈头盖脸地用鞭子抽了一下。我哭得更凶，吵着要回家。结果大人们只好把我抱下来，换上另一个稍大点的女孩。

那次经历让我对这种尖细的树叶有了畏惧，觉得它像家里缝纫机上的针，尖利且泛着寒绿的冷光。我也记住了它的名字叫"松树"。

读小学时生活清贫，鲜花是奢侈品。参加文艺会演，老师用红色皱纹纸扎出朵朵小花，绑在扫帚头大的松树枝上，红配绿，看着鲜艳又喜庆。我们一群小孩儿，比捧了真花还高兴，舞动起

段首

来，身上活像装了马达。

我觉得手中的松树枝也是活的，正随着音乐的节拍簌簌地摆动，甚至能听到它的呼吸。每次演出结束，我都会把那束离开松树母体的断枝带回家，养在装了水的玻璃瓶里。

某年清明节，一片松树林在我眼前撑起沉郁的天色，整齐划一地耸立在一座座纵横排列的黄土坟堆前，像无言的守墓人，肃穆得让人想流泪。雾一样的蒙蒙细雨，挂在松树细密的针叶片上，水珠在闪动聚集，却忍着没有落下。

读小学三年级时，我和同学第一次走进墓园，给解放战争中长眠在岳阳的四十多位战士扫墓。汴河园东北角的这片墓地没有封水泥，也没有其他杂树和草木，只有列队生长的松树，绿得苍茫。从那次开始，我认定松树是与悲壮、勇毅等词汇相匹配的。

成年后，眼界半径大了些，我对松树的认知又增加了一点皮毛。

说起来，松树四处都有，也不算稀罕，但它抗得寒苦，耐得酷热，又不太挑剔，沙土、火山灰、石灰石、红壤里都可以生根。北国的雪原、南方的山谷都是它家的院子。它的家族庞大，有八十多个品种，马尾松、红松、油松、堰松、华山松都是它的手足。

松树是长寿树，可千年不死，出现在今古国画里，总是铜柯石根、霜皮溜雨，染秋烟、接晚云，孤高风烈的样子，即便长势顿挫，也遒劲向上，契合了国人渴望肉身与精神皆壮实端稳的道统，历代都受珍爱、褒扬。

松树成林、落单，都有看头。

单棵成景，以黄山松最有声望。我没去过黄山，只在图片上见过那棵暮色苍茫时分的劲松立于绝壁石缝上，仿佛正在对峻急、陡峭的生活做一种哲学的开示。被烟云供养出来的它，强健有硬气，立起像条汉子，就算沉苦苍老了，也有一副耐看的骨相。它把很多人的脾气、血气都托举了起来，托到了黄山顶的高度，用以反抗生命的屈从。

松树聚合成林，也彰显着其独有的气场，与芜杂的万紫千红的热闹绝不榫合。一年初秋，我去湘西的一个林场采风，迎面是云木苍苍数万株，清一色的老松。山风与万千松叶缠斗的声音，潮水般扑过来涌过去，松脂的香气也随之一浪一浪翻滚。

置身于黛色参天、绵延无际的松林，我感觉到的不是喧响，而是空茫宇宙深处的极致安静，是洪荒真空里的不染尘埃，仿若有一众拳拳于家国的先贤托体其中，他们的意念、意志，化成褐枝碧叶，可信手掬到。离开林场我还在寻思，松木材质好，置身其间的，必是好材质的灵魂。

松树寻常，但绝不平庸。

越是野山野岭，越是雪刃霜刀，它越是长得高大。我并不知道，手中的开口松子是来自哪种松树，既叫东北松子，必定是从雪乡雪原中来。那一球球松果里面孕生的每一粒果仁，必含蕴了北方的好水好土好空气。

由此，我的眼前出现一帧画面：一片旷世的绿天绿地里，采松果的农人脚上绑着铁制的脚扎子，贴着疤痕盘结的松树主干，攀爬到十几二十米的高处，停顿片刻，稍稍整理一下急促的呼吸节奏，便伸手以长杆猛烈敲打树梢上的松果。随着采松人嘴里冲出一团热腾腾的白气，枝摇叶动间，松果们似高天冰雹一般，一个接一个砸向地面。山林的雀鸟惊飞了，呼啦啦如箭雨一样，射向四方八极。

我又寻思，当松果离枝时，它们会用哪种方式表达茫然与惊恐？作为树木坚果，它们会不会觉得，即使在山巅打着寒战、淋雨披雪，亦比落进人腹鸟肚强？

现在，桌上的松子开了口，却没有骂我贪吃、贪婪。它饷我以果仁，我欢快的牙齿没有愧疚，却总想着再嗑点。我还将松仁剥出，放入玻璃茶壶，配入茵绿的雀舌茶和鲜红的枸杞，以烛火慢烹，想体验一下散文家林清玄在《松子茶》一文中所提到的妙处。他写道："极平凡的茶加了一些松子就不凡起来了。那种感觉就像是在遍地的绿草中突然开起优雅的小花，并且闻到那花的香气……"的确，松子茶里有山野林木的清新气息，有松脂的薄香，还有无数村庄的汗水味。

松树就是如此，活着时支撑人们的寄望和口欲，养人养景养村落；倒下时成为家什梁柱，像大地一样稳当、可靠。于我，它暗含着一种教化，无言而来，却当头被泼了一身。

# 不惆怅

过了腊八，我就会透过时间的门帘，想念当年满地跑的土猪，想念从前吃肉的那种欢快与满足，还有几十年前看人杀年猪的热闹场景。

我打小在城里长大，不谙农事，不识百草，却认得灵芝与猪。前者是老人所说的仙草，入药可以救人于疾苦。戏曲里有盗仙草的情节，白素贞排除千难万险，盗的就是此物。后者是饭碗里的好东西，但既土又俗，比不得灵芝的贵气。可今日，我的拙笔却对这二者充满了瞻想。

早年去山东，在泰山脚下买了一包灵芝。这东西看上去像用一块块木疙瘩雕成的褐色与暗红色的云朵，无香，也无山野气味。我买它，是因了一份好奇心：它生长在帝王封禅处，伴云蒸霞蔚，纳日月光华，也许真有灵气。加之我有儒骨数根，对孔子登东山而小鲁的地方总有几分景仰，因此携包特产回乡，也算是个念想。

后来母亲抱恙，有人说灵芝孢子粉可医，家里遂托人到处去寻灵芝，皆因此物本地少有。在我看来，灵芝是一种"高大上"的东西，有贵胄气象，非寻常人家可以享用。

而我之所以瞻想猪儿，是因为如今一吃肉，心里就有些惆怅，不知道吞下去的那几口里，有多少乱七八糟的添加成分，会不会让我的肌肉或脂肪像野草一样疯长，会不会让我身体的某处多出点惹病的东西来。

可又不能断了吃荤食的口福，所以我经常怀着侥幸与战战兢兢的心理，端坐在最爱的红烧肉和一切荤菜前。吃也不是，不吃也不是。就这么麻着胆子，想吃又怕吃，总是丈量着一点分寸。

小时候，我和家人住在父母任教的学校大院里。校园偏僻的土坡下，一栋灰砖平房被当成了养猪场，养着几头小猪。到了年关，天空飘着雪花时，猪就肥了。

这个时候，校工刘伯伯、李伯伯等人就会在学校食堂前的空地上架起木架，摆好浴缸似的大木盆，动作麻利地捉猪、宰杀、去毛，再把一条条肉分发给各家。围观的老少皆欢天喜地，拎了还冒着热气的肉块，说笑着回家去。

那天，家家屋里都闻得到土猪肉的鲜香。

那时的日子瘦瘦的，严重缺油水。可那时的猪，没有喂瘦肉精之类，肉的味道，好得像一首歌。

如今，土猪肉的味，被当代养殖方式的尘垢，严严实实地遮掩了，弄得无数城里人在吃肉方面无比惆怅。"土食物""良心菜"成了嘴巴里的大事。我买过花猪肉，也托人从乡下买过土鸡蛋。每到年关，买土菜的事，最让我牵肠挂肚。

前些日子，跟几个朋友自驾游，我在湘潭云湖桥附近的小饭店尝到了一种猪肉，居然是那种比歌还好的味道，鲜香得仿佛每个细胞都沾染着原始森林里的风。

老板笑着说："这是呷灵芝长大的猪呢，是我们飞轮村瓦屋组的农庄养的。"见我们存疑，老板用手一指，说："不信你们可以去看看，就在前面不远处……"

将信将疑的我们驱车沿绿树层叠的村路而行，果然在一处清幽的小湖旁，见到了呷灵芝的湘沙土猪。这里的猪命好，不光呷灵芝，还呷猴头菇，在龙湖清农庄的猪栏里长得百媚千红。

猪舍旁的种植棚中，有城里人带着孩子来采摘灵芝和猴头菇，孩子体验了农事，笑声滚过门来。原来这里种植着灵芝、猴头菇，以之做茶、酿酒，再以渣蒂养土猪、土鸡、土羊。

主人热情，以灵芝茶待客。

各路来人品茶采菇后，均提着不少土菜、土肉，满载欢声而去。我们亦就地停驻，摘菜采菇，不再前行。最后，也不免成了灵芝猪和农家土菜的拥趸。

前不久，一朋友的先生辞掉经理之职，到乡下当了"农场主"，专门养土鸡土鸭。他发誓决不掺任何添加饲料，要捍卫饭碗里的那点绿色。得此佳音，我雀跃不已，报名要当其第一个顾客。其实，自古以来，百姓饭碗里的事比天大，饭碗端得安稳了，日子就有了香味。

在我看来，土猪土菜的"土"字，不但蕴含有儿时的快乐味道，更富含原汁原味的朴实、厚道和义信气息。"土"也意味着传统的绿色养殖方式里，有几千年来老祖宗们接力传递的良心养料。

这些养料，可以让我们的味蕾，不再惆怅。

# 吃鱼

从小在岳阳楼下生活、成长，我对洞庭湖的鱼，有种天然的亲与敬。因为鱼的鲜香里，有关于家乡的旧记忆；因为它们在食物链上的存在，维系了湖区无数炊烟人家的生计。

这一湖河鲜，于我有养命的恩泽。

如今，客居异乡多年的我，每与人谈吃，就会列举洞庭湖的鱼，讲述它如何的有味；列举小时候，在岳州城的鱼巷子，买各种河鲜的点滴。提到这些，都会感觉有种千里会故人的亲切。

每次回岳阳，我都会到鱼巷子、南岳坡一带走走。在夕阳下，看洞庭湖上的一片红光里来来去去的船影；看大水泡着的君山岛托着一堆浓绿，随波光上下起伏；看它被一盆湖水洗了千百年，仍一副永不褪色的样子。

或者，我会与老同学、家里人，到临河边的饭馆去吃一顿俏巴鱼、银鱼汤之类，解一下馋；坐在湖边的小酒馆里临窗西望，看河面上水天相契，河坡风光带灯光交会、风卷人语。在我心里，外面的江山再雄强，总不若这一湖鱼水恩情重。

我的吃鱼史，就是从鱼巷子开端的。

小时候，母亲经常一手拎着竹篮，一手牵着我去买菜。那时，鱼巷子两边是低矮的平房，有几间公家的店铺卖蔬菜和豆腐。卖鱼的也不少，多是船上来的人。鱼巷子的鱼相对又多又便宜，是从河坡下的船上直接提上岸的，尤其新鲜。

计划经济时代，肉和豆腐都凭票买，还得赶大早去排队。唯鱼巷子买鱼，不用费周折。

母亲买的多是小毛花鱼或小刁子鱼，一提就是十多斤。这种鱼最便宜，一斤才一毛钱左右，且里面混杂着肉嫩仔鱼和小虾。将买来的鱼分拣后洗净，毛花鱼、刁子鱼以薄盐腌半日，然后摊在竹簸箕上晒干，入坛存放，再喷上一口酒，封好坛盖，吃时取出，可吃上大半年。吃法则多是用豆豉蒸，或热油爆炒。而肉嫩仔鱼和小虾，则是买来就清蒸，或伴着鲜青椒炒了。

晒干鱼备冬，是母亲年年的例行之事，与左右邻居家一样。母亲会买回凝脂般透白的小银鱼，晾干后寄给她远在陕西的弟弟和醴陵老家的哥哥，或招待家里的贵客。

我们也有沾光的时候，她偶尔会在丝瓜汤里放几尾银鱼，让我们兄妹五人过一回"大海捞针"的瘾。当年银鱼产量少，价格高，能吃上银鱼，堪比今日吃燕窝，是很隆重的事。

很长一段时间，家乡的三样东西——名楼、黄茶、银鱼，都是我与人闲聊时优越感飙升的资本。

鱼巷子是我童年经常去的地方，至今仍有不少关于这条老巷的记忆。小学五年级时，班上来了个新同学，叫玉珍，是船上人家的女儿。玉珍梳两条齐肩麻花辫，比班上同学都要大几岁。她穿着土气，衣袖和裤子都接了几寸旧布头，可脸盘子长得好看。

玉珍的家是那种比乌篷船大不了多少的木船。她当渔民的父母没有文化，且一年四季漂在洞庭湖上，因此把瘦高的女儿送到岸上的亲戚家寄养，以便她到我们学校读书。

来到城里的陌生环境，玉珍不大合群，总是怯生生的。班上的同学都不太搭理她，我却很快跟她成了好朋友。若有人欺负胆小内向的玉珍，我便摆出一副两肋插刀的样子，为她打抱不平。

玉珍嘴上不说感谢的话，只是偶尔会用旧练习本的纸，包几条烤得又黄又香的鱼塞给我，说是她家父母烤的。有几次，她想家了，会邀我去鱼巷子最西头，居高临下地坐着。在那里，可见湖上万顷波光，可见河坡下所有泊岸的船。

她的目光在桅杆上探来探去，对我说："我的家，应该会靠岸了。"可很多次，我们等到暮色在水天间升起，也没等到她的家归来。这时，玉珍会收起满脸失望，挤出点笑意说："也许过两天我家就靠岸了，那时我就带你上船吃烤鱼。"

然而，洞庭湖太大，她家总在烟波里，几个月也难得来岳阳停靠一次。鱼巷子西端那一片河坡，成了玉珍的乡愁堆放处。

关于鱼巷子，我记忆的胶片上，有这样一个清晰的桥段：那年初秋，父亲带我穿过鱼巷子，去洞庭湖的河坡上看大水。回来的路上，见一店铺在出售一条奇大的鱼，鱼皮青黑，油光水亮，鱼身足足比一个成年人还长，鱼肝被盛放在一个大木盆里卖。看稀奇的人围了一大圈。

父亲牵着我，也去看热闹，啧啧称奇时，他想到鱼肝油丸对孩子的身体发育有好处，那鱼肝应该同效，就买了一大块拎回家。他亲自下厨，把鱼肝用青辣椒爆炒了，又淋上两勺酱油，端上餐桌，给我们年纪小的三兄妹吃。他还对我两个姐姐说："你们身体好些，就让弟弟妹妹多吃点吧。"

没想到父亲的一番疼爱，给我们带来了大麻烦。吃完鱼肝后不久，我和两个哥哥相继都出现了肚子疼、呕吐的症状，被送进了医院。那是我平生第一次躺在医院住院部的床上。父亲见状，既后悔又自责，母亲也一样。从此，全家人再也不沾鱼肝了……

鱼却是离不开的。尤其逢年过节时，鱼在我家餐桌上是有霸主地位的。因为生活的底片上，站着一面大湖，我的味蕾就沾满了河鲜。日后我性格平和，朋友们总说是我以鱼果腹的缘故，鱼不腻。我笑言，细鱼细虾最养细民，胜过肴馔时鲜。

几十年过去，关于童年的记忆十分芜杂。时移世易，诸事不及缕陈，成了地隔天远的风景。但提起鱼巷子，我的内心便如风涛掀天，意绪缠绵。

# 东江鱼

我在湘北的洞庭湖边长大，打小好吃鱼，每每有鱼上桌，必吃得意气风发。少年时期，我对古人笔下的鱼画和诗词尤其感兴趣，像"西塞山前白鹭飞，桃花流水鳜鱼肥""竟说田家风味美，鲈鱼清晓入池塘"之类，还正经背过一些。跟人说起洞庭湖的鱼，我就会十分自豪，仿佛这八百里云烟，就是自家后院的一口水塘。

我以为普天之下，没有哪里的鱼，比得过岳阳南岳坡下洞庭湖的鱼更加味美了。然而，大约是二十多年前，我一路辗转到郴州，被朋友带去东江，才知道水世界也是天外有天。东江的景与鱼，像刀子，把我的认知视野划开了一道豁口。

其时正值春末，一路的草木绿得狂放。

贴着山涧，我们乘坐一辆老爷车，沿陡峻的简易公路，提心吊胆地爬至东江大坝的顶端，眼前便展开了一个极庞大的绿色世界：江面碧绿敞阔，利索地铺向远山；沿岸山色似黛，林木森森，天地皆绿得密不透风。

泛舟江上，水远天远，小风习习，撩人情思。

我就想，这样深邃纯净的水里，也有我家乡那样的桂花鱼、草鱼、青鱼、鲇鱼、鲤鱼、鲫鱼吗？

朋友的堂弟小刘，乃郴州土著，他咧嘴一笑："这里鱼的品种也蛮多，银鱼、翘嘴鱼、大雄鱼都是地道的冷水鱼，好吃得很呢……"

果然，这天中午吃到的东江翘嘴鱼，肉质细嫩鲜香，甚至还有一种隐隐约约的甜味，在舌尖像涟漪般荡开。真是从来不曾呷过的、让人食指大动的东西啊，比岳阳南岳坡的鱼，似乎还勾人些。

"美景美味，都好，就是偏远了一些。"小刘说。

的确，当时的湘南重峦叠嶂，交通尚不畅达。郴州这个古林邑之地于山水幽处很近，于繁华都城太远，是古代的雁不南来处。老话有言："船到郴州止，马到郴州死，人到郴州打摆子。"

当年，刘邦与项羽立楚怀王为义帝，后项羽毁约，遣英布追杀怀王。怀王自岳州走水路南遁，船至郴州，再无水路可走。可叹怀王运气太背，连东江的鱼味都来不及闻，便命丧刀下，以死成就了一句俗语。

在一盆鱼汤前，小刘用地道的当地方言，向我们讲述从老辈人那里听来的故事。他还说，韩愈、柳宗元、周敦颐、宋之问等人被贬此地时，应该呷过东江的翘嘴鱼，也肯定写过呷鱼的文字，或许只是年头太久，早已流失了。

小刘是农村小伙儿，高考不中，就回村了，也读过不少书。这次郴州之行，我知道了东江鱼好呷的原因：东江水温低，鱼生长缓慢，这样一来它们体内氨基酸含量就高，肉质就细腻。这点就比岳阳南岳坡的鱼要牛气。

时间一晃而过，乙未年的夏末，我再次来到旧游之地郴州。想起数年前匆匆而来，只是走马观花，来不及细细端详。此番重来，在新区阔道与老街巷闾间走动，于苏仙岭下小住，雨夜在林山中漫步，大为快乐。

更为高兴的是，我见到了久别的小刘。

他当年离开山村，南下广东打工，只想为家里找点活钱回来。一去多年，小刘变大刘了，在村里也有了老婆孩子。每年在家乡与异乡间奔波，他成了一只迁徙的候鸟。

"现在好了，我就在家门口上班，不用来回奔走，也可以照顾到老娘了。"他又是咧嘴一笑，露出八颗门牙，"我现在是老婆孩子热炕头呢……"原来，他在广东打工的那家工厂南迁到郴州了，且做大做强，变成了贸易公司加生产基地型的集团，现在安排了四千多人就业。"郴州承接产业转移，引进了好多企业。我上班的工业园里的几十家工厂、公司，都是从沿海迁来的。我们村好多在外地打工的人，都回来上班了。离家近，就是好啊……"

小刘带给我一盒包装精美的东江鱼大礼盒："这也是我们园区的工厂做的深加工产品，咸的、辣的、五香的，各种口味都有。你不是喜欢吃东江鱼吗？以后嘴馋了，发条微信给我，我给你寄，保管你四时都可以饱口福……"

见到小刘的时候，东江景区刚下过一场雨。碧玉般清亮的水面上，一团雾烟升起，似聚似散，时浓时淡，在收缩舒展间，排布出壮丽的阵势……

# 朱实悬金

我对柑橘一直好感甚烈。

童年时清贫，偶得一枚柑橘，立时就能欣喜若狂。剥开后，兄妹几人不争不闹，各得一两片，吃得满嘴溢汁，高兴不已。那时，水果少见，想象不出周元范"离离朱实绿丛中，似火烧山处处红"是怎样的场景。

此刻，时序已至初冬，我站在泸溪武溪镇上堡村的山头上。身边一千多亩椪柑林果实低垂、枝叶俯首。每一棵树，都吃力地举着满身橙黄或朱红的果子，等待果农开摘。千百棵椪柑树，仿佛出征大军披挂上阵，直排到岗峦尽头，排到地平线收梢处。

草木盛大的成熟，原来是这样惊心动魄。我想，周诗人与孟浩然的"庭橘似悬金"恐怕远不及此。

古人对柑橘生淮南淮北，有不同的注释。

我喜欢"橘有贞质"这一说，不光动听，意味也好。它比喻臣民对君主与家国不改其忠其信：我的心只在吾乡吾土，离开或者移栽，就不甜了。这一说，在屈原《橘颂》里更加明确："受命不迁，生南国兮；深固难徙，更壹志兮……苏世独立，横而不流兮。"屈原托物言志，赞颂的是像柑橘树那样，扎根母土、不徙他方之坚定，独立不羁、不媚时俗的品质。然清人陈灿霖有诗言"但得贞心能不改，移植亦何妨"，则是另一种襟怀。

眼前这片朱果满缀的椪柑林也有"贞质"，它们牢实地站在大湘西的好水好土好空气里，站在村人的向往里。水是山里的，土是山里的，空气还是山里的。山里的东西干净，养人养畜养万物。

有村人说，这椪柑林原是各家打理，结果散沙不力。因为口袋总是贫瘠，有人辞别桑梓南去打工，地就抛荒了。近年上面扶持，提供技术、资金、政策，可谓贴心贴肺，村里三十多户人家就成立了合作社，一块儿打理果园。这片嫁接的好果，叫"早蜜"。几十万斤的收获，把山里的日子润甜了。

漫步椪柑林，陷入果实的包围，是开心的事。

南宋韩彦直，乃名将韩世忠长子，"知温州府"任上时著有柑橘专著《永嘉橘录》，风传后世及域外。看来他也是一位知农事、忧黎元之人。

他将柑橘类果树区分为三大类，即柑、橘和"橙子之属类橘者"；文字涉及育果、嫁接等技术。这是历史上首次记载的柑橘类果树种植、培养知识，论述极为精辟。椪柑列在其中，与橘为伍。有了柑橘一家之凭据，我这个不沾农事的人，便不怕认错科属了。

我从椪柑树低低的枝头，掰下两枚黄得发红的，慢条斯理地品尝。不急，童年的彼时已经太远，此时此刻我可以放纵地开吃，让味蕾从这脆皮厚肉、汁多瓤甜的柑橘里，触碰到湘西的霜露与气韵。

最妙的是这片椪柑林背后，的确站着屈原的身影。

在目光不及的天尽头，泸溪的沅水中，有白沙洲名为"屈原洲"，有小渔村名为"屈原村"，那里是屈原小舟停泊，进村访贫苦、忧黎元处，故后人以其名纪念。

我不知道屈原是不是品味了泸溪的柑橘，食指大动后，点燃了写《橘颂》的灵感。当年被放逐至此，是诗人的不幸，却成就了此地阳光灿烂的历史文化。

# 行迹录

# 大院姓周

丙申四月，南去永州。

作为旧游之地，我曾经在此看潇湘二水，寻柳子故迹，过黄叶古渡，谒舜帝陵寝，觅频岛文踪……永州之野，乃传统文化的沉积带，苍古的历史遗迹，一层层堆垒着，多不胜数。

此次，我被朋友带了去涧岩头，去看那座有名的大院。

汽车出了永州城，沿潇水往双牌县方向前行。沿途远山近水、老村古屋、旷野疏林，让我心中的趋时怀古之情交替升腾。路向右拐了一个弯后，我远远地看到，视线尽头的苍茫山水间，立着一堵堵黝黑的青砖墙和连绵的黑瓦屋；封火墙头接踵比肩的飞檐，仿佛巨鹰张开的阔翼。朋友说，这里是富家桥镇涧岩头村，前面就是永州最有名的明清建筑群——周家大院。

眼前的宅院群大得触目，远远超出了我的预想。六座呈北斗状分布的大宅，集纳了这样的数据，让人震撼：它绵延四里，占地一百二十亩，总建筑面积四万五千平方米；有正屋、横屋一百八十多栋，大小房子一千三百多间，天井一百三十六个，巷道四十多条，游亭三十六座；其中有无数的祖屋、堂屋、正屋、厢房、跳马墙、龙头翘檐、木门石墩、龙凤浮雕、木刻花窗……

这种庞大，这种精美，陈列在都庞岭的北麓，以永州古老的历史文化大幕为背景，显得那么理所当然。

在这片出现过理学鼻祖周敦颐，出现过书法大家怀素、何绍基的土地上，再出现建筑艺术的异峰高岭，不足为奇。

明朝景泰年间，周敦颐的一队后人来到这块"左青龙，右白虎，前朱雀，后玄武"的风水宝地，在此躬耕繁衍、开枝散叶，并且在面向贤水、进水，倚靠凤凰山的地方，建起了老院子、红门楼、黑门楼、新院子、子岩府和"四大家院"这六座气势雄阔的住宅。六百多年里，有二十七代周家人在这里出生，在这里过活，又在这里归葬青山。

当然，就像所有的华屋大殿一样，这几座周家大院也有一个显赫的背景：周敦颐之后，清同治年间，周崇傅这个名字，继续光耀了这个门楣。博学多才的他居进士，出翰林，官至二品资政大夫。他的故居是子岩府，也被人称为"翰林府第"，修建于清光绪二十八年，是现存清式宅院的范本，也是我们此番观览的重点。

大门两侧"翰林府第，濂溪家风"的对联，有一种来自仕宦与旧学的威仪，也清楚地表明此院与周敦颐的血脉牵连。

转到大门照壁后，一眼看见的是前庭坪院正屋门楼。正屋高大气派，为周家长辈居室；两侧东西排列的横屋，是各房分支晚辈的住所。这种安排，体现了以孝道为主旨的宗族辈分，与尊长持幼秩序的严谨性。

这种安排，在我走访过的旧院古宅里亦随处可见，晋中的乔家大院、山东的牟氏庄园、中原的康百万大宅，莫不如此。

如果说高官、巨贾、名士是无数中国大院的支柱，那传统的儒学思想与宗族向心力、凝聚力，就是大院支柱下的础石。它之所以能够坚硬如磐，离不开长幼秩序、族法族规、伦理道德、家风家规的铸造。而所有这些，又框定了华夏族群的历史造型。

"一等人忠臣孝子，两件事读书耕田。"大院祖堂屋神龛两侧的这副木刻对联，正是这座老院子立世的准则。而今读来，可以看出这座大院，与中国旧的仕宦阶层的追求一样，是以儒家学说为绳墨的。

在周家大院的一隅，有两座封闭的四合院，是周氏子弟求学的私塾。正堂为先生授业处，两侧厢房为学子温习功课的地方。

受耕读传家这一人文精神的熏陶，周氏一脉，俊彦明贤层出：明朝天启年间，出了历史上赫赫有名的户部尚书周希圣；其第九代孙周崇傅文武双全，为大清肱股之臣。他们是古代零陵最负盛名的读书人，不单是当时文人的榜样，亦影响到了后世的学子们。

"好个水口庙，打龙十三翘，进士扛龙头，拨贡擎尾梢，秀才只在中间跳""秀才举人何处多，顶子出在涧岩头"……这些民谣，道出了周家大院书香门第、人才济济的历史状貌。

眼前这寂静的私塾旧院，乃是中国几千年耕读文化绵延不断的历史见证。

此时，我在大院的天井、回廊、前庭后院穿行，看到有基建工人在修葺外墙、破窗。新粉刷的墙壁，新装上的木窗，与接纳了今天的春雨与旧时月光的老院子，形成了一种对比，仿佛新旧日子在交替、碰撞，亦仿佛一种文化基因在更新、重生。

如今，旧时光打马走远了，带走了所有的辉煌、动荡，带走了功成、事败与忠奸君臣、英雄豪杰、流民草寇，唯这些大院老屋瓦楞上的月光还在，老墙青砖上的秋雨还在，石柱木梁上的汉字还在，匾额对联里的伦理风尚之魂还在……

中国的大院古宅，就像长路上的驿站，给后世的文化考察者们，留下了一条条追寻的线索。

周家大院，堆垒着建筑美与史学美，似前人派遣来的信使。它为我们讲述着一段段旧时旧事，在历史的台阶上，镇定地等待着今人的叩门声。

# 二酉山书事

　　到了沅陵，二酉山是必访之地。

　　二酉山在沅陵城西北十五公里处，因酉水、酉溪合流交汇于此地而得名。作为成语"学富五车，书通二酉"的"原产地"，这座青山，在天下读书人心里，有着不同寻常的文化高度。

　　而"二酉藏书"传说背后的一个"藏"字，隐藏着许多与书相关的历史谜团，值得人们去探究，去追读。

　　白露成霜的秋天，一叶小船划过清冽的水面，将我从乌宿码头渡到了二酉山下。穿过"二酉名山"的牌门，沿着三百四十五级石阶而上，林叶摇风处，有青岩似书层层叠叠，曰"万卷岩"。

　　循石阶左行，只见一碧瓦重檐楼阁贴崖而立、气势惊人，二酉洞即隐于阁下。一道铁栏杆将它与访客隔开，前面立有青石碑，刻"二酉藏书洞"字样。看上去，洞并不幽深，亦不高阔。干燥的地面上，堆放了一卷一卷的竹简，像古人遗留下来的书籍。原来这是景区模拟出的古人藏书场景。

　　但就这样一个小小的山洞，却衍生了几个版本的"藏书故事"。

《太平御览》第四十九卷引用的南朝宋文学家、史学家盛弘之的《荆州记》这样说道："小酉山上石穴中有书千卷，相传秦人于此而学，因留之。"南宋祝穆的《方舆胜揽》则说："尧时善卷隐此，洞在崖半，梯而上。"明朝万历年间的《辰州府志》记载："……石穴名妙华洞，穆天子藏异书于此，或曰秦人辟地，隐学于此，有藏书室。又曰尧时善卷，唐时张果曾隐居于焉。"

清光绪十六年（1890），大教育家、湖南督学张亨嘉游历二酉山，挥笔留下了"古藏书处"四个笔力遒劲的大字。如今，它们被镌刻在一块巨大石屏上，与清人刘豹、韩俊、舒宏训等人的诗作碑刻一起，佐证着此山的悠远往事。

虽然历代古籍对"二酉藏书"多有笔墨，但最流行的说法还是下面这个。话说秦始皇当年听信丞相李斯之言，毁《诗》《礼》，灭私学，焚书籍，坑儒生。朝廷博士官伏胜为保全诸子百家学说，冒着诛灭九族的危险，用五辆马车偷运了一千卷禁书，历经千山万水，从咸阳运到沅陵，将它们藏在了人迹稀少的二酉山……

历史上确有伏胜其人，他乃西汉经学家，秦朝时期任儒学博士。史籍记载，秦始皇焚书坑儒时，他将《尚书》藏于自家墙壁之中，到了汉初取出时，遗憾损失大半，仅剩二十八篇，他将其重新抄录整理，以教齐鲁之民。但我对此一说还是有些疑问：秦朝典法极严，伏胜何以能带着五车禁书千里南来？不过我倒是更喜欢此一说的美意，里面看得见中国文人的骨气与血性。兵燹离乱中，置个人的际遇、性命之不藏，却拼命要藏起一洞书简，这是怎样的一种凛然气节！

周天子藏书说，源于《穆天子传》。晋武帝咸宁五年（279），此传记被汲县（今河南卫辉）人从魏襄王墓地掘出，上面记载了七百年前周穆王的生平，有一定史料价值。周穆王乃中国历史上第一个大旅行家和收藏家，他曾经驾八骏马西行去昆仑山，途中把大量异书藏在了二酉洞。周穆王到春秋战国时期，乃中国历史早期，那时的二酉洞真有可能不间断地存放过大量书简。明代沅陵人唐九官那句"深谷尚余三代俗，白云遥忆穆王歌"，或许可以作为一点参考。

中国历代文人的内心，都有一种隐逸文化的情结。《庄子》与《吕氏春秋》记载：枉渚（今湖南常德）人善卷，乃帝尧时期学问最高者，曾为尧帝之师。舜帝继位后，风尘仆仆来到枉山，三次禅让天下给善卷，但都被他谢绝了："予立于宇宙之间，冬衣皮毛，夏衣希葛，日出而作，日落而息，逍遥于天地之间而心意自己得，何以为天下哉？"说完，便走向了深山。结合《方舆胜览》一书的记载来分析，此处的"深山"，指的就是沅陵二酉山。

善卷为上古尧舜、天下大同时期传说中的人物，是虚构的故事。然而，宋真宗大中祥符（1008—1016）年间，辰州通判欧阳陟上书皇帝，言"善卷有功于民，应予祠祀，以示崇德报功之意"。此时的宋真宗正迷信天书符瑞之说，欧阳陟一纸上书可谓投其所好，于是他批准辰州府为虚构的人物善卷修祠堂、封大墓、建亭阁，为今天的我们留下了眼前这座"仰止亭"。

传说中，善卷与"八仙过海"中的张果老曾经隐居二酉山。这虽然只是美好的想象，但也让二酉山因此增加了文化的厚实感。

如今，我站在这个一眼可见尽头的普通山洞前，仿佛出入在古人的书卷之间。如果这洞里堆放着的真是先人留下的手稿、书札，那该多好啊。我也真想在这山洞的某处，寻得几本稀世的旧书，看看从前咏诗撰文者，心头牵系着怎样的文化忧患。

二酉山，无疑是天下读书人文化乡愁的存放处。

"二酉藏书"，这一个"藏"字，更是承载了中国文化的巨大希望。从竹简到线装书，到纸本读物，再到电子书，如若没有一代代人的思想神采与精髓的典藏，我们与先祖、前朝，与传统、历史，除了会有时代的隔阂，必然有文化上的断裂。有了藏书，我们才看得到历史前浪的孱弱与壮观。

在秋风中，隔水回望二酉山朦胧的山影，我再次凭吊着那悲怆的一"藏"。此时此刻，我的心底升腾起一种歌哭襟怀，为着那一缕历经风雨、开拔到今天的文化血脉。

我想，传说真切与否似乎并不重要，重要的是，中国人的文化乡愁，有了一处可以回望的精神原乡。

# 浦市这个老地方

　　一个地方，定语有个"老"字，就意味着它的丰富与旧意，意味着它的怀袖里藏着百叠的世事，是一座故事的富矿。

　　这样的地方，最让我膜拜。

　　在我看来，地理上的"老"字，是由这个地方背后的历史积淀、风物人情以及山形水迹，经过无渚无涯的时光打磨而成的。

　　泸溪的浦市，就是这样。

　　我去的时候，正是秋天。湘西山里的橘子快下树了，四野里尽是黄的、红的，像热情的烈焰。汽车停下后，我立刻被一座躲在僻静处的大镇湮没了身影，像进入了一个巨大的迷宫中。

　　这个站在沅水中游、傍水倚山的老镇，给我的第一感觉是又大又古雅，仿佛怀揣了太多的旧日子。它的身上虽有局部新迹，显示出它正在努力吸引当代人游走的脚步，但与其他古镇相比，那种原汁原味和阒静像无声的鼓点，更打动人心。

　　"浦市"二字最早的记载，在明洪武十七年（1384）沅陵明辅公的《浦市江东陈家山记》中。其文字曰："泸溪县属地，有大集曰浦市。"可见浦市作为市集，至少存在六百余年了。

之前的宋元时期，此地被称为"浦口"。

这里当年是苗疆边陲，是明清时期西南内陆、沅水流域重要的物资集散地，商贸极为发达，为湘西"四大古镇"之首。外地的淮盐、布匹、洋货杂物从这里登岸，本地的柑橘、桐油、生铁、生猪从这里远去。各省的商家会聚于此，街面上南腔北调，绸庄、钱庄、瓷庄、典当行、染房、酒坊、油号……门户开合，人来人往。在开阔的沅水码头，百船泊岸、装舱起货，气势壮观。

现在的浦市，可谓湘西地方上旧时风光的收纳者。

满眼的老房子，摩肩接踵，檐角相连。街巷也似粗眼渔网，横竖交错，似乎走也走不到头。在老街上穿行，随时会见着高墙大宅，它们于不言不语中，便会把浦市昨日的风华，扯出一角来，让过往的人跌入到一种旧情境里，感觉回到了商号庞杂、会馆云集、舟船蚁聚的从前。

据资料记载，浦市镇曾经有四十五条巷子、六座古戏台、十三省地的会馆、二十个码头、七十二座寺庙、九十多座牌坊……时光踽踽，虽然它们大部分不复存在，但留下来的明清老宅依然规模俨然，仿佛历史之手把最心爱的老物件从沉寂中抽离，让它们恢复活力，来到今天。

这些古建筑无疑是湘西历史的珍贵化石，它们以厚重感、沧桑感、年代感割开了时光的封门，让人们见证了古镇的辉煌与荒圮。

沿着正街、河街、后街的长条岩石板路，我走走停停，一路欣赏明清风格的街景。这一刻时间仿佛冻结了，不再如流水飘风，而是将所有的嬗变，都冻结在了吉家大院、李家祠堂、姚家绣楼、万寿宫、红桥等老建筑的门楼、横匾、天井和雕花窗上。

让人感佩的是，在太平街我见到的两座高门大宅，都叫书院。

李家书院为清朝道光年间的遗存，是一处两进式、坐北朝南的长方形"窨子屋"。院落建有平头式封火围墙，面阔十五米，进深二十五点八米。大门门楣上有青石雕刻的"派衍撰书"四字门额。它是当年李姓人家的家族私塾，专供子弟读书。如今白灰剥落的青砖老墙上挂着红框黑底的牌子，上面几行金色的字，表明这里成了"湖南省级文物保护单位"。

另外一书院——青莲世第茶书院——设在太平街大宅"青莲世第"里，为今人所开，是一家集茶道、书吧、文化沙龙为一体的茶书院。书院门口悬挂着猩红的灯笼串，在秋阳中轻轻摇动。

经营茶书院的是一个年轻的女孩，她把院楼收拾得十分雅致：墙上挂着当代的书画作品，木案几上插着艳丽的绢花，二楼的一排排书架上有各种书籍。

阳光透过雕花的木窗棂，照在木条桌上。咖啡与书，代表新时代的生活元素。老旧的院落，本如深窨醇酒，相信添了咖啡、书本和文化沙龙里的笑语，新元素的活力将让老镇再次意气风发。

这座占地面积五百六十平方米、三进两厅的徽派古建筑，也是浦市湾里李氏家族在清朝中期修建的。李氏一门曾经出了五个县令，皆不忘廉洁做人，故以"青莲世第"为家门祖训，一则是为纪念"青莲居士"李白；二则取佛家青莲的清白分明之意，有清正廉明之喻。

这两处书院，两处文保单位，保护的是一线文脉，培育的是读书人的思想火焰。

而吉家大院与沅水边的大码头，似老镇最豪气的摆件，一直占据着我的记忆。与当年的诸多大户一样，吉姓人家从商发达后，在镇上修建了这座进深五十八米、三天井、三厅堂、十二房的砖木结构大宅。门楼高大气派，以青石岩凿成，配以红岩石雕就的横匾，一派大户气象。门额上有"家约清风"等吉祥字样，两端雕刻香草、荷花，周边有几何图案，雀替则配饰着仙桃图案。木门窗上，风光更甚：几何图案的窗花中间刻有八仙人物、花鸟草木、民间故事，画面惟妙惟肖，精巧得不可方物。整个大院建材用料讲究，踏步与天井铺着红砂岩条石，木构件精雕细刻，是湘西地区明清风格建筑中最典型的代表。

从天井里穿过，看着眼前的大宅，我想，砌屋的泥工石匠、雕梁的木匠没有留下姓名，却以浦市的六十八座古雅建筑，给自己和民间智慧立下了巨碑。

离开吉家大院，我的脚步在开阔的沅水岸边停下。这个石岩垒砌的大码头用了九百九十九块岩石，每十级修一长坪，供人歇息；两边另劈长坪卸货，供舟船靠岸。

明天启七年（1627），镇上的一对婆媳廉姚氏和廉陈氏，见正街通往沅江的码头逼仄窄小、多处崩塌，便掏出毕生积蓄，请十多名手艺高强的石匠，修建了这处宽敞的大码头。有人为她们的善行立了碑，碑文曰："婆媳皆孀居，故行利恤困，行善以修德积福，适目睹码头圮，慨捐千金，拓大之……往来称便，固垂之百世不朽……"

读完碑记，我站在江边，任秋风轻抚内心。想到当年这里人来船往、四季不闲的场景，以及眼前的安静，不免感慨：民间的良心，就是家国的础石，任国事蜩螗、家事沧桑，只要上至朝堂，下至闾巷皆能本色醇正，家国定能风雨如磐、万事昌旺。

走在浦市的石板街巷，有一种回到朴实年代的踏实感。

这座昔日繁华的老镇，如今怀了秋意，被岁月磨蚀得更加深厚沉稳。历史进程不可能步步莲花，盛衰起伏常在交睫之间。

我喜欢浦市的古老，既因为这里商埠的风雨兴衰，也因为历史在此留下了屈原的脚步和他的不朽名篇《橘颂》，留下了沅水的波光与《涉江》，留下了沈从文的文字，留下了抗战时期军民悲壮的身影……

这些都是浦市的宽肩与力道，是它后程发力的资本。

告别浦市一年后，我在秋色中写下这些文字，心中有旧谊闪烁明灭，意犹未尽。

# 今夜，我在汉阳

## 一

这是 2021 年 4 月的一个夜晚。

我住在汉阳的晴川阁边。房间在七楼，距离长江不过百十米，隔窗俯视，视野开阔，让人欢喜。不用移步，江景便直接扑到怀里。

为了好好欣赏江城夜景，晚饭后，我泡了一壶红茶，独自面江而坐。平生第一次，长江像闺密一样，在初夏之夜，如此近距离地与我相对，不时用一袭袭润湿的江风对我耳语，亲密而闲适。

此时，江南正当梅雨。细雨过后，蒙蒙的江面，灯光流溢。对岸的黄鹤楼，檐角被淡黄色灯带勾画出清晰的轮廓。横亘两岸的长江大桥通体发光，笔直的线条嵌在夜色中，有稳定踏实的工业美。

长江的奔腾声里，一座亮化的都城，在夜幕中美得不可方物。而在我眼里，这满江灯火辉映的不只是楼宇城郭，更有武汉这座城市的柔情与刚毅。

二

江城的柔情，一出手就惊天动地。

《吕氏春秋》记载，琴圣伯牙擅奏《高山流水》美乐，可惜曲高和寡，天下无人能懂。没想到樵夫钟子期路过，听懂其弦中意境，如痴如醉。两人坐论音律，相见恨晚，引为知音，并约定来年再聚。第二年，携琴而来的伯牙得知子期已病故，悲而毁琴，从此不再弹奏。

这个"高山流水遇知音"的故事，就发生在武汉蔡甸区后官湖畔。

我一点也不奇怪，这片人情丰美的山水能润泽如此动容的佳话，并一代接一代地将这段难得的千古情谊流传至今。欣喜的是，几千年后，"知音"成了江城的文化名片，"知音"成就了武汉三镇的文化基因和品格。

此刻，窗外江面上，彩灯环饰的"知音"号旅游船剪开夜色，在波光深处游弋。它被打造成了怀旧的实景剧现场，前几天，我已经感受过船上的旧岁、旧事、旧温情。

登上船，人们就穿越到了武汉的码头文化、民国风情之中。进入船舱后，你可以是布衣、报童、绅士、名媛、商人。只要一套外衣，你就可以是任何一个你想要体验的角色。你可以期待，在两个小时的长江巡游里，遇到人群中属于自己的那个知音。

今夜，宽阔的长江上，轻柔的江风里，一曲千古绝唱，还在撩人心弦。我敬重两个男人点燃人心的一遇，他们在世间的人情物义里，倾注了信义、相知、高洁，让"知音"一词变得更有温度。

依窗而坐，我在大武汉的静夜里，与一条江对视。

在一江流动的光影里，黄鹤楼与长江大桥像城市耸立的强有力的骨骼，它们提示我，武汉除了怀揣着千古柔情，也是个骨密度值很高的城市，从它强壮的骨头里可以掏出火焰与钢铁。

且说黄鹤楼。它的琉璃瓦上，有"白云千载空悠悠"，有"孤帆远影碧空尽"，有"晴川历历汉阳树"和"江城五月落梅花"，有崔颢、李白、孟浩然、范成大、黄庭坚等人的纶巾敞袖，更有岳飞的《满江红·登黄鹤楼有感》："遥望中原，荒烟外、许多城郭……到而今、铁骑满郊畿，风尘恶……叹江山如故，千村寥落。何日请缨提锐旅，一鞭直渡清河洛。却归来、再续汉阳游，骑黄鹤。"一腔壮怀激烈的报国之心，让河山动容。

岳家军的猎猎战旗，在黄鹤楼下，飘扬了七个春秋。

宋高宗绍兴四年（1134），金兵第一次南下，岳飞从九江西来武昌，收复了襄阳六郡。绍兴十年（1140），金兵再次进攻，岳飞率十万大军从武昌出发，收复洛阳、郾城、颖昌、朱仙镇……戎马疆场、出生入死的他，给金人留下的，是一句"撼山容易，撼岳家军难"的浩叹。

"以身许国，何事不可为？"2020年，在武汉雷神山、火神山和金银潭抗疫前线，我们从无数医护人员、志愿者和社区工作人员身上，看到岳家军不死的魂魄，依旧在黄鹤楼登高远眺，依旧在每一栋高楼、每一条街巷，闪耀着钢铁的光泽。

我下榻的酒店对街人行道墙上，醒目的"一城汉阳人，半城志愿者"横幅，让我更直观地体会到了这座城市骨头的硬度和血液里火焰的烈度。

武汉的刚毅，还奠基在长江大桥坚实的桥墩里。

时间回闪到二十世纪五十年代，在缺少资金、技术和经验的情况下，江城成千上万民众自发来到工地，和来自全国各地的建设者们，肩挑手提，在湍急的长江上，架起了新中国的脊梁——武汉长江大桥——创造了"一桥飞架南北，天堑变通途"的奇迹。

数年后，当我第一次从纪录片看到这条钢铁长龙时，心里就暗暗发誓，有一天，一定到武汉去看桥，就像拜访一个老朋友。

今夜，长江大桥就矗立在我视线的右侧，历经六十多年的惊涛骇浪，它依旧稳稳地站在龟山和蛇山之间，托举着江城的滚滚车轮和人们前行的脚步。隔窗看去，在绵延的灯光与波浪之间，它稳固的身影唯美得让我着迷。

## 三

此刻，江水收起了白天横生的烟雨，与对岸高耸的楼群一起，换上了灯光的晚礼服，再从玻璃窗外探入一卷卷五光十色的柔情，抚摸我的异乡之夜。

其实，武汉于我，也不算异乡。

我是地道的楚人，出湘入鄂，坐在云梦泽的楚天楚水旁，同样如回到故土。因此，看到浩浩长江，感觉它的每一朵浪花，都是自己的亲人。

这一条大水，与我生长的洞庭湖，与倾覆我曾祖父人生之舟的荆江，与长眠着我舅舅、外祖母的汉水源头连接交汇，是贯通我血缘的一根粗壮的线索，牵连着我心底最隐秘的亲情。

面对隔窗相望的夜长江，我思绪汹涌，身为曾孙女、外孙女、外甥女、女儿的情感相互交织，仿佛从满江灯影里看到了自己生命的来路，心头腾起莫可名状的柔软感。

千百年来，这条奔腾不息的大江养育了我的家乡和沿途无数的村庄、城镇，这份恩情，岂是我心底那些小情小调的感叹句可以书写的？

其实，在我的眼睛里，长江滩头溅起的水花和草尖上的虫鸣，都是柔情万种的。它们能唤起我心底蛰伏的往昔。

我与这座城市的交情，始于多年前。当时我第一次坐绿皮火车来武汉，陪大姐到汉正街进货。从街头到街尾，密集的门面、攒动的人流，那种热腾腾的商业气息，让尚在读中学的我如同被排浪掀起，感到眩晕、惊诧。

这个城市的商业活力，既强劲，又带着市井的朴拙。

记得那天，供货的服装店老板听说我们没得及吃早餐，马上打发店里人买来两碗热干面，热情地请我们"过早"。在武汉，吃早饭就叫"过早"，用汉腔汉调说出来，味道绵柔亲切，似乎里面飘荡着柴烟气息。从此，我觉得武汉话里"过早"两个字最好听，最有方言的韵味。

后来，我还曾有机会佩戴过武汉大学的校徽。与同学去早餐时，也会使用"过早"这个温暖的词。我在樱花树下留影，在桂园、樱园的宿舍台阶上蹿上蹿下，在东湖的快艇上狂叫、嬉闹，在长江沙滩上戏水，还不可救药地爱上了热干面，爱上了这座城。我尤其佩服闻一多老先生把"罗家山"改名为"珞珈山"，"珞珈者，美玉也"。武汉本就是一块温润之地，配得上这样的地名。

今夜，与浩浩江水对坐，我眼睛里的满城灯火，就是一篇雄文。这个曾经按下了暂停键的城市，重启了活力，重启了生活，依旧奔腾不息，如江涛入海。

我知道，重启的，还有这一江灯火里的希望。

# 在资江边

　　这时，路向左前方折回，像冬雪断竹，末端掠过几棵单瘦的树，倾向河坡下方。我从车上下来，闻到了江水的味道，清冽干净，有隐约的生鲜气。

　　抬眼看去，一条文静的碧水从左边的天际瓦亮地铺过来，于一座敦实的古塔边停驻片刻，又静静地穿过右边的龙洲大桥，隐身在远远的天地尽头。这条从益阳城借道北行的资江，在冬日的河床上，变得沉静而安详。

　　河对岸的荒滩鹭草背后，有灰白的楼宇，做了一幅寥廓江天图的背景。对于从小在洞庭湖东岸野蛮生长的我，所有的江河湖海，都带着鱼饵般的诱惑与鱼钩似的致命牵扯力，很容易就会把我的心魂勾了去。此刻的资江也是如此。

　　我急切地沿路下坡，走向河滩，想仔细看看那座立在江边的、像剑一样刺向灰色天空的古塔。

　　塔由方块花岗岩条石筑成，塔身干净，七级翘檐上没有一株小草，与我老家那座立在洞庭湖东岸、头上顶着茂盛绿草的青砖老塔很不一样,但却勾起了我的怀旧情结。两座塔都站在水边,守着塔下的土地和日子,一次又一次地与风浪对峙。

只是这座塔孤零零地站在河床上,周边再无他物。

走近一看,塔上嵌有碑文,交代了这座塔的基本信息:此塔为斗魁塔,位于益阳市资江南岸,龟台山北麓。始建于清乾隆十二年,同治十二年重建,通体为八角七级楼阁式花岗石结构,高三十米,底径五米,每级檐角呈鱼尾状上翘,底层朝西开门,内有螺旋状石梯,可登塔顶。

老实说,塔我见得多了,文峰塔、雷峰塔、白塔……叫"斗魁"的,我还是第一次见到。"斗魁"一词出自《史记·天官书》,最早指北斗七星的前四颗,即"枢、璇、玑、权",后来泛指北斗,再后来,被人们拿来喻指才学冠世的学者。

联想到附近的笔架山、龙洲书院这些与文化有千丝万缕干系的人文景观,我想这座古塔不只承载了"宝塔镇河妖"的功能,更重要的是筑进了前人对这方山水的期许,希望当地的文魁能如瓜瓞绵延、文运能如滔滔资水。

龙洲书院和箴言书院建于益阳的意义也同样如此。

虽然此次无暇赶去发思古之幽情,但我读到了一些关于它们的文字。位于龟台山的龙洲书院,始建于明嘉靖三十年(1551),曾经是湖南境内四大书院之一,是知县刘激捐出自己的俸禄建造的,因其位于会龙山与十州间,而起名为"龙洲"。当年这里也是弟子盈门,一派杏坛盛景。院中五贤祠,祀屈原、诸葛亮、张栻等五人。

史籍记载,龙洲书院"规模之盛,盖侵轶石鼓、岳麓矣"。

据说，现代文学史上的"益阳三周"周立波、周扬、周谷城也曾负笈此门。而箴言书院，则由胡林翼于清咸丰三年（1853）创建，每年在全县录童生二十五人。

建于益阳龙牙坪的松风书院，曾经是宋代学士李贤建开门收徒、授业之地。

益阳一隅的文运，正是从这些书院的每间讲堂、斋舍，一代代荡漾开去的。

此刻，冬日的江风从水面升起，似有无形的手，在翻动我的思绪。我想，一座老城历史的丰富与否，一定关系到它地域文化根茎的壮弱。

眼前这座两千多年行不更名、坐不改姓的老城，经资江流水的润泽，培育了茂盛的地域文化大树。它的枝叶藤蔓上，除了悬挂着黄灿灿的书院文化，也缀满了码头文化、三国文化、简牍文化、宗教文化、工业文化，可谓大福之地。

斗魁塔与江面中间，凸起一大堆裸露的礁石，上面那些苍黑的、带着铁锈色的瘢痕，彰显出一种不动声色的威严。

同行的益阳朋友介绍说，这里原来是古荆州战场，江的对岸就有关公庙，而且益阳地面上的各种关公庙，多达一百四十多座，是全国关公文化最兴盛的地方之一。

这不奇怪，三国时期吴、蜀分荆州，关云长掌中青龙刀，胯下赤兔马，屯兵益阳青龙洲，上演了一场名震千古的"单刀会"。从此，他策马向南，穿过各种典故、戏文、传说和史籍，一直走进了南方之南的广大民间。

这个山西红脸大汉的身影，一直在资水的潮汐里起伏。如今，益阳将在资水边打造关公水寨、三国仿古街等大型文化景区，向后世传递这土地上曾经的荣光。

而我对益阳的仰视，是因那一串串气韵强大的名字：胡林翼、陶澍、何凤山、周立波、叶紫、黄自元，还有唐成、艾国祥、黄伯云、林凡、唐九红、龚智超，以及叶梦、赵溅球、冯明德、盛可以、盛景华……

这些文化种子汲取了资水的养分，在庙堂、在烽火大营、在艺术舞台、在竞技场、在科技前沿生长，都长成了当地人的苍松立柏、人间标尺。

我对资水流经的土地的喜欢，是因为《山乡巨变》《暴风骤雨》《生命的签证》；因为黑茶、松花皮蛋、水竹凉席、明油纸伞、湘中铁锅、桃江擂茶；也因为益阳方言里那跳跃的烟火气息与温润的世俗味道。

近日读到关于资江风光带新规划介绍的一段文字，其中道尽了益阳古城的精彩往昔："那一年，兔子山上，县衙简牍书写秦皇张楚／那一年，陆贾溪口，关羽单刀赴会，名震千古／那一年，会龙山顶，栖霞古寺敲响东晋佛钟／那一年，明清巷里，乾隆玉菱撑伞拱券墙下／那一年，青龙洲头，千帆百舸舞动资江两岸／那一年，龙洲书院，伟人亲临指点正道沧桑……"从这段文字可见，自然的资江与人文的资江，总是在文化之河中相互平行着、映照着、融合着……

资料文字还介绍，江水沿线将新建"青洲烟雨""古渡归帆""三台晨曦""古城堞影""志溪叠翠"和"斗魁皓月"六处景观，与现存的"会龙栖霞""裴亭云树""白鹿晚钟""西湾春望"共同打造成新的"资江十景"，让这条恢宏之河，有更迷人的样貌。

　　冬色中的资江，水面平旷。站在斗魁塔与河流旁，目光所见，岸线山树，楼影舟帆，皆隐隐约约；清空的四野，如列车出发后的站台，空空荡荡。

　　此时此刻，我与旧岁之间横亘着沉默与喧响、模糊与清晰。唯有几米外的曲折岸线提醒我，水与文化，都是无边无际的庞大存在。水是创世之手抚摸后，留在大地上的母乳。文化洪流，却映照着一座城市站立的姿态。

# 都正街风物

第一次来，我就被这条有气质的老街粘住了腿脚，坠入了它用旧岁与今时编织的罗网，一心只想往其地理空间和人文空间的最深处游走。

都正街不长，只有三百来米。

从街口晃到街尾，感觉如进了某个老长沙人收藏细软和珍宝的隐秘地，满目都是好风物：一卷麻石铺地、绿叶悬壁的长街；两边站立着画了门神的老墙；挂了红灯笼、高不过三四层楼的老铺子、旧公馆；老师傅炸爆米花和拉黄包车的场景雕塑；一家家汉服店、茶楼、老酒馆……这老味道、新气息组合的一切，皆站在宁静的日光和厚实的绿荫里。

夏日的正午将雨未雨，街上行人寥寥。

我享受着自由自在、穿东屋走西巷的散漫闲适。这里长长短短的巷子，不只曲径通幽、互相通达，名字也极有烟火味。俗如铁铺巷、香铺巷等，让人望名而知，是前人做铁器、熏香营生的地方；雅的便如清香留巷、凤凰台、东池等，让人一听便能感知到其中的古色古香。

老街巷都是有故事的，像从都正街旁逸而出的易家巷，便是因清道光进士、官至陕甘总督的易棠建府邸于此而得名。

詹王宫巷，原本建有祭祀酒席业宗祖詹王的庙宇。这位詹姓师傅乃隋文帝大厨，做佳肴水平绝伦，得封"詹王"，被长沙历代事厨者尊为保佑神。为跟从詹王荫庇，后世众多湘菜名师聚居此地，使得这条小巷一度成为湘菜大本营。

最有意思的是，据文字记载，清咸丰十一年，书法家何绍基就是在这里摹写了书法名帖《石门颂》。饭菜香与书法美在一巷勾连，真是佳话。

至于凤凰台，据说是明朝时期被分封到长沙的吉王为女儿凤凰公主筑台建梳妆楼的地方。它承载了深深的父爱，听闻者皆会为之动容。

都正街、千总巷的名字，同样有其缘起。清初，朝廷置绿营都司衙门和千总署于此地，留下的两个地名，将遥远岁月那头的一丝兵气刻录了下来，成为了历史烽火的见证，亦提醒着后人：凡重地，皆可能滋生兵事，唯有和平，可护万民安乐。

走在都正街中段，由清香留巷往东伸进。巷宽三两米，有几幢老式公馆，一色的青砖清水墙、花木环门。这里原是清代某位大户人家的私人庭院，遍植异草奇花，故留下了含"香"的巷名。

我真心喜欢"清香留"这个词，念着似有荷香拂动，又似有辽阔的静气。此刻，我就在清香留巷的一丛细竹旁，听到了轻风掀叶的簌簌响动，听到了自己鞋子缓慢挪移的声音，也听到了初夏的几点蝉鸣，声音短而迅疾，瞬间消失在了巷尾小青瓦的上空。

在都正街闲逛，我的心里盛满了猝然而来的欢喜。

我发现，这长沙城最深的民间，最烟火气的部位，其实是静气十足的。这种静，是脚下染着青苔的长条麻石道和高高低低爬满绿叶青藤的老屋撑起来的；是桃花井、古稻田、槐树巷、清香里、和乐街、甘棠址这些枝蔓巷街和历史过往撑起来的。它在午后荡过来的几声长沙腔调里膨大，在一只趴在红色招牌下的慵懒金毛犬头上漫溢。

当两个面容姣好的少男少女穿着宽袍大袖的汉服，拿着冰激凌仙气飘飘地从一扇店门后走出来，我突然感觉，他们的文艺气息与都正街正午的静是如此协调，有锦瑟繁弦之妙。

此时，我对这条老街迷恋得更厉害，仿佛被它"放了蛊"。有人说，待暮色跳出来，夜市的喧声就会破了这静气。可我知道，老街的静气不会走远，它就附着在人们"岁月静好"的心愿里。

都正街的地面，也是有文气的。

城南书院驻扎此地近八十个春秋，是湖南巡抚杨锡绂于清乾隆十年（1745）创建的，里面设有斋舍、讲堂、文庙、御书楼、朱张两先贤祠等。光绪元年（1875），湘水校经堂在都正街恢复，凡十五年，培养了众多经世致用的人才。郭嵩焘、何绍基、陈本钦、贺熙龄等人先后登堂主讲；左宗棠、曾国荃、黄兴、王闿运等人均就读于这两所学府。

可以说，发自古老都正街的悠长文脉，对晚清湖南地区的思想文化和中国近代历史有不可忽视的影响。

都正街也曾破旧脏乱、身形瑟缩，是长沙最早进行"有机改造"的老城区。"有机"二字，魂为自然，意味着本色真朴、原汁原味。果蔬"有机"，不添不假，于饭食者大益；情感"有机"，至真至诚，于交往者有信。

历史丰厚的巷街，是点醒一个城市记忆的导引。

都正街的改造，纵贯了"顺应原有地理环境、留住历史记忆与乡愁、提高市民生活质量"的"有机"思路，所有老屋皆修旧如旧，随处可见黛瓦灰墙、木窗棂、红门环扣、空阶庭，保持着老建筑的古意和庄重。每条曲里拐弯的巷子，都被整饬得绿植葱郁，连最僻静的角落，亦铺上了小青砖。

藏在绿叶长巷里的麦琪小院、知舍茶馆、走心卖家等门脸，竟无端让我想起"远山如黛""绿野仙踪"之类的词语。

我刚认识的余东海老伯穿着白T恤，瘦削而健谈，是正宗的都正街土著。他在这里生活了几十年，小时候在街头滚铁环，拍油板，爬墙上树捉"凤凰"（金龟子），熟悉七巷八街的每一个犄角旮旯。他清楚地记得，从前这个天心阁下的老城区四处断瓦残垣，漫天尘土飞扬，到处都是棚屋、虫鼠和贫困人家。

现在，古稀之年的他，见证了都正街的改变，也作为四位街坊代表之一，对城改过程"指手画脚"了一番。哪堵墙该拆，哪条路该拉通，哪间屋子是有历史价值的，哪些树木蕴含了街坊邻居的美好往昔，他心里全都有底。

得益于"改"字背后的"有机"思维，也得益于余老伯等街坊的参与，改造后的都正街成了长沙腹地的一片"辋川"、一处"别院"，街景人情，一派和乐。

宽街窄巷，环境变美了，不仅宜居怡心，还尽可能地保留了历史的原貌和遗迹，哪怕是一块石碑，一块旧地址的标示牌。

是啊，没有了老城区那些遗存，许多历史就没有了印证，只能流浪在庞杂的民间传说中，最后被时光之水稀释得无影无踪。

余老伯说，现在提起都正街，他就感到蛮亲切蛮骄傲。我亦不可救药地喜欢上了这条让我有感觉的老街，喜欢它保持了长沙的历史印记和韵味，更迷恋它在闹市中依然保有的那份静气。

回到家，我在本子上写下这样一段话：

"走在都正街的麻石路上，我看到了民间烟火的本质与最实在的一面，那就是平和、喜乐、宁静地生活，与绿草花树相对，与至亲睦邻相守，一代又一代，绵延不尽……"

# 雪峰山桐花

五月的雪峰山腹地，绿色正在横行。

竹海、密林、初插的秧田，在车窗外绿成了油画。一波接一波的大山小岭，全都是浅翠、深绿的样子。看起来，土地上的事物变得单一了，弥天盖地的绿，成了大自然撰写的主稿。

汽车在峰谷间忽上忽下，攒劲儿往海拔七百多米处的宝瑶村跑。

窗外晃过的景物，横竖都绿着，密不透风地绿着。拐过数不清的坡道，忽见山腰上浮升起大块大块钛白色的"云朵"，空气中亦隐隐荡出一丝淡香。待车驶近，一股稠稠的甜香气穿窗袭来。

伸头细看，那大片的白，原是挺直的高大树木上悬满枝头的花朵。花儿你挤我，我挨你，一串串开得热热闹闹。陪伴花串的叶片，稍稍收敛了狂野的绿意，以陪衬者的姿态层叠着，似无数只手掌在风中翻飞。

我从没见过这样庞大的花阵，也不认得此树姓甚名谁。同车的朋友有说是梧桐树的，也有说是油桐树的。

　　我自小在城中院落长大，不识油桐长相，只见过街旁站着的法国梧桐，来回黄黄绿绿，却从未注意它们是否也曾掏出过一点花星子。因为一个"桐"字，我潜意识觉得梧桐与油桐多少应该沾点亲带点故，可一查网络，这两种树原来没半点血缘关系，一个是景观树，一个是经济作物。

　　梧桐有法国梧桐与本土梧桐之分，只是前者的花，不及后者开得惊天动地。中国梧桐也叫"青桐"，有吉祥寓意，自古被人植于前庭后院。李白、朱淑真等人曾以梧桐入诗，悲秋悯春。

　　梧桐开白花的是公树，母树开花，会顶着满头粉红。梧桐属悬铃木科，花如悬铃，晒干后可入药，有清热解毒之利。

　　油桐树是大戟科的落叶乔木，花瓣白色，果子像绿色乒乓球，里面是满肚子的好油。小时候，我曾经看见邻居老人往木器上一遍遍刷桐油，油干后，那些木盆木桶都油头油面的，光亮极了。油桐树是工业油料植物，它的果皮还可制作活性炭或提取碳酸钾。

　　"梧桐树栽下去，可引凤凰来。"这话老辈人说，老辈人的老辈也这么说。油桐则是南方乡下养家糊口的树，普通、实在，如雪峰山区的男人。

　　在沈从文先生笔下，沅陵、溆浦、泸溪一带的老镇老码头，大多是桐油、木材、山货的集散地。雪峰山的桐油，其实也是汗水和奶水，顺着山道和沅江，流遍了湘西南和全国各地。

　　给我们开车的司机是洞口土著，他告诉我们，那是地道的油桐树。雪峰山绵绵不绝的森林里，最不缺的就是油桐和花了。看到沿途树林中的白色"云层"，以及树下密集摆放的蜂箱和养蜂人的小屋，就知司机所言不虚。

　　此前，我从不知道这些桐花活在人迹稀落的山里，也有自己猛烈的花讯，也会怀着热烈的花意，在静静的群山中吐出躯体里的美，释放出养活一个又一个村寨的力量。

　　一路上，桐花灼灼，如雪如棉。

　　清香拂袖时，忽然觉得，整个南方和我，都被桐花"招安"了，成了它们的拥趸。

# 依杏小筑

到达宝瑶古寨后，我的眼睛里挤满了远山近楼、蓝天白云、招摇过村的鸭子们；挤满了环绕着每幢民居的花坛、花钵们。

玫红的凤仙花、粉蓝的绣球花、火焰一样的蟹爪兰、淡红的木槿以及紫茉莉聚在一起，擂台赛一般秀着各自主人独运的匠心，秀着瑶寨人寻常日子里的美意。

寨子在挪溪森林公园境内，是个老村。

好看的景物除了瑶家木屋、明清老宅、湘黔古驿道、鼓楼等，还有两棵携风摸云的银杏树。它们一雌一雄，枝叶相牵，站在村子中间，谈了一场一千六百多年的恋爱。如今它们华盖亭亭，爱得极其张扬，真不怕羡煞世人。

离银杏树不远，我看到了一座木楼，它三层高，黑瓦翘檐，木栏杆上挂了红灯笼和彩珠灯串。门右侧，堆砌着小瓦壶、陶罐、竹筒、土墩和大树根，里面住了兰草、小肉肉。大门对面的一截矮墙脚下，有人用废旧轮胎、石碾盘、碎瓦片筑建了一溜儿盆景带，也是花红草绿的。

我抬头一看，木梁上悬了黑底白字的牌子，写着"相约依杏小筑，一隅山居，一品生活"。原来，这木楼是村里人开的民宿。

"依杏小筑"这名字取得绝了，里面有一种静美，不声不响就打动了我。小的屋宇朴实安静，偏偏又倚着老银杏树，总被绿影黄霓罩着，便终年立在一幅画里。

"小筑"两字让我想起了文人周瘦鹃。

作为"鸳鸯蝴蝶派"的代表，他的文字，多消闲也多哀情。一生痴兰花的他尤爱紫色，曾在苏州建了周家花园，取名"紫兰小筑"。他在园内打理花草园艺事，还写了《花花草草》《花前琐记》等作品。

大文人寄情花草，也是事出有因："紫兰小筑"之名，原是为了怀念他与一位英文名字叫紫兰的女子的爱情而取。女子本名叫周晗萍。二周相恋为紫兰家人不容，终被其倾力拆散，给周瘦鹃留下了一腔悲愤、满心眷怀。

彼此"小筑"来历不同，际遇也大异。

此刻，我面前的"依杏小筑"，发散着山里人家的简静气息。主人大开着房门，屋子里的木桌木椅泛着桐油的清光，墙壁上挂着几幅雅致的国画和书法作品。书画上了墙，木楼就有了几分文艺味。只是，除了门口一绳秋千在风里轻轻晃动，屋里屋外都没见着老板。主人出不落锁，入不闭户，可见瑶寨民风清爽。

"依杏小筑"的故事，我是后来知道的。

几年前，在深圳打工的陈少峰得了尿毒症。而立之年，重疾缠身，他只得与妻儿一起，回到了宝瑶古寨。一家四口，无房无钱，一直寄居在兄长家里。不久，省城来的扶贫队员了解到小夫妻的难处，想方设法帮着陈少峰筹钱换肾，还帮着建起了一幢漂亮的木楼。

扶贫队负责人叫刘良武，书画两佳，是个才子。他替小夫妻策划，以新木楼为据，开一间艺术民宿，招牌题字、门联及书画作品由他亲自书写或绘画。他还给民宿取名"依杏小筑"，寓意他们的小日子如门前杏树，欣欣向荣。

现在，小两口儿在扶贫队扶持下，边开民宿，边养羊养鸡，还做电商，从命运的低谷处，站到了面朝幸福的向阳坡上。

为了表达瑶家人的感恩之情，庚子年新春，陈少峰和妻子罗兰，将自家栽种的一兜兰花寄给了刘良武，还留言：这是"依杏小筑"的问候。

# 花开两处

对于我这种久在都市过日子、谋饭食的人而言，能来雪峰山看山水，就像生活篇章里出现了清雅的闲笔。

我喜欢山水里造化多，生机旺，荣枯不可遏制。乡下的秕谷气息、花草味道，每每让宅居的我以心匍匐，拜倒在它们跟前。

离开宝瑶古寨，看过三吊水瀑布后，我在龙头生态园又巧遇了一场盛大的花事。事实上，龙头生态园更像是一个百花王国。水湄边的萱草花，紫色白色红色，一应俱有。三角梅则举着一丛丛红色火焰，沿途跟着我们，直达游客中心。

一个穿红裙的中年女人，笑着从房子里飘出来，端上西瓜和茶水，又落落大方地为我们吹起了葫芦丝。一曲《月光下的凤尾竹》，旋律袅袅，清凉入心。

这个异乡女子，原来是军旅中人，从苍山洱海边转业后，偶然来隆回县雪峰山下旅游，被龙头溪一带的好山水牵绊了情肠，便留下来承包了上百亩山地，种花植草栽树，忙得不亦乐乎。

几年下来，她真把一片野岭荒山变成了花天花地：冬天有梅花、水仙、金盏菊；秋季有石榴、毛茛、三色堇；夏日有肾蕨、吊兰、虎耳草；春天有桃花、紫荆、虞美人。四时鲜花，把雪峰山的一隅，装饰得堪比仙境。她要在烟云供养的土地上，给八方游客一块可执手晤面、安放心情的园子。

一个女人，以慊然之心致力乡村花草事业，实在让人钦佩。我们离开生态园时，她站在闹红堆里相送，身影与花树交集在一起，美成了一团。

从山上回到洞口县城，有眼福的我，迎面遇到了另一场花事。

与山上的花不同，这里瓣如丝缕的波斯菊、开阖自如的玫瑰、盈盈随风的太阳花，全开在墨晶石、花梨木、黄杨木和菊花石上。还有挥鞭跃马的少年、笑逐颜开的弥勒佛、林泉山石中的村舍，都是在博雅职业学校的展厅里见到的。

我第一次看到苍黑润泽的墨晶石，也是第一次见到花卉、虫鱼、鸟兽们活在大大小小的黑石上。这种黑黑的石头又叫紫石、墨玉，人称"黑玛瑙"，是雪峰山独有的稀缺石料。而且洞口墨晶石雕工艺，已有三百多年的历史，只是在商品经济大潮中，那些能工巧匠们散落在了全国各处。

博雅学校的负责人付爱华，是一个有情怀的女子，为了让宝贵的民间工艺后继有人，她把各地的雕刻师们请到学校，请他们授艺带徒，潜心创作。现在学校里有国家级工艺美术大师多人，不少精美作品获得了国家金奖，一批学子有望成为民间工艺美术事业的传承人。

看到展框里绽放的工艺之花，付爱华眼目含笑，像一朵清香的莲。

# 气质豫章

从南昌回来，发现自己像夹着笔记本上了一堂课，一堂教书先生再有才华，也无法讲得如此生动、如此精彩的课。

教我的先生是一座城市，一座古意盎然又新意勃发的城市。我喜欢它名字中的无限寄寓，比如"南方昌盛""昌大南疆"，听着就让我这个南方人心花怒放。

这座城市太年长了，在历史的驿道上，遭遇了许多不同的朝代。所以，像我们有学名、小名，有昵称、诨名一样，它也有过好多不同的名字：汉代的人叫它"豫章"，唐人称之为"洪州"，宋人则喊它为"隆兴"，到明清时期，才定"南昌"之名，并沿用至今。

公元前202年，汉高祖刘邦大败楚霸王后，派部将灌婴率军在此筑城据守，建立豫章郡，留下了"灌婴筑城"的故事。所以，南昌也曾叫"灌城"。这是我在南昌逗留几日，了解到的一点当地历史的皮毛。

我比较偏爱"豫章"这个名字，感觉它有一种阔不见边际的悠远感，它会让我想到"中原"，是带了远意与风霜的。

我这人有个积习，每到一地，必用挑剔的目光，打量一下城市：如若千城一面，那就是布衣人家的前门，没有什么看头；相反，则是大户人家的堂阁，乃是蔚然大观处。

"豫章"两字在我心里盘桓着，厚实而有气质。

看了豫章的山林鸟道、绕城湖泊，再访八大山人的旧宅与字画，似乎懂得一点他在此地托迹的原因了。虽然，我的体会、猜测做不得笺注，但此一城好空气、好湖光，多少也是他隐居此地的一个缘由吧。

滕王阁与八大山人，简直是这个城市的骨骼，远远地在历史的长洲前耸立、撑起，正如这个城市的文化屋脊。而王勃与范仲淹的文字，又使得湘赣两地有了文化的魂魄。

我是出生在岳阳楼下、喝洞庭湖水长大的湘北女子，如今却在滕王阁的最高一层，沐浴着豫章文化的光辉，欣赏秋阳西沉的一江壮丽。

再读《滕王阁序》中"衡阳之浦"和"屈贾谊于长沙"的字句，心里便有了地域上的贴近感。

我是东来的湘人，来触摸王勃文字里深藏的三十二个历史典故；来膜拜这座文化古城的每一首诗、每一首词、每一副楹联，与每一个文化名人的襟怀。

在南昌的街头流连，不经意就走到了阳明路；搭车再逛一下，又看见了叠山路、孺子路、永叔路、子固路、船山路、象山路……我注意到，这个城市的许多街道，是以历史文化名人的名字命名的，有着厚实的文化气息。老城区的主干道，大部分是如此。永叔，欧阳修也；叠山，乃南宋民族英雄谢枋得；子固，是北宋散文家曾巩；船山，为明末清初思想家王夫之……

发现这个细节，我像突然寻找到了这个城市的特质，那是一种对历史、文化的敬意。这种敬意通过一道一街、一地一名，传播给走过路过的人，无论达官贵人，无论贩夫走卒，亦无论长幼尊卑。

虽然知道前人对豫章的伟美与文化地位早有定论，但我还是怀着对历史古城的景仰心、欢喜心与虔诚心，忍不住在笔下言语几句，只想表达对这座气质非凡的城市的仰视与敬重。

# 乡间书院

一

雨后的桂阳乡下，是一帧洗不脱色的水墨画，全景绿意蓬勃，清新远阔。庄稼、田埂、草木、山塘、房舍间，弥漫着一种让人感动的静气。

远景中，几堆黛青的颜色背驮蜿蜒曲折的线条，勾画出坡峰起伏的身形，一浪绵长的山脉，就匍匐在苍灰的天幕下了。

近景呢，一坦平阳上铺着茵绿的苞谷林和望不到边的烟叶田。苞谷结得密，高高低低趴在秆叶间，嫩须探头，像挂面一般。烟叶田阵仗很大，长势也猛，撑着无数片油绿的大手掌，随风轻晃，似在召唤某人的小名。

与远景的雾遮烟锁、近景的纤毫毕现不同，中景像田园诗的诗眼，让我们目光的焦点落在一棵大树和一座老宅院上。树与院俱老，都站在村道左侧。

走近看，叶密枝繁的大树是一棵老银杏，它虬枝冲天，树冠横生在方砖青瓦、檐角高翘的老宅院上空。因这古树老宅的存在，眼前清静的乡村画面陡然有了大气韵。当地人介绍说，这座老宅，就是振南书院。

## 二

较之我走访过的众多古老书院，建于民国二十年（1931）的振南书院寿不满百、名不震耳，在悠长的中国书院史上，只算籍籍无名的晚生，但对郴州市桂阳县振南村这片土地来说，它却有着非同寻常的意义：那个年代，在被旧俗旧思维捆结的穷乡僻壤，一个乡贤，能发起周边各村捐款，为乡里后辈开蒙求学，建立起这十里八乡的第一所学堂，算得上是为这个小村子的文化觉醒迈出了第一步，步幅虽细碎，却可比闪电响雷。

发起捐款的乡贤名叫龙垂明，是附近周塘龙姓家族的知名人士。关于他，我没有见到更多的介绍文字，但我想，其人必是远见在怀。他既然试图将乡人从"往来皆白丁"的暗区牵引到心目清明的光亮处，那么也必定从书院的桌面上，得到过人生的助力与提点；从书院的卷帙中，得到过理与哲与思的烛照。这些经历在他的心田里催生了一粒壮大杏坛的种子，让他愿意造福龙姓子孙，福泽四乡。

九十二年后的这个夏天，我们穿过槽门，进入了书院内庭。眼前一幢厚实的青砖大宅，显然经过了修缮，地面铺着平整的方砖，青砖墙的水泥填缝处泛着新白。

书院的主体建筑为砖木结构，分为上厅、中厅、下厅三部分。中厅为四柱顶梁采光挡雨凉亭结构，上厅中空，有八卦穹顶造型，两边底层为教室。据说，书院初建时占地四千多平方米，可容二三百学子就读；此处先为小学堂，后为初中，连续办学七十二载，育人无数。后因庭老房危，学校停办数载，2018年修葺后复学。

修复后的振南书院，修旧如旧，保留了老青砖、小青瓦、高飞檐，典型的江南民居；楼上楼下所有门窗皆为拱圆形，有几分西洋风气。从这种中西建筑风格的糅合中，可见振南书院一开端，就显露出了开阔的视野。

此时，湿润的阵风，拂动着院子里的古柏树和古醋栗树，叶喧之声，与一阵孩童的读书声汇于一曲，这让我心头一喜。振南书院经过了近百年风雨沧桑，仍然将读书声带到了今天，这是个奇迹。

循着读书声，我走到一楼的教室前，探头一看，里面坐了十来个孩子，正在一个年轻女老师的引导下读课本。稚嫩的读书声，在宽敞空荡的室内琅琅而起。

在书院的中厅，我见到了现任校长颜海民。这个古古敦敦的中年汉子面相憨厚，有种五大三粗的武人气，却偏偏从了文。他在桂阳土生土长，读过郴州师专，1998年成为杏坛中人。2018年初秋，教育局一纸调令，将他派到这所乡下小学当校长，至今快六年了。

他介绍说，振南书院现在有三十三个学生，大多是留守儿童，分成两个年级，一年级十七人，二年级十六人。学校开了语文、数学、美术、体育等多门课程，但连他在内，学校只有一男两女三个老师，他们承担起了全部的教学任务。

每天傍晚、每个节假日，当两个女老师和孩子们离校回家后，颜海民都会独自留下，在寂静的乡野与夏夜的蛙声、秋日的虫鸣为伴，护校守校，也坚守着一个乡村教师朴素的本分。他说："我是男人，晚上和节假日守校，方便些。"

虽与颜海民只有一面之缘，我却在他笃实忠厚的笑容里，"遇见"了一大群先生，他们从先秦的山房、汉唐的精舍、宋元明清的书院、民国的讲堂里鱼贯而来，无论私学、官学，风起风息，他们的肩上都挑着同样的一副担子——课徒授业，涵养文化血脉。

这种担当仿佛阳光一样，总会越过时光之水，穿过更迭的历史章节，升上天空。

站在一楼教室的青砖墙壁边，我正思绪飘散，二十二岁的兰志怡迎面而来。她戴着一副眼镜，文静且有几分腼腆。从湖南第一师范毕业后，她回到家乡桂阳当老师，一入职便被分配到这所远离县城的乡村小学。在这个袖珍的村小，迎接她的是振南书院的老宅老树、萦回的乡野气和班上十多个"小不点"。她教语文和美术，很快成了孩子们心里的大姐姐。

每天一出书院槽门，抬头是旷野，低头见庄稼。

我问她："当乡村教师苦不苦？"她抿嘴一笑："总该有人来教乡下的孩子吧？再说，现在条件比从前好多了，你看这里有了多媒体教学，还有免费校车接送师生，连家住十五公里远的孩子都可以每天来上学了，所以谈不上有多苦。另外，这个书院宁静，日子简单，让人心安。乡下的孩子朴素天真，尤其可爱，让他们有接受教育的机会，我觉得这就是自己和当年振南书院的教书先生们来到此地的最大意义……"

在古旧的大宅院里，这位女教师青春的脸，似一道穿过亮瓦投射下来的光。我分明在光亮中看到，振南书院的讲堂、门厅里，仍有先贤的气度在交叠；感受到这所老宅在时光的冲刷后，"教书育人"的宗泽依然明晰清朗、本色喜人。

三

书院，历来是中国文化根荄发育的膏腴之地，也孕生、接引、承递着弘道、授业、育人的书院精神。它自唐代发轫，在宋代勃兴，及至明清，便似春雨催芽一般，遍及城野。

"天下书院楚为盛。"湖湘大地上，唐代的光石山书院、杜陵书院、南岳书院、天宁书院，为这里开启了书院文化的大幕；到了宋朝，发展出了岳麓书院、城南书院等七十多所书院；元代，当地又兴建书院二十二所，兴复唐宋旧书院十九所，石鼓书院、濂溪书院等如日中天；至清代，湖南全境书院已多达五百多所。道光朝以后，城市建书院之风日烈，并吹至三湘四水，各乡村皆广辟书院，讲诗书、课生徒、振文风、育精英。

学子们从四乡而来，在幽静的庭院，踏着满径日光月华，走向儒释道经籍，走向宋明理学，走向经世之道……在这一隅，朱熹、张栻、王阳明等无数前哲的遗泽，造就了一代又一代贤达与大才。书院传承学统、研习学术、培养人才、倡行教化的使命，让中国文化得以壮行。

　　桂阳作为历史久远的古郡，其兴教传统也风行了两千多年，施惠无数的学子。有文字记载，汉光武帝建武二年（26），桂阳太守卫飒始兴教育，倡导"谨庠序之教"，郡守栾巴则在此"兴列学校"。晋元帝建武元年（317），县学出现在桂阳地面。此后，监学、府学、州学、军学蔚然风行。宋人胡寅为桂阳作《桂阳监学记》言："盖三代之于人才，自幼即加教育，畏顾德行，熏陶渐渍……"讲的是幼教与德行之重要。南宋理学家张栻著有《桂阳军学记》，阐述了自己的办学思路，并提出"故为学者，当以立志为先，不为异端术，不为文采眩，不为利禄汩，而后庶几可为言读书矣"，认为学习者当以"明人伦"为重，有"德"才是首要的。这种兴学择生观，也正是桂阳历代书院兴办的基石。

　　而为桂阳众多书院"垒墙"者，多为名儒贤宦、乡绅旺族。子龙书院、蒙泉书院、石林书院、鹿峰书院、鉴湖书院、龙潭书院……它们的背后，站着桂阳守御李源善、知州戴录、州判王延杰、知州宦儒章，以及雷鹤龄、汤雨森、陈士杰等贤者。

　　与振南书院背后的乡贤龙垂明一样，他们的心血，使桂阳成了人文毓秀之地；他们的心魂，也一定会在书院史上萦绕。

　　书院，历来是关乎国运的重器，它像东去的大江，接纳每一条支流、每一串水滴，让华夏文脉得以一路奔腾……大大小小不计其数的书院，就是一个个鲜活的细胞，让中国的文化肌体丰盛壮硕。

　　然岁月流风，在如今这个教育现代化的年代，大多数旧书院或人去楼空，或成为展示历史陈踪的堂馆，成为游客的打卡处。

　　而小小的振南书院，像历史搁置在湘南的路标，与千年学府岳麓书院一道，至今仍顽强地耕耘着满耳的读书声。它静静地隐立于绿天绿地中，以自己的存在告诉世人：中国的乡间，除了春耕秋作、兴旺六畜、绵延香火，还曾养大了一线苍绿的文脉，映照了中国千年的文化身影。

# 千秋环佩

大寒时节，我去访小乔。小乔睡了，睡在一方青冢里。

她的墓在岳阳楼的北边，背倚洞庭湖浩大的水域，面向重廊飞檐的天下名楼，四周有苍翠的柏树和游道环绕。

走到近前，只见墓冢堆土如覆盆，四周有青石围筑。冢上草色青杂，迎风轻摇。正前方灰旧的墓碑上，刻着"小乔之墓"四个大字。

墓区偏居景区一隅，访客甚少，在寒冷的冬日里显得十分幽寂。在几米开外，一块巨大的照壁上，刻着苏东坡的手迹："遥想公瑾当年，小乔初嫁了，雄姿英发。"这杏花春雨般的诗句，多少能让人心底的春意回暖几分。

遥想当年，周瑜是名震青史的英武统帅，杀伐征战，凛凛然出入沙场。他与曹魏、蜀汉、东吴的曹操、诸葛亮、刘备、孙权、鲁肃、孙策等各路英雄一道，将一部三国史书写得轰轰烈烈。一时间，东汉末年的荆楚大地上干戈四起、烽烟连天。

铁马秋风中，却有环佩声叮当细响。

那是从周瑜帐下发出的，是从孙策的行辕里传来的，是"江东国色"乔氏姐妹举手投足间发出的好听的声音。"乔家二女秀色钟，秋水并蒂开芙蓉。"大乔、小乔，这两朵开在东汉末年的姐妹花，分别被孙策、周瑜纳于帐中。乱世佳人嫁与英雄豪杰，成就了一则流传千载的佳话。

《三国志·周瑜传》记载："瑜从孙策攻皖城（今安徽潜山），时得桥公二女，皆国色也。策纳大乔，瑜纳小乔。""桥""乔"二字，汉代相通。

这一年，有总角之好的瑜、策二人，均为二十五岁。在江南的十里桃花中结成连襟后，孙策与周瑜玩笑，说："桥公二女虽流离，得吾二人为婿，亦足欢也。"的确，姐妹之嫁，令人羡慕：一个夫君雄略过人，威震天下；一个夫君文武双全，风流倜傥。只是这"流离"两字如絮当风、如萍随波，将乔家姐妹的身世罩上了一层黯色，让人颇有疑惑。

明朝隆庆年间《岳州府志》记载："二乔墓，汉太尉乔玄二女，并通《春秋》……相传死葬岳州广丰仓内。"这段文字言明大乔、小乔均为乔玄之女，后世也有不少文字支持此说法。

其时的确有睢阳人乔玄，官至太尉，且深得曹操敬重。

不过这位太尉有子乔羽，官至任城（今山东济宁）相，那么他怎么会让自己的姐妹在兵荒马乱时流离于江东呢？前人卢弼在《三国志集解》一书中，对二乔身世之讹有风趣的驳斥："果为玄女，则阿瞒方受知于玄，铜雀春深，早已如愿相偿，伯符（孙策）、公瑾不得专此国色矣。"《三国志集解》还提到，舒州怀宁有桥公亭，在县城北面。

清初文学家王士禛在《渔洋诗话》中说："二乔宅在潜山县，近三祖山，今遗址为彰法寺。"这足以说明，二乔之父为皖县人氏。而乔玄为睢阳人氏，实在两不相涉。

其次，这本书还说："太尉生于永初三年（109），殁于光和六年（183），其时策、瑜二人年方九岁。太尉之女均长二者甚多，嫁娶之事不可能成立。"

清人袁枚更有这样的感叹："小乔何幸嫁夫君，能抛戎马听歌曲，未许蛟龙得雨云。"小乔是幸运的女子，从僻静的乡野来到军中，与周瑜琴瑟相谐，共度了十二个美好春秋。

这期间，有小乔相伴的周瑜统帅东吴大军，于江夏击黄祖，赤壁破曹操，功勋赫赫。而这位叱咤风云、号令千军的将军，亦有绕指柔情。他精通音律，能"抛戎马听歌曲"，至今，民间还有"曲有误，周郎顾"的民谣。

对小乔，将军怀着风樯相依深情，荷花秋水美意。

令人痛心的是，赤壁之战后的第二年（210），"瑜还江陵，为行装而道于巴丘（岳阳旧称），病卒，三十六岁"。真是天妒良缘啊！小乔或许未曾想到，姐姐大乔婚后两年，姐夫孙策被家客许贡所杀，留下她与襁褓中的孙绍恓惶度日；没过几年，雄心勃勃欲攻打益州的周郎又被苍天夺走，自己也要承受与姐姐一样的丧夫之痛。痛失夫君，三十出头的小乔，那时一定是悲痛欲绝的。原本在干戈剑戟中看到的一点温情暖意，转瞬变得寒气迫人。

小乔的幸福，似风中的花朵，碎了一地。

如画的江南，再也不能收拾她生命中无边的寂寞。据说，小乔曾素服举哀，痴情地为夫君守墓十四载。对着一座坟茔，她熬干了眼泪与心力。终于，她再也不堪那一抔泥土的阻隔，一病不起，于吴大帝黄武二年（223）去往了黄泉之下，与心爱的夫君朝夕相对、谈音论律了。这一年，她四十七岁。

"凄凄两冢依城廓，一为周郎一小乔。"明朝曾有人写下这样的诗句，以说明小乔与周瑜同时安眠在古城岳阳。虽然安徽等地也有小乔、周瑜之墓，但这对佳侣归葬岳阳之说，应有更充分的理由。周瑜既殁于战乱时期，捧灵扶柩千里归乡，似难度极大。那时的刘备借荆州不还，秣马厉兵，对东吴虎视眈眈；曹魏赤壁虽败，在北方实力依然甚强，扫吴灭汉之心不小。将周瑜就地安葬，对噩耗秘而不宣，以稳定军心、迷惑敌方，是孙权与小乔最合适的选择。

岳阳乃周瑜寄居甚久处，是其封邑四县之一，也是东吴攻打刘备的后援基地"大屯戍"。相传，小乔长眠的广丰仓一带为周瑜驻岳军府旧址，而郊外雷封山还有瑜母之墓。多年前，岳阳金鹗村的花坟坡，曾有"水军都督周瑜之墓"的完整遗迹，后被毁。

小乔墓古已有之。清嘉庆二年（1797），知府沈廷瑛重建了小乔墓。光绪七年（1881），湖南学政陆宝忠夜宿岳州，月光融融中，梦见小乔来到窗前告诉他："你是周瑜的后身。"

梦醒后，他心怀感念，出资修葺了小乔墓园。他在墓顶植下了两棵女贞树，象征小乔之忠贞；在南边建起了墓庐，乃砖木结构的两进平房，正堂有小乔塑像。墓园四周环以围墙、绕以游廊，刻历代诗词题咏，供人凭吊。

然而，抗战期间，这一切都被日军炮火所毁灭，留存的堆土墓冢，于二十世纪五十年代被夷为平地。1993年，小乔墓被移筑于岳阳楼北侧、原址以南五百米处，整个建筑均依照清光绪年间的原貌修复。

从此，一段历史在人们眼里变得清晰可见；从此，公瑾的英雄气与小乔的美人魂，让一座古城变得意蕴无限。

"荒冢吊斜阳，一树女贞长不死；大江流日月，千秋环珮可归来。"站在这方青冢前拜谒先人，回望前朝，我想这抔泥土，是一段消逝历史的真实载体，它的覆盖之下是一段久远岁月，是刀光剑影中的传奇爱情。

乔瑜之恋，与烟火人间合辙合韵，因而在天下诗文里美丽如故，成为世人心中一个悲柔的美学符号。她给一段杀伐的历史渗入了些许柔情，就像暗夜中的一线光。

# 昭山风致

随众作家看"两型社会"建设，昭山便是其中的一个章节。

其时秋风初凉，似从史籍的远处吹来，摇动了漫山林木，让人生发思古幽情。我是故地重游之客，对这座耸立在湘江边的青山，怀着自然的亲切感与仰视心。

多年前，在一位湘潭朋友的陪同下，我第一次登上昭山。

记忆中，昭山在荒郊野外，山林寂静，人迹稀疏。

上山的古蹬道石阶为唐代开凿，陡窄难行，爬至半途，人就不免气喘吁吁了。虽然途中遇到秋雨，不得不一走三歇，但在风强雨疾时，登高赏青山、观绿水的仁者风格、智者姿容，让我有了励学有成的感觉。

及至山顶，雨后景色让人震撼：山脚下，从南向北横着一条清亮的湘江；对岸，青灰的苍穹罩着一望无际的绿色平原。目光所及，天无尽头，地无边际，江入云端，一派苍茫阔远。

昭山古寺，就在这海拔一百八十五米的绝壁上，孤独地耸立了一千多年，是传说中的"古潇湘八景"之一。

第一次上昭山，匆忙中来不及细看，但我记住了它的苍古与幽寂。

当掉进史籍的书袋里我才知道，昭山古寺被列为"古潇湘八景"之一，是因为北宋书画大家米芾当年行脚至此，见昭山雨后初晴之佳境，忍不住画下著名的《山市晴岚图》，并作诗云："乱峰空翠晴还湿，山市岚昏近觉遥。正值微寒堪索醉，酒旗从此不须招。"无疑，米老先生的诗画，提升了昭山的文化高度。

昭山景色秀美险峻，旁携凤形山、虎形山，披松、茶、柏、竹之翠，抱深不可测之昭潭，怀奇幽之龙洞，可谓水秀、洞奇、滩美。

对此，前人多有纸写笔录。清乾隆时期的《长沙府志》言："秀起湘岸，挺然耸翠，怪石异水，微露岩莩，而势飞动，舟过其下，往往见岩牖石窗，窥攀莫及。"府志还记载，原来在昭山顶上还有朝阳寺等建筑，山上更有参天古木。

明末王船山在岳麓书院就读时曾游历此地，留下了咏昭山的佳作："终古石自碧，深春花欲红，澄潭凝一色，云末出双虹。"后来，他在《昭山东省孤翠词》中，对此也有"日落天低湘岸杳，迎目茏葱，独立苍峰小，道是昭王南狩道，空潭流怨波光袅"的描述。

而关于昭山之名的得来，有不同的说法。清光绪《湖南通志》上记载，西周时期，周昭王率师南攻楚国，远至现在的湘潭，后因楚人凿船而溺亡于此山下的昭潭，此地也因此得名。此说法，至今沿用最广。

可我在《史记·周本纪》上却读到了这样的记载："昭王之

时，王道微缺。昭王南巡狩而不返，卒于江上。其卒不赴告，讳之也。"此说法基本与前者相左，只有昭王死于江上与之一致。

昭王王道不彰，能寓名在一处奇美山水中，也算体现了历史与后人胸襟的一种宽度吧。

我则更喜欢关于昭山之名的另一种说法，它与历来将山水妙景与才子佳人、帝王将相牵扯一起的俗套相比更有情味，更有独特的美意。那就是："湘有昭山，客子不乐久游。"

"昭""招"二字同音，意为"召唤"。这句话的意思是说，昭山有种神秘力量，能呼唤羁旅他方的湘人及早回到故土。在湘外从商、游学、为宦的人，冥冥中受到这座山的召唤，便会在使命完成后，日夜兼程地回归家乡。听到这种说法，我突然觉得这座青山幻化成了一位站在湘江东岸呼喊孩子的母亲。

不管如何得名，作为昭山历代的主要胜迹，昭山古寺在这座青山上，历经了漫长的历史风雨。唐初始建时，它叫昭山禅寺，宋时叫昭阳殿，到明清时期则被称为昭山观。由此可见，历史上它曾经有过佛道同寺的经历。现在的古寺是纯粹的佛教寺院，亦是当地的重点文物保护单位。

此时此刻，我们一行人沿着后山的小路向上攀行。

秋风中林涛阵阵，飞旋的枫叶落下，贴在青苔石阶上，若一枚枚殷红的印花图案。上山的游人纷纷在昭山古寺前驻足，品读正门上的对联"昭山凌云皆瞩乾坤阔，古寺参天同辉日月华"与"众善奉行，诸恶莫作"，体会文学与佛理之美。

老实说，此次登昭山前，我尚有隐约的担忧：在热火朝天的城市建设中，处于长株潭三城交界点上的昭山还会古意盎然、幽静如故、葱郁宜人吗?

如今再登昭山,看来我的那些担心都是多余的,这里寺庙依旧,古道依旧,空气清新依旧……远处长路如带、沙滩镶银、江碧似玉,舟影船迹可以尽收眼底。昭山与远近的农田、水圳,村落、城池,和谐地融成了一幅山水集美图。

下山时,同行的朋友热情地说,昭山人正以"山市晴岚"等文化元素为依托,在昭山示范区内,开发面积约十点三八平方公里的"昭山晴岚"项目,包括晴岚书院、低碳小镇、亲子农场、森林 SPA、会员农庄等。

届时,一个以周边两型配套产业为支撑的昭山生态绿心区,将带给人们更美的感受。相信到那时,大家再来瞰江色、赏山景、听鸟鸣、观园林,一定会灵感迸发,文思澎湃。

我想,那时的昭山,也一定会更有风致。

# 大围山的胆气

去过大围山多次，总觉得那万壑千岭与山巅水涯间有一股峻烈的胆气，在历史与自然之中吞吐大荒，让人敬畏。

这个初秋，我再次东行，踏入了浏阳境内。

秋季的大围山，以黛青、赭黄、赤红等色泽，肆意地袒露着自己的真性情。其山根东走，有壮士之态；水势西流，有倔强之性。山水人情相互润泽，所谓一方水土养一方人也。

走在浏阳城内的北正路上，谭嗣同先生故居"大夫第"上的小青瓦，在冬日的阳光下更显得色彩沉穆，仿佛历史凝固的跫音。当年在此园囿里，这个十七岁的浏阳少年，于自己的"莽苍苍斋"内习经史、览群书，写下了"家无儋石，气雄万夫"的对联，显露出了血性湘人的干云豪气。若干年后，他极力主张发展民族工商业，兴学校、修铁路、办工厂、改官制，希望以此为强国之道，并以"志士不忘在沟壑，勇士不忘丧其元"的滔天胆气，撰文抨击清廷丧国，最后成为因维新变法而慷慨赴死的"戊戌六君子"之一。

今季，在他故居行走，突然想起他《狱中题壁》中的"我自横刀向天笑，去留肝胆两昆仑"一句，感觉他如一伊巨壁，就高踞在大围山顶峰，站在高天阔地之间。

"纵死犹闻侠骨香。"在我看来，浏阳的胆气，是由无数铁骨撑起的。张坊镇一砖木结构的普通民宅，就是电影《永不消逝的电波》中主人公的原型、烈士李白魂牵梦绕的故居。当年，身膺重寄的他化名李霞，与战友裘慧英假扮夫妻赴上海设置秘密电台，保证了上海地下党与党中央的密切联系。被捕后，他宁死不屈，于1949年5月献出了年仅三十九岁的生命。站在他家空荡荡的天井里，我想，张坊的苍山，一定是他永不消逝的身影。

在浏阳的英烈花名册上，那一排排姓名都是大围山的子弟，是淮川街李家的大哥，是杨花乡张家的满崽，是文家市刘家的幺妹，是大瑶镇王家的女婿……

为了今天的故土上花香如沸、物阜民安，他们餐霞饮露，披肝沥胆，可谓"鼎镬甘如饴，求之不得"。在漾水湾湖南省苏维埃政府驻地锦绶堂，在湘鄂赣第一次党代会旧址东山大屋里，在上坪会议旧址里，在共青团湖南省委成立处枫树大屋里，到处都留驻着他们的胆魄与英魂。

历史的巨卷翻到了今天这一页。

在时代的追光灯下，大围山的后人们承袭了前人的浓烈胆气，以酣畅的手笔，撰写着一篇篇漂亮的气魄之作：新建的交通网络通省会、接赣西、连湘北，通达八方。

作为交通便利的直接受益者，我体验了从长沙市区出发，经长永、大浏高速，过悠长的道吾山隧道，一路看青山对出、阳光蒸腾、原野溢彩、碧水映天的美景，舒适快捷地直达浏阳古城的快乐。

同时，一纸新型城镇化建设的蓝图在浏阳大地迅速地铺展成现实的美景。在官渡古镇，清澈的大溪河水倒映出两岸的亲水木栈道，倒映出青砖黛瓦、老树粉墙与正在修整的居陵古渡。

镇里的朋友告诉我，此地正在结合人文历史、自然风光特色，打造生态旅游、宜居养生小镇，还有沿途所见的各种工厂园区、产业基地、休闲农庄……正是这些丰富的段落，汇成了大气磅礴的"建设新浏阳"这一鸿篇巨制。

在大围山区行走，看苍茫远山，似攀历史高地；赏潺潺近水，如闻长歌浩叹。此刻，我心中的浏阳山水，无疑就是一篇接通了前人血性与风骨的肝胆文章。

# 萍岛文踪

萍岛浮在潇水与湘水交汇处，似一枚长锚，把两条奔走在千山万水间的江挽在一臂之间；也让两江的文脉须荄，交织叠生于潇湘文化的苍穹之下。故而，到永州，不可不去萍岛。

我是仲春时节上岛的。

轮船从零陵区柳子街下的老码头黄叶古渡出发，沿潇水北行大约四公里，一座四面环水的绿岛便迎面扑来。在树木堆垒成团的浓绿中，隐约可见黛瓦白墙的老宅和上面翘立的飞檐。同行的当地朋友说，那就是湖南别称"潇湘"一词的发轫处——萍岛。

这座小岛居潇水与湘水之间，衍生了"潇湘"这个名词，更承载了丰富的文化元素。传说因舜帝二妃掷罗巾于水中，岛便随水涨落，故又有"萍洲春涨"之称。"潇湘八景"之一的"潇湘夜雨"，亦是此岛称谓。

让读书人肃然起敬的是，这岛上，有一所孵化国之高才、扛起湖湘文脉的古老庭院——萍洲书院。正是这座古书院，隆升了小岛的文化高度，也让我对此行有了最大的期待。

在老码头下船，沿青苔石阶上行，穿过灰墙黑瓦的山门，便置身于萍洲书院旧址了。这是一座方正的四合院，中轴线自北向南，以它为中心，建有奎星阁、讲堂、中门、大堂、大门、门庭、影壁和长廊，整个院落显然已经过重新修葺，再看不到那个残院老宅的破败旧颜。走在幽静的青石甬道上，绿树蕉风依旧，百年古桂笔立，而当年学子们的身影，早已隐入历史烟云的深处。

与中国所有书院一样，这所书院同样有一种欲担家国重任的凛然之气，即使几百年风雨侵袭，也依然能从一砖一瓦、一石一碑、一字一句中弥散出来。

此刻，在院中的讲堂大厅，我看到了迎面悬挂着的巨幅楷书，那是《尚书·大禹谟》所载舜告禹之言："人心惟危，道心惟微，惟精惟一，允执厥中。"此十六字，尧、舜、禹三帝皆以心从之，以心传递，也为朱熹、王阳明等后世大儒所推崇，可谓中国古代治道与学术境界的最高层级。讲堂侧面，有"礼义廉耻"四字榜书。《管子》将此四字称为"国之四维"，并强调"四维不张，国乃灭亡"，足见"礼义廉耻"是治国、治家、治学的根基。

最引人侧目的是，大堂里有湘人王闿运的那副著名的楹联："吾道南来，原是濂溪一脉；大江东去，无非湘水余波。"此联从学术的本源和流派来俯视，以三江借喻——潇水支脉濂溪喻道州周敦颐，湘水喻湖湘学，长江喻理学——意谓理学发祥于周子。

湖湘文化精神的大端，脉络毕现。

萍岛之不凡，在于其牵系二水，在于它与文化教育紧密勾连。

据记载，旧时这里曾建有供学子读书发蒙的湘口馆，高扬的书声曾直抵柳宗元的诗行中："九疑浚倾奔，临源委萦回。会合属空旷，泓澄停风雷。高馆轩霞表，危楼临山隈。"如今，这琅琅书声又从柳先生的笔尖，传到了我们的耳畔。

清光绪十年（1884），江华人王德榜等人捐资修建萍洲书院。与其他书院多由儒生士人捐建不同，王德榜乃湘军将领，一生杀伐征战，且在中法战争中屡建奇功。从贵州布政使任上离开后，他回到故乡永州定居。

自刀光剑影中抽身，卜居乡里的他捐资公益、乐善好施，建成了这所永州八县的最高学府。第一任山长为周敦颐的后裔、前清翰林周崇傅。先后有八位贡生从这座山门中走出。

辛亥革命后，书院易名为萍洲学堂，后又改为永郡联立萍洲中学，培养了无数学子。后来，担任过湖南大学、武汉大学校长的哲学家、教育家李达，就是从这座书院走向社会政治舞台的。可见书院为湖湘育人之功。

一个多世纪后的今日，我在书院的亭廊里穿行，在古木下停驻。从怀素写蕉书处到奎星阁的藏书之所，从"古潇湘"榜书到影壁上的《九嶷山诗图》石刻和长廊上的《潇湘八景图》，在这座大院里，我看到了先人们在文化沃野上躬耕的身影，看到了他们好像仍然在清慧堂、北渚馆、儒行斋聚集会讲，研读诗书。

与岳麓书院、石鼓书院等并称为"湖湘四大书院"的萍洲书院，同样也是中国封建社会教育史的最具象的载体。它将源于唐、盛于宋、衰亡于清末的中国书院史的辉煌与沧桑，将湖湘文化历经千年而形成的学思并重与知行统一的独特底蕴，以及独立思考与理性批判精神，昭示于文化天宇，留待后学瞻望与跟从。

这是古老的书院对中国文化与教育最长情的陪伴，也是它们偏居幽僻山林，甚至墙塌院荒，却依然在中国教育史册上夺目耀眼的原因。

告别萍岛，回望山门两侧"洞庭有归客，潇湘逢故人"的楹联，再悟"潇湘文波连四海，就此能悟，道在两仪太极；浮岛秋月映万川，于斯便知，学须一理殊分"之义，我想，萍岛书院这一独特文化成就的灿烂波光，必随潇湘二水，流向时空的远方……

# 束装而归

　　宁远古城，是我们永州之行的第四站。

　　踏入宁远古文庙的大门，我感觉自己是一个束装而归的儒生，是外出数年后重回故地的那一个。看到泮池中的水、石牌棂星门上的字，以及大成殿老黄色的重檐歇山顶，一种归乡的亲切感横陈于心。

　　我一直喜欢古庙旧院，因为在里面能看到旧物旧事的印记，并从中品味出一种传衍的力量。

　　我的童年，是在父母执教的学校度过的。

　　那所校园的正中间，就矗立着一座重檐歇山顶式的大庙，与眼前的宁远文庙格局、形制几乎完全一样，都是北宋时期修筑的。它也有一个半月形的泮池，还有一座麻石砌成的状元桥横在上面。桥面铺着七十二条长方形条石，据说象征着孔子的七十二个得意门生。大成殿东西两厢有庑房，也有两间被唤"名宦祠""乡贤祠"的大屋。院内的青石碑上，刻有励学的文字。

　　这座岳州文庙，也被称为"岳州学宫"，从北宋仁宗庆历年间到清同治时期，八百年里先后修葺过三十次。后来，两厢的庑房被改成了教室，我的父母整天在这里出入，育得桃李累累。我和一群教师的孩子，就在文庙幽静的院子里，听着风声雨声读书声长大。

只可惜，这座存放过我童年、少年记忆的文庙，现在只留下孤独的一座庙宇被高墙围围着，其他的都已经旧迹全无了。如今，身在他乡的我以文字谋生数十年，没有成为"名宦""贤儒"，却多少沾了一点"岳州学宫"的笔墨义气，可回乡时，再也寻不到原汁原味的旧风物了，只是常常在梦里见到大成殿天花板上的"盘龙戏凤"图和挂在其横梁上的麻绳秋千。

现在，我眼前的永州宁远文庙，同样是前园后院的中轴线对称规制，与我记忆中的岳州文庙叠合得那么一致。前园，林木栖翠，碧池荷影，有绿草成坪、石狮双立；后院，房舍殿堂，曲廊回环，有尊经阁、步贤坊、启圣祠……主殿亦叫大成殿，高十六米，宽二十七米，正中高悬着"斯文在兹"匾额，下面是孔子的石雕坐像和牌位。四周的回廊石柱上，雕刻着花卉图案与飞禽走兽，寓意"学业有成""开门见喜""步步高升"之类。

最让人惊叹的是，在文庙的二十根五米高的整体大理石柱子上，都以高浮雕的方法雕刻着多条云龙云凤，每一条都是那么精巧生动，像随时要凌空飞去。这座文庙是我国古建筑史上国宝级的杰作，也许隐喻着这里的后学有高达云端的志向。

文庙，历来是文风鼓荡之地，是为祭祀思想家、教育家、儒学创始人孔子而筑，也叫"孔庙"。

建文庙之风，始于唐，而唐以前，古人皆奉祀周公。《史记》

言，汉高祖刘邦于公元前195年以太牢祭孔，开帝王祭孔之先河。所谓"太牢"，即牛、羊、猪三牲。至唐代，朝廷以儒学思想为治国之本。唐太宗贞观元年（627），太宗李世民下诏"州县皆立孔子庙"。到宋朝，随着儒家思想的广为推崇，全国各地兴起了大建文庙之风。及至晚清，全国文庙已经有一千八百多座。

地方文庙后又成为官学传授儒家思想的最高学府，为"庙学合一"的礼制性建筑，乃纪念孔圣人、教育后学、表彰贤儒之地，有"庙学"之称。

清光绪三十一年（1905），皇帝下诏废科举制、推教育新制后，庙学结束了其历史使命，但它作为中国独特的文化现象，千百年来起到了维护儒学、教化人心、确立文化道统的作用。而代代传接的文庙祭祀之仪，亦是中国人在文化上慎终追远的国事，体现了对传统文化的尊重与传承。

此时此刻，我站在宁远古文庙的回廊里，看见几位台湾作家正向着孔子的雕像跪拜、鞠躬，感觉他们与我，仿佛都是当年"梦在两庑"的儒生，宵衣旰食地读经习典之后，跟随着孔圣人的车后尘雾，亦步亦趋……

是啊，我们不都是从血脉中、从精神上束装而归，归于中国传统文化的大庙下寻根访源的一群孔孟子孙吗？

# 永州的家底

生为湘北岳州籍人士，我一直都是用仰角看湘南永州古城的，且仰望得心口皆服。

永州、岳州，湘楚门庭，南北相倚，都以"州"名，都以自己不凡的身手与资质，高踞于湖湘文化的翘檐之上。

这种高，当然不是空间意义上的坡岭、峰巅，它是历史文化册页里最高端处的空阔、浩大、无涯，有静水深流与雷霆万钧之力。

一地一城，如无厚实高位的文化家底，便会瘦弱，不能气壮。

好在我的胞衣地岳州，有天下名楼，有范公一篇楼记与满怀忧乐，有洞庭一湖波光和君山一岛风月。

永州呢，家底更为殷实，有始祖舜帝遍撒的屐痕和陵寝地，还有一粒一万四千岁的不朽稻谷、一朵姓周的清逸的莲花、一叶僧衣油绿的芭蕉，以及雄强的"永州八记"；更有在蓝山、九嶷山和道江盆地、零祁盆地吞吐、奔腾，直下千里的潇湘二水。

这一切富饶尚是永州妆奁中的一部分，但已经让我为之折服了。

最让我服气的是，在永州这座城池的历史框图里站着的四个人，就像瓦数巨大的探照灯，把苍梧之地映得光芒灼眼。如若盘点天下文化库存，永州光凭此四人就可跻身"大户大家"之列，足可傲视四方八极。

柳宗元是四人中第一位出镜者。身处公元805年那个历史节点，长安掀天揭地的庙堂风暴将他冲贬至此。永州，这个"南蛮之地"，对他而言，是坚硬的，也是柔软的。这片荒僻的土壤距长安和故乡太远，距他的政治抱负和理想也太远。艰苦的生存环境、贫病交加的日子，如硬冷的砾石，硌得人心生悲。

然而，这里画轴般的山川林木、溪水江流，以及五谷六畜与民俗乡情，疗救了困厄中的他。他不再在意自己背着的"贬官"重负，而是尽力将孤寂瑟缩的灵魂伸展开来，以平和之心扑向苍梧山水。

他在西山宴游，听归鸟入林，在黄溪看夕阳西下，在法华寺听暮鼓晨钟，在愚溪结茅为庐……行走于大自然中，高山、森林、野草、流泉、怪石间、小丘、石涧、石渠、石潭等景象，让一颗忧惧不安的心渐渐安稳。在山水与诗文里，寓居乡野的"河东先生"排遣了贬谪的痛苦，已然悠悠南国人。

柳宗元自述："自贬官来无事，读百家书，上下驰骋。"于是，题为《小石城山记》《钴鉧潭记》《袁家渴记》《石涧记》等的"永州八记"，从其笔尖苍茫而下，千百年来撩拨着中国人的山水情怀。

他还写下了《六逆论》《天对》《封建论》等著作，其中"官

为民役"的民本思想，如同星光烛照，泽被后世。而《捕蛇者说》
《江雪》之类文字，至今还能在我们的胸口激荡起哀伤与悲悯。

可以说，"永贞革新"的失败、宦海的落魄，是对柳宗元政
治抱负的重创。然而，于永州而言，这个被贬司马以苦寒之身，
用"永州八记"等经典之作，将楚南的这片永山永水推向了历史
与文学史的高光处。

潇湘二水边的"八愚"之地，有幸成为他文学与思想成就的
膏腴之址。寓永州十年，柳子如一粒春醪，酿出了永州醇厚绵长
的文化美酒。

光耀永州门楣的，还有另外三个本乡本土的好男儿。

唐人怀素，本是佛门中人，却不蹈常袭故，好美酒痴翰墨，
每醉必泼墨挥毫，在寺庙墙上、阔叶上笔走龙蛇。他自幼在永州
出家，爱习字，却无纸笔钱，故在东山种植万棵芭蕉树，以叶为
纸，天天练习写字，每每把绿天庵外的半座青山写成"秃子"。
后来他不忍伤木，就直接站在树下，往树叶上写字，由此留下了
"永州八景"之一的"绿天蕉影"。

768年，三十出头的怀素第一次来到长安，以一手行云流水、
笔锋狂放的草书，得到了李白、苏焕、戴叔伦等人的喝彩、评
赞，一时名动京师。颜真卿与怀素论书后，亦言"忽见师作"，
感叹自己"资质劣逊"。这个年轻的佛门弟子，造就了中国书法
史上一个奇观。

如今，我在怀素公园看到其真迹《千字文》《圣母帖》等碑
刻，仿佛听到那个着褐色僧衣的草圣，在苍绿的芭蕉叶上迅疾运
笔的声音。那是属于永州的言语。

怀素之后，永州又出现了中国书法史上的一座高峰，比怀素年轻一千多岁的何绍基，也成了永州门脸上的一束光。他的书法作品与怀素的作品一样，都被后世视为拱璧。

清道光十六年（1836），何绍基进士及第，后在宦海浮沉，官及翰林院编修、国史馆总纂、广东乡试考官、提督，四川学政，等等。其实，多数后人记住的，恐怕是他"晚清诗人、书法家、画家"的身份。他在论诗时，主张先学做人，"人与文一"，而后再抒性情，表达胸臆。他的山水诗颇具个性，多以平实自然的语言描写客观景物，往往蕴含朴素的哲学观点。

何公才学渊博，著有《东洲草堂集》《东洲草诗文钞》等文集。精通金石书画的他，以书法成就甚高而彰名，其书法早年脱胎于颜真卿、王羲之和北朝碑刻，有畅达清刚之气。何绍基因在砚田躬耕四十载，其书熔铸各家之长，又自成一家、笔意老成，已臻炉火纯青境界，故而被称为"清代书家第一人"。最要紧的是，他亦怀揣着一份悲天悯人、关心民间疾苦的文人情怀。

谈到永州的荣光与人中翘楚，"濂溪先生"周敦颐是绕不开的。作为北宋著名哲学家，他写下《爱莲说》，用一朵出淤泥而不染的莲花，树立了清廉的君子人格，成为天下名篇。读中学时，我曾在课堂上朗诵过无数遍，其时，满脑子都是荷叶间探出的莲蓬。

少年时期，周敦颐进入家乡的月岩苦读诗书、修身悟道。一次他抬头观察，见头顶的巨大洞口随自己脚步的移动而变化，如同月之盈亏，进而悟出了动则变的道理。

成年后，他提出了一系列哲学范畴的思想，成为宋朝理学的开山鼻祖。他的思想被程颢、程颐继承，又被朱熹接力、发扬，熏风吹过了宋、元、明、清，抵达后世百年。

他的两本著作，是其思想的重要集成。《太极图说》讲天道，认为宇宙的本源是"太极"，阴、阳二气与金、木、水、火、土五行相互作用，才产生人与万物；《通书》则言人事，认为"诚"是圣人之本，万物始于"诚"，伦理道德也是以"诚"为本。

可以说，濂溪先生以一己之力，在中国哲学史、思想史和历史上形成了不可估量的影响。单一个"诚"字，就已经深深楔入了国人的精神肌理。因为周敦颐，我对摇曳在永州水面的每一枝莲花都衷心俯首，充满敬意。

我想，无论时光的流水怎么冲刷，上面这四个人的名字永远会是永州这篇雄文巨画上的款识，这也是永州这片土地之所以伟大的理由。作为湘北岳州籍人士，我羡慕永州山水清明，美得有点铺张；更羡慕其文化家底殷实，珍宝盈库。

除以上四人光耀了永州门楣，再盘点一下，永州的库房里，还有神秘文字女书，有瑶民发源地千家峒，有浯溪碑林与遍地宋碑，有谜面不解的鬼仔岭，有数不清的古村落、古民居大宅、旧庭院，有耕读传家的一代代乡里乡亲……

正是祖宗留下的这些文化家底，让永州这个湖湘文化的出发点，有了独特的品格与气质。

而今天的永州人借文旅发展的强韧之力，将自己库房的文化家底擦拭出了锃亮的光泽，并为之镀上了新金。

他们希望在先圣前贤赞颂过的楚越冲衢、荆湖要地上书写新的"永州记"，不负苍梧大地的人文之富、河山之美。

这，就是对自己文化母体的深情凝视。

# 云龙步趋

晚饭后，沿着云龙大道散步。

看看四周，佳木葱茏，视野辽阔，如立平原。早出的月亮、青苍的天空、远近的绿植和散落其间的建筑都笼罩在了巨大的阒静之中。

我忽然有了在这个湘中绿心地带安顿余生，独抚春醪、闲饮东窗的冲动。只是，脚下这一条按城市主干道规模修筑的路面在提醒我，万种念头，不如行走。

因为路面宽直平坦，带着草木青涩味道的晚风没有半点拐弯抹角，直接触及了我的发肤。我真切地感受到风行进的痛快，也感受到自己鞋底下无羁绊的轻快。

我想，与晚风同样感到舒畅的，除了路上走过的人，一定还有驶过的车辆，以及从高天逛到大地上的月光。

多年前，我从长沙去株洲电力机车厂讲课。汽车在路幅只有五六米宽、路面破烂不堪的老长株公路上颠簸着行进。经过此地时，我的五脏六腑几乎快吐了出来。

重回故地，我的脚步轻松而悠闲。

眼前，忙过一整天后的云龙大道人车渐少，开启了安静模式。在一片绿色里，它极力向地平线尽头打开了自己双向四车道、幅宽三十多米的身体。

平地、土坡、低丘，一丛丛、一线线草树，被道路与初亮的路灯划分成整齐的组团和队列。远处，影影绰绰的是职教城和方特娱乐城别致的楼宇，它们在教与乐之中，孵化着孩子们心底的各种美梦。

暮色温柔，空气里流动着香草的气味。

我在平整的路边慢行，思绪却围绕"行"与"路"两个字风驰电掣着。地面的平整开阔，于天下之路、人类之行，实在是件大好的事。只是，为了让出门的脚板舒服点，去路与来路都快一点，人类努力了数千年。

"要致富，先修路"已是天下共识。

株洲之所以会从一个小城发展成重要的工业城市，得益于它四通八达的铁路、公路和水运航道。一条条道路，将羁押在贫穷里的城市、乡村和家庭的脚步彻底释放了。

如今，"人之步趋"从先人的"陆行车，水行舟，泥行撬，山行樏"，进入了飞机、高铁、巨轮乃至宇宙飞船时代。快速变化的出行方式，彻底改变了人们的生活。

此刻，暮色依旧温柔。街灯的加入，让四周的景物披上了柔和的光晕。眼前，一块路标清晰地展示着前路的去向。我收拢漫卷的思绪，随着蓝底白字的路牌的指引，慢慢踱步。目光所及，新路连着新路。

白天在示范区采风时，我看到了桥山路、盘龙路、云天路、崇德路、兴龙路、云端路、云海路、荷叶坝路……我喜欢这些道路的名字，它让我想到了飘逸的云朵、腾跃的蛟龙、如虹的长桥、田田的荷叶和怀抱美德的谦谦君子……

我知道，这片曾经荒僻的大地上正在布局"五纵十横两互通"的主干路网，布局着未来的足音。最重要的是，这些如网如弦，末端连着株洲城区，连着省会长沙，连着天南海北的山山水水，连着交通枢纽、物联网、互联网的道路的名字里，有当地人的干云豪气，有他们铿然作响的行走脚步。

是啊，有了好路，老百姓的好日子就有了根蒂和来历，就会永远过下去。

# 东去大围山

大围山的春天，有一种贯穿肺腑的美。

访古镇，看菜花，赏春色，看苍山，览碧水，人的心头也有万丈春光。

从省城出发，不过五十分钟，我便到达了此行的第一站——官渡古镇。沿着大溪河边的木栈道悠然而行，一脉清澈的河水，倒映出两岸的青砖黛瓦、老树粉墙。不远处，是正在修整的居陵古渡口。

"官渡"二字，让我想起了历史上有名的"官渡之战"，当年曹操以少胜多打败袁绍，一战定下乾坤。虽然此"官渡"非彼"官渡"，但眼前的古镇，亦为三国时期东吴之属地。历史上，浏阳官渡之战的硝烟，屡屡可见。元代，官渡文豪欧阳玄赠予郡台的治县政略中那句"官清民自富，渡稳浪无惊"，对今天的官渡而言，是一笔财富。

中午时分，暖暖的春阳从锦绥堂的天井里落下，洒了一地斑驳的碎金。这座位于大围山镇、建于清光绪二十三年（1897）的三进院落，占地面积四千多平方米，内有两层楼百余间房，整体布局严谨、雕梁画栋，体现了湖湘传统建筑之美。1931年，此地是湖南苏维埃政府的所在地。赭色的老墙壁上，当年红军战士们留下的"保卫苏维埃政权！"等标语，依然隐约可见。

从锦绶堂出来，我们直奔另一处历史建筑——廖家大宅。这是一座典型的全木结构的客家民居，紧邻正在建设的浏阳河溯源风光带与客家民俗文化街，向人们诠释着"落叶归根"的深情。多年前，东门古镇廖姓人家的一位先祖远去江浙讨生计，可待他千辛万苦打拼出了一份大家业时，却已须发如雪，故土难回了。为解思乡之情，他花巨资在异乡修建了一座与浏阳老家一样的宅院，连门楣上木雕的兰花、雀鸟、人物都一样。

现在，他的后人们与大围山镇政府一起，将千里之外的这座精美的老宅，整体搬迁回了大围山客家民俗文化街，让他的魂魄与心血，真正融入了故土的怀抱。

归来、归乡，归愿、归心……今天，随着整个浏阳加快迈进新城镇建设的步伐，一个个产业基地、休闲农庄与文化名镇，在这里拔地而起；越来越多的东乡男儿、西乡女子，从打工的城市回到了大围山下，成为在家门口挣钱的产业工人、商店老板……

孟春的大围山，水碧花艳。

站在永福桥上，我看到历史的页面被清官汤寿、壮士谭嗣同、烈士李白的后人们彻底刷新了。相信这片曾经的悲歌慷慨之地，一定会展现出一幅五彩斑斓的新画卷。

# 槐庭的风

我来的时候，九郎山的花木都开热闹了，地面上可观赏的妙处不少，绿林、碧水、古寺庙，都是好去处。

可我觉得，最让人萦怀的，是大冲村一座青砖黛瓦的庭院。这里昔日曾是高门大族人家的宅邸，原来有三进二层，共十三栋，一百四十多间房屋，现在大部分都得到了恢复。

天井里，阳光适意，亭廊幽深。有微风摇动桂花树，茎叶的清气在大院里不动声色地弥散。大宅的门楣上刻着"槐庭"二字，这个名字清雅好听，由庭院的女主人玉姑所取。

此时，我看到照片墙上的玉姑文静秀美、五官精致，是一个千娇百媚的女人。她有寻常女子羡慕的身份：官宦人家的女儿，大户人家的儿媳妇，一对儿女的母亲。

这样的生活，应该有极致的满足和愉悦了。可是，玉姑偏偏爱读谭嗣同的诗词、陈天华的文章，她还骑马习武，在家里设立威武堂，里面摆满了各种供自己练功的武器。

后来，她丢下了幸福的小日子，为众生福祉和国家的未来奔走筹谋，成为近代民主革命的志士，中国女权和女学思想的开创者。最后，为推翻清政府统治和数千年的封建制度，三十岁的她在人生中这个最好的年纪，倒在了绍兴轩亭口那一道罪恶的刀光下。

现在，在槐庭老宅行走，阅读陈列在房间里的各种史料，我不时会产生幻觉，仿佛打小生活在锦绣堆里、看上去很柔美的她，会佩着短剑迎面走过来。

我在想，一个生活优渥的大家闺秀，本可以在自家雅致的庭院里相夫教子，像其他富绅人家的女人一样，过衣食无忧的小日子，亦可做到心境沉寂，不因世事而起伏，可玉姑为何会从女子的柔顺里淬出坚定的反骨，走上风狂雨急的人生之路？

人类的脚，本是用来自由行走的，可出身于清末官宦家庭的玉姑与无数女子一样，被一条沉重的裹脚布捆绑了起来，被囚禁在这个自隋朝起历代沿袭的封建陋习里。

幼年的她挣扎、抗拒，用哭闹声反抗。裂骨的疼痛，让她早早感受到了人间的不平等：为什么哥哥和其他男孩子不用缠脚，而女孩们要忍受如此残忍的折磨？

小女孩的反抗，对抗不了庞大愚昧的世俗，她的双脚还是被扭曲成了三寸金莲。这种戕害，在她幼小的心底埋下了愤怒的火种。

玉姑祖父在厦门任职期间，她目睹洋人在公堂上趾高气扬、野蛮咆哮，而中国老百姓却总是下跪、挨板子。这种不公平、屈辱的现状，让她萌生了推翻这个腐朽的清王朝、改变国民命运的想法。

1893 年，玉姑随父母赴湘，三年后嫁给株洲石峰区九郎山下的富绅之子为妻，并把婆家的王家大屋改名为"槐庭"。在这里，她经常出入农家，劝女人们放足、识字、学文化，自己则骑马习武，时刻准备与中国社会中的黑暗过招。

1904 年，受维新变法思想影响的她，扔掉缠足布和三寸弓鞋，东渡日本留学。在东瀛的日子里，玉姑与陈天华、宋教仁、黄兴等人相处甚笃，除了参加反清组织同盟会，还与大家一起学习射击，学习制作炸药。

回国后，她创办了妇女报纸，与徐锡麟等志同道合的人组织光复军，发动了起义。起义失败后，本可以逃脱的她，选择留下慷慨赴死。她说："若将我押上断头台，革命成功至少可以提前五年。"

1907 年 7 月 15 日，她的血喷成了一道鲜红的火，穿透了晚清的暗夜。几年后，延续了两千多年的封建统治彻底终结。女侠玉姑的英魂，终于得以告慰。

一百多年后的今天，在槐庭的陈列室，我看到了一张玉姑身着男装的全身照。秀气的她头戴有檐八角帽，系浅色领结，着深色男式长衣长裤；左手叉腰，右手挂着文明棍，整个人显出一股英武勇猛的豪气。

待我的目光移到她的脚上，那里赫然有一双闪着光泽的男士大皮鞋！生活中，这个三寸金莲的女子经常易装，穿着男装男鞋到处演讲，宣传革命的主张。为了穿稳皮鞋，她在里面填充了棉花、碎布头之类的东西。其实，她填进去的，是被剥夺的女子天足的权利，是所有女性内心里对男女平权的追求和对自由的渴望。

从陈列室出来，院子里迎面挺立着玉姑当年亲手种下的玉兰树和桂花树。如今，它们早已枝叶繁茂。风至，叶动有声，如落大雨。我内心的某根弦被猛烈地触动，感伤、悲切、敬佩、仰慕等情绪糅杂在了一起。我想，就让风这个信使，将槐庭来访者的敬意带给她吧。

"拼将十万头颅血，须把乾坤力挽回。"

玉姑，这个在民族觉醒初期，便敢于仗剑而起的前驱人物，是湖南九郎山的儿媳妇，人称"鉴湖女侠"，大名——秋瑾。

# 仙庾草木记

## 一

在城里过日子，没有强烈的时序感，若不是忽高忽低的气温在肌肤上冲浪，提醒季节在轮转，我很难注意早春的细芽、晚秋的粗叶，是从哪天来到身边的。

可仙庾岭下，则完全是另一种情形。

我迟钝的感觉变成了弦弓上的颤音，被奔涌的绿浪扯动，发出极敏感的回声。杨梅树上落下的鸟叫，蓼草尖上停留的雨滴，山茶花瓣上跳动的晨光，都会牢牢绊住我的脚步。

酢浆草、荠菜花和凤尾蕨，也都会用自己的风姿叫停我们的车轮。它们的呼声披红戴绿，鲜活得能掐得出水。我闻香赏色听音，五官忙碌，并不由自主对它们报以心动的回应，高瞻其以一己荣枯托举四季的样子。

在仙庾地面，人与植物的关系变得最为亲密。

不管从哪个角度看过去，占据瞳孔的多是绿叶的大海；也不管往哪个方位走，身前身后总有杜鹃红、梨花白、菜花黄，还有不知名的枝干探出毛茸茸嫩黄的芽尖，横生在你面前。

这里的仲春，被草木花事梳妆打扮后，好看得如同邻家初娶的容貌昳丽的新妇，让我与一众来采风的作家耳目舒畅，心生欢喜。

两天采风，我们走幸福屋场、宿耕食书院、访香荷生态园、憩紫轩小舍……一路上迎宾陪客的仪仗，都是青草和林树。

村道旁，沿线生长的苗木、花卉、果木像跟脚的村童，争先恐后闯入眼底。修剪整齐的红桎木，造型如大型盆景的罗汉松，还有紫薇、茶花，桂花树和红叶石楠等景观树，正向四方八面布施草叶的清新与新花的甜香……

镇上的朋友介绍说，仙庚镇地处长沙、浏阳、株洲三市结合处，是株洲的东大门，也是绿植的大本营。五万多亩山林里，有樟树、栎树、槐树、椴树、柏树、油桐树、构树、构骨树……各种南方杂树与灌木、藤本植物，给丘冈、山岭穿上了草绿、翠绿、苍绿、墨绿的裘皮大衣。

在大自然的绿色合唱中，这里的二千六百多亩果木、苗木流转地，三十九家苗木产业大户和企业及二百多名从业者，是最重要的一个声部。在当地政府的引导下，他们从大面积粗放种植，转型为培育佳木精品，各种优质苗木、林场，让这片八十多平方公里的土地，以一派"绿树村边合，青山郭外斜"的意境，成了城市集群中一块难得的"绿心区"，成了洗心洗肺洗凡尘的好地方。

二

春日天气多变，头天斜风细雨，一觉醒来又是风和日丽。

我们在绵长的绿意中，前往镇上的几个自然村走访。一路春绿层叠，亦觉得自己的每一次呼吸，吹过的每一阵风，都是清新的、香气蒸腾的。

在徐家塘村，油菜花田从眼皮底下直铺天际，开得很有排场，也美得毫无节制。作家们陷在黄色汪洋深处，用力深呼吸，甜香的空气直灌五脏。

远望花海的尽头，浮着几栋白墙彩瓦的村舍，　色的楼房是新农村的田园居。近看菜花，嫩细的油菜荚已慢慢膨大，一针针绿荚凸起孕肚，正在孕育一场菜油的丰收。

这座千亩油菜花基地，展示着这片土地的雄心。我内心雀跃，与同伴互为摄影师，尽兴拍照，留下乡村意气风发的样子。

樟霞村的长寿古井和农家书屋一古一新，是行程中的重点。我的目光被其灼亮之后，又被一些农家房前屋后点缀的观赏花木吸引。几种矮个子花卉中，有小小的紫红花瓣上镶着羽翅白边的须苞石竹，有举着淡粉色四瓣小花、集束而开的细叶美女樱，有稳重地匍匐在外墙贴了淡黄色瓷砖的小楼前的深紫色角堇，还有伴着墙角排队的一串红，在微风中轻快地摇晃着满头的"小火苗"。这些缤纷的色彩，给新农村的好日子也添加了一抹亮色。

擦肩而过的草木太多。在小憩地，脚下的杂草如毯似毡，但我叫不出名字，只好选用了一款可识花木的软件，将手机镜头往草叶上一拍，巨细靡遗，跳出来的是"假俭草""狗牙根""地毯草"等一串名字。这些被我从小就称为野草的小生命，居然也有堂皇的大名，真是让人大为惊喜。

著名作家谭谈老师见状也饶有兴趣，让我教他使用。他虽然在乡村长大，与草木交情不浅，但也有认不全的"亲戚"。几分钟不到，这位年近八旬的老人，就拿着手机辨认起身边的一棵矮树来。那树叶如宽唇，嫩绿黄亮，原来叫"盐麸木"。

谭谈老师兴奋地说："太好用了，以后遇到陌生草木，便知它姓甚名谁了。"这个善于接受新事物的老作家是个潮人，骨子里藏着一股少年血，常以健步丈量山水，与大自然近，与草木亲，与人友睦，所以总能灵感滔滔，佳作不断。

我们一路闲聊，谈及当科技的力道用在重塑人与大自然的关系时，人与植物就很容易成为"熟人"。得此助力，我们随时可放慢匆忙的脚步，静下心来，与一片落叶、一株小草、一棵大树进行一次跨物种的沟通。观察它们生存的细节，倾听种子的萌动，触摸树木的年轮，俯身靠近一切葱郁的自然奇迹，从中感受生命的迭代，欣赏理解不同物种的生存之道。

# 三

仙庾镇在株洲荷塘区治下。

荷塘本就是一个动人的地名，会让人联想到粉花阔叶、瓷白的莲米、九孔胖藕，以及其中的蛙声和月色、叶下游弋的荷花鱼，或是误入藕花深处的女子……

偏偏这如画的空间中，立着两座苍绿的山——仙庾岭与婆仙岭。前者面积一万四千多亩，孝文化、宗教文化、名人文化在此荟萃，茶马古道亦从茂林中穿过；后者则是省级森林公园，总面积一万七千多亩，主峰海拔三百多米，金轮古寺就耸立在这片五千多亩的原生态林海之中。

林区奇花异草、翠竹比比皆是，被人称为"天然氧吧"和"城市之肺"。

仙庾镇浓稠的绿色，正是由此两岭扛鼎，加之附近的苗业、木业、农业助力，最终形成声势的。周围的百亩葡萄、百亩花卉、百亩杨梅、千亩瓜果、千亩荷花、千亩油菜、千亩蔬菜，都是当地人在自己家门口书写的洋洋洒洒的绿色文章。

受时间所囿，我们只登上了仙庾岭。

岭不高，海拔不过二百多米，上有古庙、高塔，有历史传说，还是道教协会所在地，也是荷塘山水大剧中的重头戏。进仙庾古庙，在袅袅梵音中迈入左侧庭院，只见两棵汤盆粗的奇木近墙而立，树冠层层叠叠，绿了大半天空。

这两棵古树，一为枫树枝干，却挂着满身樟树叶子；另一棵恰恰相反，以樟树之身，举着一头油绿的枫树叶片。两树相距不到一丈远，似乎都有种"我想变成你"的意味。

它们相对而生，共同经历了无数场风雪雷霆、数百年冬夏轮回，想必已成了"你中有我，我中有你"的亲人。它们深情款款，以至于都想变成对方，都希望长出相近的夫妻相。

这种植物之爱不可丈量，人们引以为奇，故在树边挂了牌子，称它们为"许愿树"。草木有情至此，让每一个在树下驻足的人，心头都会有暖流激荡……

穿庙而至后门，后山古木参天。

在风翻风卷之间，松树柯叶绵密、气势豪壮，有英雄气度；文弱的瘦竹随山风起伏，仿佛其中埋伏了千军万马；乌桕、水青冈、椴树们聚叶如浪，合着风的节拍俯仰攒动，把森林里的苔藓、附生植物和鸟都惊醒了。

阳光从枝叶缝隙中坠下来，滴在凤尾蕨黄铜色的新叶与白花三叶草、马蹄金草上；常春藤在一棵槐树根部缠绵着向上攀爬；一年蓬和苎麻在微风中翻动灰白的叶背，搅拌得光影跳跃不休，造成我视觉上的震荡。

这一刻，我羡慕飞过的乌鸫和小蜜蜂，它们与草木为邻，清楚林木脉络清晰的纹理和奥秘。

一百多年前，植物学家威尔逊、阿尔芒分别从欧洲来到喜马拉雅山脉、岷江流域、四川盆地探险，寻找到绣球藤、兰花百合、珙桐、大叶醉鱼草、落新妇、扭盔马先蒿等上千种植物后，惊呼"中国是花园之母，是植物王国"。站在仙庾岭的树林中，我对此言有了切实的认同。

我想，中国大地上记录在册的植物有三万两千多种，那么仙庾镇的草树在其中占了多少种呢？谁能解开这个谜底？

此时正逢雨后，铁灰色的天空换成了清冽的蓝色。

风才至，叶如大雨声。面对山阿人家、林泉新事，以及此中丰厚的历史文化传说，我的思绪簌簌而动，不知用什么样的文字，才能匹配脚下这块土地的丰盛。

# 木质的村庄

南方的村庄，是浮在木质元素里的。木的年轮、木的枝叶、木的清香，让南方的山水有了生气。可以说，离开了木，没有哪个村庄能在历史之河中存活下来。

那年的秋天，我第一次坐火车跨长江北上。

窗外油绿的山冈、茂密的树林和溢满草木倒影的溪水山塘，忽然被一望无际的麦麸色平原所取代。绿的色块在急剧退却，黄色、深褐色开始弥漫开来。

目睹这样的景观变化，我第一时间感受到，南方与北方最大的不同，原来是树木的多寡。树木疏空的北方天高地远、开阔空敞，盛放着北国的粗犷与浑厚；南方绵延密集的树木中，则滋生了雨季、村庄与山歌，还有苗族、瑶族、壮族等与树木相依为命的族群。

木楼是湘西和湘西南常见的民居，多临水而建、依山而筑。在少数民族聚集地，到处是木质的吊脚楼，木墙、木门窗、木栅栏、木楼梯。这些木头皆被桐油涂得光亮，蜡脂似的橙黄透出木纹的自由走向与厚实感，经年累月后又被时光抹上一层层苍黑与老灰，变得古意益然、沧桑触目。

湘西与湘西南的村庄，最能体现树木的强力。它们组成了每一间老屋、每一只水桶、每一条门槛、每一扇窗子、每一把锄头……木，几乎撑起了当地一代又一代人的日常生活，所以村人们惜木、爱木、崇木。

我最近去过的大园苗寨，也是一个木质的老村庄。它安静地蛰伏在绥宁县城二十公里外的关峡乡，依玉带河、傍青龙山而立。远远看去，一片青瓦高檐浮在屏风似的密集的树木前，那是村里连片错落的木楼与窨子屋的影子。

村后的那片绿林，茂密得很有些气势，可以想见，它环抱着的古苗寨，给予了它们最精心的保护与爱惜。传说苗、瑶同源，从苗家人与瑶族山民对山林、树木同样珍视爱惜、敬重有加这个角度看，这个传说也不无道理。

记得两年前，在隆回县虎形山花瑶山寨的树林里，我曾听到过村民以身体保护树木的故事：二十世纪五十年代末，有大队人马欲砍伐瑶寨周边的古树林。可数百年来，这些树木的根须已经长成了瑶民的血管，它们养育了瑶寨的老祖母，喂饱了摇篮里的小婴儿，撑起了瑶寨的炊烟与篝火，怎么能轻易让人从瑶寨的血肉里将它们剔除呢？于是，不论老弱妇孺，全寨村民自发地结集到山林里，每人抱住一棵大树："要砍树，连我一块儿砍吧！"

就这样，今天的我们才能看到虎形山漫山遍野的古木参天、绿云摇风、雀鸟欢叫的美景。这个村子，自古就有崇木、敬木的传统，所以村名也叫"崇木凼"。

此刻，我眼睛里的大园苗寨树木摇风，古意深重。

村里的五百多户人家算得上名门之后，大多是唐代龙虎大将军杨再思之后裔。《宋史·诸蛮传》记载："诚徽州，唐溪峒州，宋初，杨氏居之，号十峒首领，以其族姓，散掌州峒。"说的是杨再思在唐懿宗十四年（873）据守沅州，建立五溪十峒，并被众族尊为十峒长史之事。

清康熙年间，杨再思后人杨光裕疲于征战，见大园四周山高林茂、风景宜人，便与家人迁居于此。从此，杨氏一脉在关峡大园以木筑村，开枝散叶，繁衍后代，至今已三百多个春秋。

与花瑶山寨一样，树木如今依旧是大园苗寨生活的根基，古楠木、柏树、梓木、老槐树、铁杉、榉木、松林，绕村环屋。

与树木相生的一代又一代村人，将苗家人生存的智慧在木工活上发挥到了极致：木楼上的雕花门窗、木桌木床上的花草虫鸟，无不生动精巧；各家自制的木盆、木甑、木碗、木篱笆、木烟斗、木爬犁等随处可见，伴随着古寨的烟火日子。

村子里，有上百座古堡似的窨子屋，皆由高墙木楼组成。

其中最典型的一座，在村中的铜鼓石路尽头，斗拱飞檐的门楼十分引人瞩目。这座楼由青砖黛瓦、油漆斑驳的木板组成，楼外是青砖高墙，墙内是木质结构的房屋。居中为正屋，两旁则为吊脚楼结构的厢房，木门窗上刻着丰荷瘦菊和松竹梅兰，每楼都有老旧的木楼梯通达上下。

楼下天井里，有苗家老人在喂小孩吃饭，木碗白粥，混合着乡下惯常的柴烟气息，给人一种闲适亲切感。

让人惊奇的是，正屋两扇黧黑的老木门被一块横木锁住，任凭人怎么推，也无法将门打开。从表面上看，除了那块木板，两扇门之间没有任何机巧之处，甚至没有一丝金属物的绊系，可就是打不开。

老宅的主人笑着走过来，从上衣口袋里掏出一根竹条，对着门上木板一侧的小孔插进去，轻旋一下，门居然吱呀一声就开了。据主人介绍，这叫翻心木锁，是苗家人传统的密码锁，主要流传于绥宁县关峡乡一带的苗族聚居地，是苗家木楼里不可或缺的物件。

在苗寨，我已经见识了传统民间木工技艺留下的各种杰作，但眼前的翻心木锁还是让人震撼。

主人又说："这种木锁是祖上传下来的，至今村里的杨焕纶、杨焕忠、杨玲等能工巧匠都会制作。"

翻心木锁有双壳锁、单壳锁之分，且形状多样，有椭圆形、长方形、半圆形，等等。它由锁壳、锁子、锁闩、竹钥匙四个部件组成。锁壳由两部分构成，内部凿三条槽，装上三个能卡入其中的木卡子；锁闩也得凿上与锁壳对应的三条槽，再把楠竹条削成有三个齿的竹钥匙，开门时插进锁闩，挑起锁卡子，门便应声而开。锁门时抽出钥匙，让锁卡子卡入锁闩的三个孔槽，门便会被牢牢锁住。

主人讲述了开锁、落锁的窍门，而苗家的小伙子往往也能凭着一曲动人的山歌，唱开心仪姑娘阁楼的翻心木锁："郎哥要想开木锁，三个日子要依我，七八三五十五日，同在一天来开锁。""妹妹儿戏看轻我，三数一天也不多，十五之日把锁开，定把乖妹怀中挪。"

翻心木锁，凝聚着苗家青年人的浓情。

绥宁苗家还有一个因杨峒木而滋生的盛大节日——四·八姑娘节。每年农历四月初八，出嫁的女儿们要回到娘家祭拜先祖，还要吃黑米饭、对山歌、跳傩舞，纪念古代苗族女子杨黎娘。

传说，黎娘之兄因为反抗官府欺压被押于死牢，必得吃家乡杨峒的乌米饭，方可恢复到"力拔山兮气盖世"的状态。于是，黎娘邀集苗家姐妹围着杨峒木跳舞，使之得女儿精气灵气，然后采其木叶捣汁，掺入峒禾糯，煮成黑油油的乌米饭，趁探监时带给兄长，助其挣脱镣铐，打败了官兵。后人为纪念机智的杨黎娘，便将四月初八定为姑娘节，吃杨峒木黑米饭的风俗也流传至今。

杨峒木其实只是苗山中寻常的一种小树，却承载了一个民族的强大习俗与风情，这就是木的力量。

大园苗寨历代注重树木，亦注重树人。

时至今日，当地的村民们依旧遵循着祖上"敦孝悌，勤耕读，务勤俭，睦宗族，息争愤"的教诲。我在老宅看到的一副对联"百年好事无非积善，一生受用莫过读书"，正是杨氏族人尊书重教的写照。近半个世纪，村里已经培养出大学生近二百人，有不少人还成为各自领域的栋梁之材。

站在古老苗寨的封火墙下，看着四面青山起伏、山树参差，我更感受到了树木的精气神。它不但支撑了苗家的民间气概，也支撑了被人们称之为故乡的一个个村庄。

刚直、坚毅、勤劳、智慧是这些老村的灵魂。

# 半字之别

最近，我对"浔"与"寻"这两个字有了好奇心。

这是因为一次在长沙乡下游走时，我发现寻龙河村的人，硬是把自己胞衣地的名字，由"寻龙河"改成了"浔龙河"。

"浔"与"寻"，发音都一样。前者多了三点水，在古籍上，解释为水边深处，一曰水涯，或者叫潭。《淮南子·原道训》中有"游于江浔、海裔"之句，《水经注》中有写到浔水，乃地理名词一处。

而"寻"字，大家都明白，其中有求而不得、访而不遇、前景不可预料的焦虑，是让人忐忑的一个字。

这么说来，前者多了三点水，笔画繁复些，但傍水而居，生灵兴旺，意思好了。半字之别，可见心思。

我认得这个"浔"字，最早是因少年时读《水浒传》，"及时雨"宋江酒后疏狂，在江州的一座酒楼写了一首"反诗"，现在尚记得后两句是"他日若遂凌云志，敢笑黄巢不丈夫"。他把自己的豪气，抒发在了那座青甍黛瓦、翘角飞檐的临江楼上，也引发了他一生的风雨。那楼就叫浔阳楼。

施耐庵老先生把宋江遣到此楼醉酒，将一部《水浒传》弄得热热闹闹。我则识得了一个新字"浔"，还注意到它与我先前认得的"寻"字长得不一样。

再后来，读到韦应物"始罢永阳守，复卧浔阳楼"、白居易"常爱陶彭泽，文思何高玄。又怪韦江州，诗情亦清闲。今朝登此楼，有以知其然……清辉与灵气，日夕供文篇"，以及陶渊明、苏东坡等人题浔阳楼的诗，我更对醉卧小楼，望一江烟水钓翁摇橹，看红蓼滩头柳翠槐绿的乡居生活有了多种想象。

如今，我已知道浔阳楼在九江，依旧雕檐映日、画栋飞云，遗泽后人。而长江九江段，就叫浔阳江。在我看来，这个"浔"字很有文气，耐读，其背后的文化意味分量不小。

话说当年，水神杨泗将军在长沙县的山间水边寻找到害民恶龙后将其斩杀，从此此地五谷丰登、黎民靖安。这个被百姓口口相传的民间传说，也为当地留下了"寻龙河"这个地理名词。

若干年后，本地人缘于"村民富裕一点，生态环境好一点，幸福指数高一点"的三点心愿，改"寻龙河"为"浔龙河"，将美好的传说与郁郁文气融为了一体。

这半字之别，不仅仅是字面上的改变，它是所有村民心里一种精准抗击贫穷的思想裂变。这种裂变，让昔日的省级贫困村，变成了一个河流环绕、山水秀美的生态小镇。前后之变，让人惊叹。

时间闪回到 2010 年。

我第一次来到浔龙河时，见这里被一股贫困与荒寒气息裹挟着。眼前道路狭窄，老旧的房舍四散零落。屋前屋后，除了一些苍老的面孔和低龄的幼儿，看不到几个年轻人的影子，他们大部分离开村子，出门打工去了。辞别桑梓远去他乡，任凭再坚硬的心，也会生出无言的痛……

不难想象，那一刻，一定有不少年轻人暗暗在心里发誓，有朝一日回家来，回到这个养育过自己的小村，不改变它的状况，决不罢休。让自己的老父母、家乡的耕夫村妇都像城里人一样，在美好的环境里过日子，让这块地里生出金生出银，绝对是全村人的共识。

八年后的这个夏天，我站在浔龙河生态小镇的街头，身边是规划整齐的黛瓦白墙的大片民居，每一座都是檐角犬牙交错、设计别致的小楼。楼上人家的笑语，随栏杆上红灯笼的光色漏了下来。

这是新建的村民集中居住点。

但见庭院廊屋间，有花木环绕、雕塑矗立的休闲广场。周边有惠农综合服务社、创客街、民俗街、美食街，还有一条条通向四面八方的宽敞道路……

生态小镇建成后，村民们富裕了，居住质量提升了，生活品质改善了。人们在家门口上班，在自留地里种菜，在广场上跳舞，既享受到乡居的宁静，也享有城市的便利。

看到这样的景象，我心里风起云涌，再次想到浔龙河的"浔"字。再从字面上看，"寻"字多了三点水，这三点，不就是乡亲们从骨头里掏出来的，且经过共同努力达成了的心愿吗？

我这样想着，月亮已经从黛瓦翘檐后升起来了。

晚风中有年轻人聚会的歌声传来。这一刻，我真想停下脚步，与当地人一起，在明净闾巷流连，在田头畈上劳作，看新竹新荷、三春花事，过心满意足的好日子。

辑三

悬情记

# "父亲"这个词

小时候，在我心里，"父亲"这个词像金鹗山顶的麻石，硬朗而高峻，还带着一点冷意。当这个词落到了一户寻常人家的小女孩面前，总会让她想起"板着脸、正襟危坐"的形象，有一种"隔"的感觉。

那时我觉得，"父亲"只是一个家家户户都必备的男人，就像房子必须有房梁。而母亲则不同，她是米饭，是棉被，是活命的必需品，像温软暖香的光。

想起来，我童年时有过三怕：怕黑夜，怕蛇，怕父亲。

前两怕，是所有孩子共同的怕，可以理解。但后一怕，与父亲年轻时一身的威严、刚硬的脾气，以及常常一副雪国冰山似的脸色有极大的关系。

隐约记得四五岁时，一路哭喊挣扎的我被他从长沙的外婆家抱回岳阳，开始了每天与他同处一个屋檐下的日子。后来，当我满口的长沙话变成了地道的岳阳腔，我仍然觉得他是别人家的爸爸。

再大一些，我认同与他的父女关系后，又觉得他像家里的客。因为即便家就在他从教的校园里，可他仍然只在饭桌上露面，在睡觉前归家。很多时候，家里的饭菜上了桌，母亲还要打发孩子们满校园去找父亲回家来吃饭。

对父亲来说，仿佛教书这件事比命还重要，他把所有的时间和热情，全都放在了办公室和讲台上。那时他每年都会拿回一些红字的奖状，家里的抽屉塞满了，就用一个铁夹子夹起一大沓，挂在墙上。

小学一年级时，同学来家里玩，我怕小伙伴们知道父亲的名字后取笑我，就把铁夹子上第一张奖状的名字剜掉了。结果，父亲回家后勃然大怒，狠狠地抽了我几巴掌。这是我记忆中第一次被他打。不光我，我的哥哥姐姐们也都怕他，若见他脸色阴云密布，都不禁噤若寒蝉，像老鼠见了猫。

这顿打，让我对他产生了一种惧怕。我甚至觉得，他每次在进家门之前，就把笑容从脸上脱下了，挂在了家门外的校园里。

与当时的许多男人一样，父亲不大理会柴米油盐这些琐碎家务，也很难得问问五个儿女的功课。母亲总说，父亲的脾气倔，在家在外，都不懂得委婉与迂回；说话也从不拐弯，每个字从嘴巴里吐出，落到地面上就像石子的撞击，会砸出一个个洞。

父亲把尊严看得高于一切，无论什么情况下，他对有损自己尊严的人与事，决不低头俯就，也决不会因为生活的难处而求人。当年，母亲为姐姐、哥哥从乡下知青点招工回城的事急得直哭，可即便如此，他也不愿意上门去求老朋友。

母亲的泪水，让我刻骨铭心，我也觉得父亲自私、冷漠，不懂人情世故。在进入中学前，我心中的"父亲"一词，都是冷色调的。

二十世纪七八十年代，物资匮乏，作为多子女家庭，我家更是生活拮据，父母的工资常常没有到月底就花光了。为省钱，父亲买来烟叶，切成细细的丝，做成卷烟抽，偶尔喝点便宜的白酒，就算是最大的奢侈了。家里一个钱掰成两个用的时期，父母也会为钱发生争执，而我在感情上总是站在辛苦持家的母亲这边。

那个年代，家家生活都很清苦，尤其是多子女家庭，父母更得努力工作，以此保障全家衣食有凭。父亲曾说，认真工作是做人的本分，也对得起国家每月发的这份工资。总之，做人要凭良心。

有一年大年二十八的傍晚，一个十多岁的女孩子，在漫天风雪中叩开了我家的那扇老木门。女孩子是父亲的学生，已经毕业离校了。她送来了两条草鱼，说给老师一家尝尝。见父亲坚决不收，她快哭了，说："我妈妈嘱咐过，人要懂得好歹，要懂得感恩。要不是方老师，我可能早就读不成书了。"

原来，女孩品学兼优，是郊外某个渔场里一户船家的女儿，家里特别困难，连她的学费也拿不出。父亲知道这个情况后，连续几个学期都不声不响地在教务处帮她交了学费。

此后，每年过年前，这个朴素老实的女孩都会顶着寒风，来我家送鱼。每次，父亲就提前让母亲准备一些红糖、面条、豆腐票、肉票等回赠给她。这种往来持续了许多年，直到市场上物资丰富了才停下。

这件事让我发现，父亲也有人情温热的一面。

进入中学后，一次我无意中翻开了家里的抽屉，看到了父亲二十岁时穿着解放军军服、挎着手枪，在长沙郊外搞"土改"时的照片。照片里的父亲英俊帅气，像电影《英雄儿女》里的王成，一副威风凛凛的样子。这让我大吃一惊。我没有想到，这位从湖南师大毕业的教书先生，竟然是"潜伏"在我们家的战斗英雄！突然间，我对父亲的崇拜与骄傲瞬间爆棚："喔，怪不得父亲这么威严，这么硬气。"

随着我一天天长大，"父亲"这个词，由远在天边的雷霆，变成了南岳坡下洞庭湖的浪花，越来越柔软可感。

记得初三那年，我突然感觉黑板上的字远成了迷雾，根本看不清楚。父亲很着急，带着我步行穿过吊桥、洗马池，到了南正街的一家眼镜店，陪着我检查、验光，又亲自给我挑了一副黑边大框的眼镜。虽然被同学取笑戴的是"老人镜"，但我却特别开心。

父亲是从湖南师大中文系毕业的，骨子里有文学情怀。家里的教案下，放着一些当时没有被解禁的书，有《青春之歌》《战争与和平》《元曲》《暴风骤雨》《飞鸟集》《红楼梦》等。我从小学开始就在父亲的书架前翻看它们，他鼓励我多读，但不许我拿出去，也不许到外面说。这种阅读，启蒙了我心里最初的文学梦。

大约是二十世纪八十年代，我第一次收到一笔"巨款"稿费，有三十多元。父亲一边刮胡子，一边高兴地问我："五丫头，想要买点什么不？爸爸陪你去。"

那一天，空气中飘着槐花的甜香。

父女两人，像过年一样，来到洞庭路百货商店。隔着柜台玻璃，父亲看中了一块最新款的小巧女表，是上海沪光牌的。节俭了一辈子的父亲，毫不犹豫地给我买下了我此生的第一块表。我的稿费，他分文没用，说让我开一个存折存起来。三十多年过去了，这块小手表，我一直小心翼翼地保存着。它让"父亲"这个词，在我心里有了熏风拂面的温度。

悠悠人世，花开有神，叶落有情。

如今，父亲已年过九旬。年岁愈高，他愈温和，心里的天地愈加清旷。他每天不是伏案读书、写书，就是在住宅边的闲地上种菜。不管哪里遇到灾情需要捐款，他每次都慷慨得很。他对我说："一个人在时空流转里，总要有些知见和向阳性；沾了人间的米粮，就要给后人留下点有价值的东西。"

从2010年起，在七八年时间里，老父亲以一己之力，编写了《新华韵典》《怎样学些古体诗》《新编绝句三百首》等八本著作。他希望留下点有价值的文字给热爱古体诗写作的人，以此证明他曾经活在人世间。

现在，"父亲"这个词，不只意味着我血缘的来路，更意味着一个男人舍伪归真的器识和人生的庞大向度。

# 我要去韶山

那年，刺槐花开得雪白，我家那幢小木屋陷落在甜香味里。

趴在木门槛上，我放肆地动用自己的哭声，那种哭法是上气不接下气、尖利而绵长的。父母急着出门，留下一句："等你长大点，再带你去。"然后，他们与哥哥们欢快的背影一起，淡出了我湿漉漉的视野。

以往，我的哭在家人面前无坚不摧，但此刻却像打湿了的火柴，无济于事。姐姐过来哄，看到我噘起小嘴，还说："哼，不带就不带，以后我自己去……"

其时，我岁在垂髫，走路尚不太稳，故在父母单位组织教职员工和家属去韶山时，被留在了家里。与其他教师子弟一样，我的童年是被"圈养"的，在草木葱郁的学校大院之外，我的脚步所及的天地甚小，小到只有院墙围着的一圈。虽然那时对韶山一无所知，但大人们的言谈和神情，让我心生向往。

小孩子的烦恼如雪花入水，融化得很快。

两天后，父母和哥哥们回家了，给我的礼物是一个军绿色的帆布"语录"袋。一个豆腐块大小的包，正面绣了一个红色的五角星；另一面，印了一行字，我不认识，姐姐十分庄重地、一字一句地给我念出来："韶山，红太阳升起的地方。"小小的帆布包，一下子让我觉得自己拥有了全世界，开心极了，因为把它斜挎在肩上，即便里面什么也没装，也能引来人们羡慕的眼神。

两个姐姐各得到了一枚陶瓷的纪念章，白天将之别在胸前，晚上用红色绸布包好，小心翼翼地收起来。

我家的相框里，还多了一张父母和哥哥们在韶山的合影。我因此第一次看到了韶山的画面：树木茂密的山峰下，有一栋乡下人家的普通房舍，门前有池塘，塘前地坪里并排站着的四个人，就是我满脸洋溢着幸福神情的家人们。父母说，那房子就是毛爷爷的故居，全国人民都敬仰的地方。

我稍大些后，知道韶山是毛主席的出生地，也是他青少年时期生活的地方。那个地方在湘潭境内，位于湘中丘陵地区，离我家乡岳阳有两百多公里。当年交通不便，对我这个毛孩子而言，这距离实在太遥远了，一时半会儿还真去不了。

但这并不妨碍那份湖南人的骄傲，在我幼小的心田里像青藤一样蔓生开来。尤其当听到这样一件事后，我更觉得身为湖南细伢子是幸福的：父母的一个同事去外地出差，在餐馆吃饭后，店家听他口音是湘潭的，热情得不行，坚决不肯收饭钱，说主席的家乡人能来，就是他的荣幸。同事拗不过店家，便将自己随身带着的几枚韶山纪念章赠送给了他。

这件事，感动了我父母和他们所有的同事，也在我小脑袋瓜里如熏风拂叶，簌簌有声。

小学二年级时，我在文艺会演的舞台上，穿着少数民族的花裙，表演舞蹈《火车向着韶山跑》："车轮飞，汽笛叫，火车向着韶山跑，穿过峻岭，越过河，迎着霞光千万道……阳光灿烂照车厢，车厢里面真热闹，真呀真热闹，藏族大爷弹起琴，新疆姐姐把舞跳，蒙古族叔叔唱起歌，一路歌声一路笑，一路笑……"站在舞台中央，我跳得特别起劲儿，仿佛自己真坐在了去韶山的火车上，即将实现当年的愿望。

这支舞蹈，后来成了学校的经典保留节目，每有演出，必拿出来惊艳一下观者。而我，每次表演都能沉浸在去韶山的快乐感觉里。直到今天我还记得这首歌，也记得舞蹈的动作。

成年后，我终于来到了韶山。

延续我每到一地，就要了解点地方历史皮毛的习惯，我查找韶山地名的出处，有史籍可考。《清嘉庆一统志》说："舜南巡时，奏韶乐于此，因名。"资料上又言韶山有八景，风景优美。

我此行的首站直奔了当年父母照相的位置，面对着满池塘苍绿的荷叶，真的有种心愿达成的成就感。走进由土砖墙、小青瓦和茅草屋顶建筑而成的毛主席故居，目光所及之处，茶几桌椅、灶台锅碗，皆是湘潭农家惯常可见的简陋陈设。

可就是这个小户农家，为中国养育出了一个改变国家命运的儿子，这个家庭也因此与中国历史产生了深刻的关联。我想，民间的风雨生活，才是思想者最有养分的土壤吧。

在滴水洞，毛主席卧室的满屋书柜，砖头厚的各种书籍占了半个床铺，莫不让参观者动容。这个胸怀天下的老人一生手不释卷、不断学习，即便在晚年，他的卧室床边，依旧是万卷交叠。

在这里，我被一个伟人的日常深深打动。

如今，除了参加文学采风等活动，每隔几年我都会去一次韶山。每回总能看到从全国各地赶来的人们，排着长队在毛主席故居和铜像广场前瞻仰、献花。

长长的队列里，一位抗美援朝战争中的老战士，如今满头银丝的东北大爷告诉我，只要来湖南，他必到韶山的主席雕像前鞠几个躬。

对为民众的福祉殚精竭虑的人，中国的老百姓总会以各种方式，向他表达最朴素的感激与怀念之情，"我要去韶山"，就是其中的一种。

# 桃花井

　　这个秋天，客居异乡几十年的我，第一次回到了我在老家发蒙上学的学校。故地重游，斯年邈远，物异人非，唯有一口水井、几条旧巷老屋，还苔生着幽微的往日痕迹。

　　但这也足以让我如释重负、心绪安稳。

　　小时候，我在岳阳楼东侧的小学读书。学校所在地叫桃花井，因郭亮烈士当年在这一带从事革命活动，学校就叫郭亮小学。

　　那时，整个桃花井，都显得天地清旷。一条几米宽的水泥道将一排排平房划归东西两边，仿佛楚河汉界一般。

　　这里也的确是有井有桃花的。

　　井在一幢老宅子边，以青黑的麻石修砌而成，周边地面光洁湿滑，亦是老麻石铺就。井水亮得似玻璃镜子，夏天一股清凉气腾冲上来，让人舒服得像神仙一样；冬天，井口冒着热雾，提上来的井水可以暖手。一棵不太高大的桃树，就站在井口一米多远的墙边，自在地红着绿着。

　　那时，老井与桃树都不寂寞。

　　因为自来水管尚未到户，周边大片居民茶饮浆洗，全依赖着这老天赐予的一井好水。所以，总有人以绳拴着提桶，往井里抛下扯上，长年弄得水井咚咚响。女人们捣衣的啪啪声和洗菜时的闲聊声、笑闹声四时不断。

　　桃花树下的那口老井，浇壮了市井日子，养育了一份和敬温良的民间气息。

　　我在桃花井的"晃荡史"，从幼儿园开始，到小学五年级结束。最初我在桃花井一家幼儿园上小班，喜欢斜歪着身子趴在长桌上，用铅笔在纸上乱画"打摆子"的圆圈圈，盼着哥哥们放了学来接我。

　　我还记得，桃花井的腹地有一条半米宽的排水沟，水很浅，只有大人的脚踝深。有一次，两个哥哥接我回家，他们和松鼠一样，一个跳跃就轻松过沟了。跟在后面的我走路慢而踉跄，桩子不稳，被小哥哥嫌弃了。在他的催促下，我一抬小脚，只听"啪"的一声，整个人直接掉到沟里了。大哥见状，闪电般跳下来，把全身湿透、吓得哇哇大哭的我抱了回去。

　　这条水沟，盖着一线长条形的木盖板，从我一年级一班的教室底下穿过。教室是平房，上课时，可以听到水在脚板下低语。

　　有次我与同桌分梅子吃，老师听到声音，将探照灯一样严厉的目光射向我："是哪个同学交头接耳讲小话？"我一慌，指着脚下脱口而出："不是我，是沟里的水在讲小话……"话一出口，老师的脸上风停雨歇，竟"噗"地一下笑出声来。

　　上学放学时，我们也爱来井边玩。

　　喝几口清冽甜润的井水，摘几朵粉红的桃花。运气好，遇到井边人家在竹竿上晾了酸菜，便高子抱矮子，或者跳起脚，慌张地扯下几片，然后一窝蜂四散而逃。因为口袋里揣着几段酸香的菜梗，这一天的幸福指数就会像飓风一样飙升。

我家在桃花井东边的一所中学大院里，地势高峻，可俯瞰桃花井的所有房舍与灯火。因为院内有一座宋代文庙，故大院俗称"文庙山"。不过文庙山与桃花井之间隔了一道围墙，让我们上学的路绕了一大截。

我与小伙伴都是教师子弟，家里大人管得紧，不许爬墙上树。唯有大字不识的校工胖老婆，威猛地把自己的孩子推上墙头，让他们翻墙抄近路去桃花井上学。

那时的我只觉得胖伯母太牛气了，比所有人的家长都带劲。受她鼓舞，我与其他孩子也膨大了胆子，纷纷骑上墙头。爬墙上学，五分钟就可到校，少走半小时路程。

在桃花井"晃悠"到五年级，我在这里写下了平生第一篇作文，跳了第一次独舞，戴上了第一条红领巾；也因为能歌善舞，会游泳会自由体操，第一次被男同学取笑为"荞麦"（俏妹）。可那时我却从来没有想过，这个每天走过的地方，为什么叫"桃花井"。

几十年后，我在一个暑气蒸腾的时节回来了。

如今，在我心里高耸的"桃花井"这个地名，已在现实中沉陷于四周林立的高楼之间。郭亮小学的院落还在，院门口挂了块某区政府办事机构的牌子，里面的平房被改成了三层楼，遥远的天真气被一股肃穆味所取代。唯一让人欣慰的是，院门外侧墙上，有一幅介绍郭亮生平活动的浮雕，提醒着我这里与自己的童年生活有某种关联。

那口井也还在，被一圈铁栅栏围在几幢老民房之间，一棵细瘦的桃树象征性地种在屋檐下。四周门户紧闭，一片阒静。一堵老墙上，有碑刻百余字，以两段民间传说介绍井的来历。前一段言："明末，大西王张献忠的乱兵闯入岳州，见一个叫桃花的美丽女子在井边捣衣，戏之，女不从，跳井守节。"第二段则说："南宋末年，元军南下，井边洗衣女桃花，不甘元兵侮辱，纵身投井。后人纪念其贞烈，植桃花伴井，并以'桃花井'为地名。"

没承想，"桃花井"这个地名里不只有我的乡愁，还藏有如此的烈性。陡然间，一股悲壮之气从通红的夕阳间冲出，像四散的音符，在这片老旧居民区的上空回旋。

我在这个古城的腹地长大，却不知桃花里蕴含着凄风。

童年时，桃花井上面的天空是生动的，经常有一队队大雁"嘎嘎"叫着从头顶划过。它们心齐气顺，一声声顿挫如微风穿堂；它们整齐划一的身影，则如一条晾衣线横于晴空之上，看上去有千般亲切。

如今，我穿过几十年的异乡岁月重回桃花井，是想借自己存放在此地的纯真，掸一掸生活的皮屑和油镬气。

我觉得，一个人无论在怎样的城市谋生，若没有童年在此，便没有牵系，总是游子心态。

于我而言，"桃花井"这样的好地名，可以在乡情中传世不朽。

# 粗壳房

记忆中，大礼堂北边青砖黑瓦的一排"T"字形平房，是学校的食堂。食堂里光线有点暗，放了三张方桌、几张长条木板凳。东西方向的两面墙上对着开了两张门，方便师生进出，也弥补了屋顶不高、光线有点暗的缺陷。

我常常像一支细瘦的箭，欢叫着在食堂的两扇门之间射来射去，目标则是粗壳房。

它在食堂西面十来米远处，是一间红砖红瓦、层高六七米的简陋的库房。库房北、西、东三面墙是用红砖砌的，南面则是敞开式的，无墙无门。房顶部支着木梁，构成了三角形的巨大檩子。

库房里面，常年堆满了从乡下运来的稻谷壳，形成了一个里高外低的斜坡。大人们管这屋子叫粗壳房，管满屋糙黄的稻谷壳叫粗壳。

那年月缺煤，学校食堂一年到头全靠粗壳做燃料，保证师生们吃上热饭菜。粗壳房靠门的角落里，会放一些扁担、撮箕、擦扫把（扫帚）之类的劳动工具。房顶红瓦缝隙间，挂着细丝蛛网。

　　这里本是食堂大师傅刘文初伯伯、曹爹，后勤处总务李云星伯伯的地盘，却常被我们这一伙儿教职工的小孩占领。在文娱生活匮乏的当年，粗壳房就是孩子们的游乐场。

　　我们尖叫着从粗壳堆的顶端顺坡滚下去，像一团团雪球，有时还会把整个身体陷入粗壳深处，像游鱼入水，躲过父母的寻找。刘伯伯、曹爹好不容易归置整齐的粗壳房，总是会被我们闹腾得如驻扎了千军万马一般。

　　看到这场面，瘦而精干的刘伯伯总是恼火得很，高挺的鼻子常被气得歪不成形，可他又奈何不了几十个小把戏每天来撒野，烦极了。他有时会拖条"擦扫把"，做出要扑人的样子，嘴巴里吓唬道："鬼崽子，你们再捣蛋，我告诉你们伢老子（爸爸），好生收拾一下你们的皮肉……"他一来，我们就四散而逃，可他刚一转背，我们又卷土重来。

　　如果是下雨天，大院里所有的孩子都会参与到粗壳房的欢叫声里，尽情打闹、嬉戏。

　　每次，趁父母们忙于给学生上课，没工夫顾及我们，我与牛子、细子、同生、幸子、虎子、鱼子等小伙伴就在粗壳房里捉迷藏、翻筋斗，上演孩子的各种顽劣的戏码，常常玩到夕阳西下、蝙蝠出巢，也不知道收缰，完全忘记了回家这码事。待大人下班后拿着竹条子来粗壳房寻人，我们才顶着满头稻谷壳，从粗壳堆里钻出来。一群小捣蛋鬼拍打抖落一身粗壳，低垂着小脑袋，被各家大人押了回去。

　　离粗壳房门不远，曹爹和刘伯在靠西边的土塝边种了几垄白菜，待其抽薹开花时，被我们这帮缺吃少食的"小土匪"馋上了。孩子们"无恶不作",先是偷摘花朵,再是公然掐食鲜嫩的菜茎,只知道馋嘴,根本不懂体恤种菜人的劳苦。

有一次,我跟小伙伴钻进菜地扑蝴蝶、网蜻蜓,掐了艳黄的菜花,往衣服的扣眼里插。我们正玩得心花怒放,一条青黑色的蛇从斜对面蠕动着横钻过来,吓得我像被施了定身法术,迈不开逃避的步子,只会扯开尖利的嗓子连哭带叫。

听到我的叫声,在粗壳房玩耍的两个哥哥如离弦的箭一冲而出,身后的男孩子们也鱼贯而来。最后,哥哥们用几口红砖和锄头打死了那条蛇,把我抱出了菜地。可受此一惊,我落下了一个毛病——终生不吃泥鳅、黄鳝之类与蛇形近的菜品。

在学校大院,我们这拨小伙伴的童年日子被茂盛的草树丛、平阔的篮球场、幽静的文庙大殿、盈耳的读书声、上下课的电铃声,以及父母身上的粉笔灰填得满满的。

而春挡雨、夏遮阳、秋抵风、冬御寒的粗壳房,是个不错的"托儿所",是我童年记忆中有暖意的章节。

现在,想起老旧岁月那头有间破车库一样的红砖粗壳房,我的心就一骨碌翻滚起来,像一团又叫又笑的雪球,欢快至极。

# 睡在波浪下的人

围湖造田的活儿，都在冬天。

堂兄说，洞庭湖的水退了，浅水草滩处河床裸露，正好垒堤垸。把湖水吐出来的地护在堤垸内，春水秋汛来时，水就莫想再把地夺回去了。这片抢出来的地翻耕后，可以种稻子、棉花之类。

湖区的冬天，北风劲儿大。枯黄的芦苇几乎全被风力摔翻在地。积雪和芦苇在堂兄脚下发出嘎嘎的声音，那是断裂和融化的调子。

堂兄与农场的人，皆有一双粗粝的大手。他们砍掉连片的芦苇后，再挖出泥土，一担担往河边挑。负责挖土的堂兄几乎冻僵的脚，像黄褐色的树根，稳实地插进淤泥里。

水退田进。

促生产，堂兄是一把好手。所以一到冬天，他就像南飞的大雁，见不到半个影子。我呢，会在河东的城里，眼巴巴地盼他从河西坐船过来。

堂兄比我年长二十多岁，憨厚、木讷，却喜欢跟我说话。他会告诉我大湖那边的好多新奇事，比如在君山农场一眼望不到边的野地里，有灯笼草、紫辣蓼，还有红脚秆子的野藜蒿；孩子们可以追野兔，抓泥鳅，钻进苞谷地里捉迷藏，到河滩上去看鸟。

他还说，湖那边有大雁、野鸭子、麻雀、黑腹野鹅……各种鸟，多得数也数不清。湖汊、河道里还有银鱼、鳜鱼、鲢子鱼、毛花鱼、虾子……他在河边还经常看到江猪子（江豚），一身圆滚滚的，在白花花的波浪里拱来跳去。

堂兄每次过河来，都会给我带上一些花生、红薯片、炒蚕豆，也会在我的小脑袋里塞满虫鸣鸟叫、低草高树。

在河东的南岳坡望得见河西，我却从来没有去过。那时还没有洞庭湖大桥，隔着一湖大水，君山农场远得像在世界的尽头。

堂兄说："不急，等你再长大点，就可以到河西来了。现在我和队里的人，每天一大早就去围湖，水退了，泥巴地就干了。等我们把湖填完，你就可以走路过来，到哥哥家里玩了。"

我因此天天担心河里涨水，天天盼着洞庭湖变窄。

堂兄没来城里，我会与小伙伴们到岳阳楼下的北门渡口去玩。

站在河坡上远远地看去，对岸的芦苇荡像一条宽幅的绿布带子，横在水天之间。成群的大雁以战斗机群出征的阵势，列队飞过洞庭湖上空，"嘎嘎"的叫声洒了一地。渡船犁过湖面，把堂兄送过来又带回去，也把君山农场和岳阳城系在了一起。

瘦瘦的堂兄从小没有父母，一个人在洞庭湖西边的农村生活。他才三十出头，背已经有些驼了。他快四十才成家，娶了农场的一个寡妇当老婆。女人有一口龅牙，还有一个抱在手里的儿子，堂兄把女人母子捧在手心里。

父亲常常心疼地说："成宝伢子从小就挑堤筑坝、种田、放鸭子，是个老实得要命的苦人。"

几十年过去了，我至今仍然记得堂兄的样子，挺直的鼻子，双眼皮，眉心有颗肉痣，长相周正，只是脸色暗沉；也记得他坐在我父亲对面，说起自己围垦的田一丘丘像棋盘，结了好多稻谷。

这时候，木讷的他话就多些。看到他眼角的笑纹，我想，此时他内心中一定有点王的感觉，仿佛雄霸了天下。每次看到他开心，我也会跟着瞎开心。

后来我长大了，在异乡读书、工作，与堂兄很多年没有再见过面。

再后来的一个秋夜，家里人打电话告诉我，半个月前，他走了——当年围湖造田时他染了血吸虫病，引起了肝硬化……听到这个消息，我不禁泪流满面。

当晚，我的梦里狂风大作，风用无形的手推动着芦苇荡，像抖动着一块铺到天涯的白毯，一浪白色挤着一浪白色。我在芦絮里翻找着，想把堂兄找回来，把狂风截停，可大风翻翻滚滚，碾过了君山农场的艰难岁月，也碾过了堂兄四面漏风的人生……

他被埋在当年围湖的土堤下。

苦了一辈子，没有留下一儿半女的他，孤独地安睡在洞庭湖的波涛隔壁。他并不知道，自己这一辈子在寒风刺骨、雨雪侵身的冬季，艰苦卓绝地围湖造田，给洞庭湖的生态带来了什么样的影响。

多年的围湖造田、泥沙沉积，让洞庭湖像开水浇过的一片叶子，它的版图卷缩了，八百里烟波缩成了三百里洞庭。那时没有人会想到，若水干了，鱼没了，鸟飞了，人会好吗？

堂兄这个忠厚老实的农民，并不知道湖泊容量减小，会使湖区的调蓄抗灾功能减弱，容易引发汛期渍涝灾害。他不知道，水生动植物资源衰退，湖区生态环境变劣，会使鱼的种类不断下降，数量减少。

我想，如果他活到今天，看到消失的禽鸟、鱼类和1998年的洪水后肯定会非常伤心，也肯定不会再从洞庭湖里捞地了。

2021年的秋天，我站在君山区。

看着绿到天际的芦苇荡，听它们在微风中发出沙沙声，我想起了长眠在这片土地上的堂兄。可我无法去他的墓前祭拜，长江中下游大规模退田还湖开始后，湖水重回故地，他的坟地，连同他的苦难、悲欣一同沉入了水底，回到了洞庭湖的一滴水花中……

当年他辛苦从波涛嘴里抢过来的土地，现在被人们还给了波涛。而波浪深处，久违的江豚、中华鲟、白鲟都游回来了；湿地上不仅有大雁、反嘴鹬、灰鹳等无数种禽鸟，有了成群的自由奔腾的麋鹿，还有了国家一级保护动物白头鹤、中华秋沙鸭。

林草湿地、江河湖水、蓝天白云各得其所，洞庭湖的生态环境日益发育得健全了。还子孙后代一个浩浩荡荡、一碧万顷的大湖，不会是一句缥缈的空谈。

此刻，与洞庭湖一起站在北纬三十度——这全球生物多样性最为丰富的黄金线——我想起了《联合国环境方案》中的一句话：

"我们不只是继承了父辈的地球，而且是借用了儿孙的地球。"

是的，我现在呼吸的空气、头顶的天光、眼中的烟波、脚下的冲积平原，还有堂兄从湖水里捞回来的庄稼地，哪一样不是暂时寄放在我们手中的？

# 南楼听雨

三月的一天，春寒拎着一场大雨，进了长沙城。

这个季节，雨水是长沙的常客。跟着它的脚踝，湿气也开始发疯乱跑，扰乱了一众上班上学的脚步。

我非但是不烦雨水的少数派，相反，我还喜欢听雨水吧嗒吧嗒落地，好像一个不愿露脸的人，在灰冷的天光后向我说话。他既要设防，又要唠叨一些心事。我呢，也会在沉默中把心事翻动一下，算是与他互动。

今天这一场雨，来得火急。吃过午饭，我坐在南楼阳台的躺椅上，安静地听起雨来，听雨里夹带了多少搅动情感的东西。原木小桌上，一壶滚烫的白雾袅起的绿茶不言不语地陪着，让我延续了多年前听雨时的那份干净心境。

小时候，我家住在一所中学大操场的西边，独门独户，是砖木各半的小青瓦平房。我家门外，立着一座宋代文庙，黄色的琉璃瓦，飞檐当空。

落雨天，我经常坐在木门槛上，好奇地看雨水或豪横或温柔的样子。

湘北的风经过了在洞庭湖的游荡，带着钢针似的冷，从木墙缝隙里钻进钻出，剧烈时吼出令人发指的、掀天揭地的呼啸。跟在风的身后，雨没有手脚，动静却很大，在我的耳朵里灌满"滴答"声。

冷雨从瓦檐滴落，在地上打出一排水泡，松软的泥巴地很快被雨线撬出了一溜儿小洞洞。在我眼里，它们像母亲缝在衣服上的一排小摁扣。

幼年的我，人不安分，也不满足于只在屋檐下看人们撑着油布伞、穿着鞋套匆匆来去。那时我常挂着清鼻涕、光着脚丫子，欢叫着冲到操场的水洼里，追逐那些疾风般贴水而过的"水虿子"。待我一身湿透而归，母亲气得吼我，风也附和着吼。可我顽皮，这次挨了板子，下次依然会再犯。

那个时候的风雨天，是没有苦涩与寂寥的。最大的烦心事，就是看到那棵倚着我家瓦檐的苦楝树，被风雨扯掉了一树淡蓝色细花，满地碎片。

逢着屋外风癫雨狂，屋子里到处放着桶盆，甚至是茶缸子，它们被此起彼伏的漏水敲击着，发出泉水般的叮咚声。

我似乎目盲，不会注意到母亲的张皇不安，倒会躺在床上，注视着头顶蚊帐上铺垫的塑料布，饶有兴致地观察着它凹陷的部位，思考着它怎样被漏雨充填，怎样在我小脸的正上方渐渐变成水洼。想到这些，我便会心花怒放，想在里面荡舟，养几尾金鱼。

过不了几天，风歇雨收，天大晴了。

母亲四处找人来修屋顶的漏瓦。如果母亲喊不到捡瓦师傅，与我家隔坡相对住着的曹爹就会过来帮忙。干瘦的他像棵移动的老树，一口湘乡话难懂，但语调柔和好听。他是学校食堂掌勺的大师傅，每天饭点会准时在窗口露出那颗精瘦的头来，收了师生们递进去的饭票，然后动作麻利地给对方舀一坨饭，盖上一二瓢或荤或素的咽饭菜。

曹爹带着一个上中学的儿子，住在文庙西北角一间长廊样的厩房里。父子俩住前一截，靠房子里面那半截空着，地面有水泥砌的一排圆形坑池，看着像做过澡堂子的。

我去他家玩，经常见曹爹的崽戴着瓶底厚的眼镜趴在桌子上，摆弄着一堆无线电元件。他很文静，不大出门，除了上学，他的兴奋点好像只在半导体收音机上。曹爹家里只有父子二人，未免冷寂不少。距他们几米之远的我家，五个孩子，天天闹腾。曹爹不嫌我们闹，每次见我父母要揍人时，他就跑过来护犊子。

风雨后，曹爹家的小青瓦也会被风掀动，得捡瓦，才能保证下次不会漏。他主动跟我母亲说："干脆我帮你家也捡了吧。"说完，他便搭起了自己做的木梯，上到屋顶时，一垄垄薄薄的小青瓦，在他脚下发出嘎嘎的响声。我被吓得屏住了呼吸，生怕他滚落下来。不过只要他上过了我家房顶，下雨天母亲就不用手忙脚乱地到处找盆子和桶，在家里各处"排兵布阵"了。

有时，我端着没有油星子的饭碗，在离家几米远的食堂门口晃悠，边吃边玩。曹爹会探出半个身子，冲我招招手，用湘乡腔喊："毛坨毛坨哎，咯边来……"待我从食堂出来，饭碗里必定堆成了"菜山"。

"曹爹是个好人，一个大好人。"这话，我听父母念叨过好多次。遇到曹爹家拆洗被子，父子俩手忙脚乱，用棉线钉被子时，母亲也会过去帮着收拾几针，或打发姐姐们去帮忙。

现在一下雨，我就会从雨点里看到曹爹细眯着小眼睛、躬身上房揭瓦的样子。曹爹是近邻，也是芳邻，在我的记忆中，他的样子如同石刻一样，抠都抠不掉。

下雨天，空气好。我的脑回路也被冲洗得很清晰，记起了很多事。大约五岁那年，春雨滂沱，我与几个无知无畏的熊孩子被骤降的雨瀑激发了冒险的野性，冲到学校大院的状元桥旁戏水。我们几个教师子弟，平日头上悬着父规母矩，乖如驯猫，此刻，一场雨水为我们解了套，大伙嬉闹着跑向水池。

花岗岩三拱石桥建在文庙前，自北宋时期就卧于半月形水池上。水池又称泮池，靠东侧有几级台阶，连着一口古井。水枯井现，水盈井匿。一场豪雨过后，台阶与井早已被水隐藏了起来。

我们凭着往日经验，伸出光脚丫子探下台阶蹚水。顽皮的我冲在前面，不料一脚踩空，落入了深水。眼见我在水里挣扎，小命不保，孩子们慌作一团。这时，一个少年如天使一样出现了，他像闪电一般冲过雨帘，跳入水中，抓住了我的细胳膊。我依稀记得，他的额头被磕出了血迹。他把我交到过路的邻居敏阿姨手里，没留姓名就走了，只说他是学校毕业班的学生。

五岁时的那场雨，被我牢记、感念至今。

此刻，雨点贴着玻璃窗乱响，像铁锅里翻炒黄豆，一会儿急急地，一会儿又放慢了节奏。我将落地玻璃窗开了两指宽，风立马挤了进来，还呜呜地响，它展开了宽袍大袖，又急促地拂面而去。

成年后，忙东忙西，我每天都在高楼上下，小青瓦檐上的雨滴已十分遥远。闲得听雨，也似乎有点奢侈，或者好笑。如今在我心里，雨是天赐，有喜苦之分，如同人生，一世的苦乐交织，无论窄肩宽胸，都得承受。

雨多半是有情致的，会随心境轻旷、典重。

心烦时，雨就是南北朝诗人鲍照的雨："连阴积浇灌，滂沱下霖乱。沉云日夕昏，骤雨望朝旦。蹊汀走兽稀，林寒鸟飞晏。"阴云、泥汀、寒木、迟鸟，正是内心的一帧萧瑟图景。此刻的雨，不只是官能可感之雨，还是使其挣扎、痉挛的洪水，也是杜甫破舟在洞庭湖上飘零、屈原怀沙自沉汨罗江时的那场雨。

还有一种雨，在学者朱光潜老先生家的院子里，其中有中国文人的适意、从容，更有几分天真。老先生不扫庭院，刻意让地上积满厚厚的落叶，以便白天散步时，听枯叶在脚下沙沙地响；晚上在书房看书时，听风卷起、雨落下的声音。秋风秋雨在厚积的落叶上，与一个文人的心深度契合。这雨里，有"人生难得秋前雨，乞我虚堂自在眠"的从容。

就像此时此刻，这场给窗外明净的年嘉湖笼上轻烟的春雨，也洗净了我的内心。闺密笑问："听雨听出什么闲愁没有？"

我俯瞰不远处公园里的近湖远树，小饮一口金井毛尖茶，眼里无一撩云拨雨之事，只有暖暖的记忆和春天的声势苍茫而下。

# 天色向我

我在城市的屋檐下长大，与乡下物事并不沾亲，但却有一双老农眼睛。乡土里的一些东西，牢固地占据了我的部分大脑，粘在了我凡俗的日子里。譬如说，我一辈子不会看人脸色，却会对老天察言观色，预知晴雨行迹每每应验，仿佛我与变幻的天有足够厚实的旧谊。

到今天，这点旧谊还在让我受益。

比如，某天我与闺密在公园散步，眼前湖水寂静、草树吐青，一派好风景。几人正兴趣沸腾，我却把目光从云头上抽回，说快下雨了，该往回撤咯。大家愕然，举目四望，天地皆无半点下雨的意思，以为我在开玩笑。见她们不以为然，我抬腿就往凉亭急走，不过几分钟，雨豆便蹦跳而来。

又或者，一次在某地采风，见到屋头上掠过几只蜻蜓，我赶忙提醒众人拿把雨伞伴手。有时晴意浓重，我却会把阳台窗子关严，以免不久将至的雨水打湿房子，因为看到天上有鲤鱼鳞片般的云朵在汇聚。风雨们往往很配合我的"乌鸦嘴"，让我预言神准。众人惊讶："你会看天？"我笑："这是童子功。"

我这个不沾农事、不懂六畜的人，何以有了一双农家眼睛？

说起来，还是得益于小学时上的科学常识课。那门课的课本是薄薄的一本书，白色封面上印有彩色图画。依稀记得上有两只乳燕，穿过几棵绿柳上方。书里面有很多气象谚语，配了一些插图。老师要求必须熟背每条谚语，上课时抽查，背不出的罚站。

就这样，我记下了"鱼鳞天，不雨风也癫""东虹日出，西虹雨""蜻蜓飞屋檐，风雨在眼前""燕子低飞带雨来""月亮长毛，大水滔滔"之类的句子。从机械地背诵，到脱口而出，再到不自觉地对照着天气状况套用，我竟然不知不觉将它们钉入心里了。

在没手机、无电视机的年月里，人们只能用收音机听天气预报。我"会看天"的小本领，还帮过母亲一次忙。

一次，家里晒了被子，出门上学前，我见一群黑翅蜻蜓在我家红砖平房瓦檐下蹿腾，脑袋里立马蹦出了那句"蜻蜓飞屋檐，风雨在眼前"。我立马掉头几步，冲着屋里的妈妈大喊："会下雨哪，记得收被子哦。"妈妈没在意我这小屁孩儿的话，结果一场豪雨，弄得晾屋外的几床被褥全湿了。

后来，家里做了几百斤耦煤，晒在草坪上。我放学回家，抬头看到西边天际的云层中隐约显现出一弯彩色光带，红绿黄几色辉映，漂亮得让人心动。"这不是典型的西虹吗？糟了，赶紧提醒妈妈收煤！"这回母亲没有犹豫，立马喊起哥哥姐姐们，一起抢收耦煤！

风过雨停后，母亲在全家人面前给了我一个大笑脸："这回好在听了老五的话。"那一瞬，我得意之情简直要爆棚。

以前，母亲和所有的邻居，都以隔壁胖伯母的"天气预报"为正统，因为她是典型的从乡村进城的贫下中农，很会看天色；又因为比周围一众教书匠的成分低，故而全身每一个细胞里都自带着一种优越性。

她是那种脾气火暴，只看天色，从不肯看人半点脸色的"强王人"，顺毛摸可以，绝不能逆鳞相对，否则她心里的火山就会吼叫着喷发。各位教书匠的老婆对她无比客气，凡事礼让三分。

胖伯母虽然性格强势，但也热心直爽，有朴素的自尊，你敬她一分，她必回以十分。得了大家的礼让，她很开心，每年不吝啬气力地挨户教大家做坛子菜、酿甜酒、打糍粑。最神的是，她嘴巴里的天气预报十报九准，总能让大家信服。

譬如见头顶的天空敞亮，她会告诉众邻，此日可浆洗衣衫、晾晒被褥；如若亮的是四周，她就会说莫晒东西，尤其莫晒棉絮。她说得蛮准，大家都听她的。我一度觉得她即便不是神婆，也肯定是女巫。

待上了科学常识课后我才知道，她完全是因为揣了一肚子乡村经验，才成了神奇的"天气预报员"。所以我一直特别佩服她的眼力，尤其是大家夸她有神功夫时，她圆脸上的小眼睛笑得眯成了一条细缝。那乐不自禁的欢喜，深深感染着我。

我由此特别喜欢科学常识课，也深深迷上了气象谚语，因为我也想像胖伯母一样，有预知天气的"神力"。

现在，城里水泥森林苗壮，蜻蜓几乎绝迹了。东虹西虹，也都从天幕上被抹得干干净净。至于燕子，我几十年都没见过它们剪开柳烟的身影了。

　　取而代之的是手机。一机在手，可以随时查看天气预报，一天每一个时段的、一周半月的，点开即可见。曾经背得烂熟的气象谚语，大部分都被遗失在了忙碌的办公室、拥堵的街道和上上下下的电梯里，只剩下零落的几条，还努力地牵拉着我的记忆，努力地维系着我与云天风日的一点旧谊。

　　然而天色依旧向万物俯身，依旧向我敞开怀抱，给风给雨给春秋。

# 心里的风水

此刻，我在茶儿前，心满意足地捧着一杯烟熏茶小坐。

刚清理过的房间，看上去十分妥帖。十几分钟前，我还在挥汗如雨地践行着日本女作家山下英子提出的主张："断绝不需之物，舍弃多余之物。"

其实，每隔一段时间，"断舍离"三个字就会在我的心里浮游，敦促我断了对某些事物的执念，故而我会下决心将家里的一些旧物件清理出去，包括旧衣、旧盒、旧饰物等。

居家是讲究风水的。整洁、雅致、温馨，空气流通、光线充裕，都是好风水必不可少的要素。旧物驳杂，散发陈味，还容易长虫，因此定期淘汰一些，就成了一种惯例。

经年下来，清理成了我的一种习惯，也渗透到了我的烟火日子的诸多层面。我开始从对物的清理出发，试图抵达某种哲学维度上的清理，即对自己思维、情绪的打扫、整理。人的内心也是一所房子，也应该讲究风水。

情绪无新陈之别，却有正负之分。

正向的情绪，像地平线上向阳的山脊，你看见的是滚动的日月、流转的云烟、明亮的山石与季节清晰的路径。其伴生物多是清爽、敞亮、愉悦、豁然，它们又会在你心底诱发一些情感，像热情、感激、温暖、喜悦、欢快，等等。这样的连锁效应，就像扫过画纸的排笔，会提亮你生活的底色。

我的母亲，就是这样一个善于整理内心，并且给心灵上色的人。七十八岁时，她罹患了无法治愈的重疾。临别人世前，全家人悲绝至极，而虚弱的她却笑着说："不是说中国人平均寿命七十四岁吗？我已经活过平均数了，已经大赚了呢。"那一刻，我觉得她的整个人生都是铺陈在阳光下的，那些风雨飞雪似乎都不曾来过。在生命的尽头，她的情绪依然是正向的。

负面的情绪在我看来，与阴暗的地貌类似，像沉陷的沟壑、暗处的苔藓、腐湿的沼泽，会把人裹挟到一种寒冷、阴森、压抑的状态。被裹挟者会满目萧瑟，看不到生活的暖意与光亮；心中也少有宽处，窄得只能叠放愤怒、怨怼、嫉妒、猜疑……最后逼走心里的最后一缕温情，只剩下丛生的荆棘，扎痛自己，也扎痛他人。

所以，清理心里的尘霾，屏蔽负面情绪的污蚀，是一门人生必修课。学会往生活的宽处看，往人间的好处想，放一些阳光和诗意在生活中，你的清理就有了正向的哲学维度的意义。

# 茶巷子·鱼巷子

茶巷子窄窄的，鱼巷子也是窄窄的。

两条巷子只隔着一条街，仿佛门当户对的邻居。

据说茶巷子是旧时茶贩子做茶叶生意最集中的地方，从乡下来的茶担子，一挨一地沿巷排着，高山上的云雾茶，丘陵地带的毛尖茶、银针茶、白毫茶、砖茶……各色茶等，一年四季都有。这里大约也少不了排着竹篾椅子的茶馆和招徕茶客的五颜六色的招牌。

鱼巷子不及对街的茶巷子那么细长，但因其在靠河坡的地段，呈现出的是弯曲的身姿，仿佛一只长长的手，循着斜坡扎入了洞庭湖的波浪底下。湿润的湖风和船号子顺着长长的巷墙爬上来，让卖鱼的和买鱼的都沾了一身的船家气息。洞庭湖里的鱼，就被鱼巷子探出的这只长手，一条条地抓了上来。

我就是吃这里的鱼、呷这里的水长大的。

做小孩子时，我是不喝茶的，只喝白开水。冬天，一杯冒着腾腾热雾的白开水，被我很小心地捧在手里，我学着大人的模样，一口一口慢慢地呷，渐渐地把那杯洞庭湖的水喝出一种非凡的味道来。

待我能够跟在大人的身后钻茶巷子时，茶巷子里已不光是茶生意的天下了，其他做各种小生意的都有。这里还有了一家剧院。不过那时候没有什么特别的戏和电影，只是几出地方戏反复地演。

每次路过剧院，我都不知不觉地放慢了脚步。我想进去看戏，更想上台去演戏，可我不敢让大人带我进去。我知道家里困难，是看不起戏的。

茶巷子连着下观音阁（老街），下观音阁连着上观音阁，成了一条很长的旧街。门面有不少，都很简陋，卖的东西也不多，可对当时的我来说，那里简直是整个世界。

茶巷子里最让我牵挂的是一个卖米发糕的小摊子，摊主是一个精瘦的老爹，一副慈眉善目的样子。他的米发糕六分钱两个，够便宜了，可对我仍是奢侈品。

路过这小摊，我常常不自觉地扭过脑袋，眼睛死死盯着那箦笼子里白白的、中间点着红的米发糕，很不情愿地被母亲拉着走开。"毛坨，快点走！"她低下头来催促我，目光很容易就触着了我内心的渴求。可我们家当时有七张嘴吃饭，父母那百来块钱薪水，还得供哥哥姐姐读书，日子的清苦是可想而知的。

"你想要吗？妈给你买……"母亲俯下身问。

我马上把头扭回来，拍拍肚皮："我不饿……下次再买吧……"

其实，白白的圆圆的米发糕，像悬在梦幻中的满月，一直藏在我童年的心中，一想起就满嘴生香，有如馋虫挠心。

从茶巷子出来，横过那条跑汽车的马路，我就走进了鱼巷子。

鱼巷子比茶巷子更窄，两边都是老式的青砖屋。因风侵雨蚀，那些旧屋的墙壁都变得斑斑驳驳，像一张张饱睹人间荣衰的苍老脸谱。

鱼巷子一年四季都少不了鱼，胖头鲢子、毛花鱼、鳜鱼、鲇鱼、银鱼等，把网笼、筐子、盆子、篮子都盛得满满的。那些栉风沐雨的船家在湖上艰辛地漂泊，他们养育了家小，也使鱼巷子变得殷阗繁盛。

在这里，买鱼的和卖鱼的都很和善，大家平心静气地讨价还价。称重之后，卖鱼的动作麻利地从秤盘上把鱼抓下来，用草芥搓成的绳子从鱼鳃里穿过，扎好，客客气气地递给你，说："好走，好走！"

没有生意的时候，他们就蜷在墙角或那些旧屋的木门边打盹儿，或者三五个人凑在一堆胡扯乱谈。

我牵着母亲的衣角，在密集的人流中穿行，市井的嘈杂使我感到愉快。可当我走过店铺与摊点，那些陌生的面孔又让我感到一种冒险的刺激与恐惧。

母亲总要从鱼巷子的这头走到那头，在这里问问价，到那里看看，几个来回后才掏钱买鱼。她专挑小小的鱼楞子，鱼楞子里往往混杂着一些小虾、小银鱼，回去一挑选，将小银鱼、小虾分成两堆，用太阳一晒，就可以留着慢慢吃，一直吃到冬天。其余的鱼也一律晒干，做成米粉鱼、咸鱼干，这样既下饭又省钱，还能寄给醴陵和陕西的舅舅们尝尝味。

记忆中，鱼巷子自东朝西，匍匐在岳阳楼南边，与洞庭北路成 90 度直角。靠湖的那段还铺了一截老麻石。走完麻石路，荡荡的洞庭湖就展卧在眼前，岸边大大小小的机帆船、乌篷船密密地挨着。夏日的黄昏，点点渔火一闪一闪，如萤火虫一样神秘诱人。

冬天，寒冷的湖风如鞭子般抽在人身上。湖面变得狭窄，像细瘦的江流。一船船从湖洲上割下来的芦苇，经冬之后都跟衰草似的，一折就断。

那时，我总喜欢到巷尾去看河、看船，看穿蓑衣的船家把鱼一筐筐往鱼巷子里送，看那些洗衣的女人把衣服放在石头上，用木芒槌敲打，发出嘭嘭嘭的有节奏的声音。

如今，茶巷子的巷口立起了一幢气派的商业大楼，楼里也有香茶佳茗，还有许多远道而来的商品。在它的衬托下，茶巷子显得短了许多。鱼巷子依然有许多鱼，还有各种时令水果、蔬菜，有了规划整齐的交易区，来往的人更多了……

参加工作后，每次从省城回岳阳，我总会抽空到茶巷子和鱼巷子去走走，因为在这里，只要深深地吸口气，就能闻到家乡的烟火味，闻到父辈和祖辈们的气息。无论时间怎样冲刷，我总能在此地体会到湖风吹过时，那种腥味里的熟悉与亲切感。

当然，我也会像小时候一样，跟着母亲去鱼巷子和茶巷子买菜。回来时，她的篮子里必定有最好吃的大鳊鱼和各种我爱吃的东西。

我很享受跟在她身后的幸福。每一次都仿佛看见童年的我，正从一个个小摊后顽劣地探出头来。

# 磨刀人

下午，突然听到一阵"磨剪子嘞，锵菜刀——"的喊声。那声音是外地口音，有点粗粝，吐词并不清晰，显然是上了年纪的声音。这苍凉、干涩的嗓音，让冬日的黄昏，变得如同缀满岩石。

这一阵喊声像钢条敲打铁板，惊得我的魂魄与旧记忆瞬间发生了同频震动。

从书桌前跳起来，我迅速跑向阳台，探出脑袋向外看。

声音是从楼下的街对面传来的，它悠长地擦过路边的景观树，钻过人流车流，却被挤压得断断续续，似刚从极致的深渊中爬上来。

这声音是孤寂的，被都市的槽牙吞噬，又迅速吸走。

但它拧开了我记忆的阀门，一幅久远的画面猛然冲到眼前——

秋天的下午，风日晴好。在我家门外的敞坪上，邻居家一些婆婆妈妈围着青衣灰裤的磨刀人，把锈剪子、钝菜刀、豁口的剁骨刀堆了一地，等着师傅打磨。

瘦瘦的磨刀师傅跨在一条长凳子上，弓着腰背，握住锈钝了的菜刀、剪刀，用力在方砖大的石条上来回磨蹭。他手背上青筋凸现，额头上也有绒毛似的汗渍。"嚯——嚯嚯——"的声音从他指间迸裂，四散开来。

磨刀人神情专注，仿佛在为厨房战队供应冷兵器。他会不时加点清水，洗去磨下来的锈污，然后停下来，用粗黑的指头，轻轻压一下刀刃，看是否磨得足够锋利了……

小时候，我还在京剧《红灯记》里看到过磨刀人，是演员装扮的。

后来知道，在粤南一带，有一个传承了上千年的民俗节日——关公磨刀节。每年农历五月十三，乡里的民间花队会上街巡游，舞龙、戏狮子、上香祈福、祭祀、放生……到最高潮时，穿着古装的道士提着一条三米长、几十斤重的青龙偃月刀隆重登场，只舞动几下，就博得看客们"好哇！好！"的喝彩。不过这个磨刀节展现的是关公气吞山河的场景，与纪念关羽有关，与磨刀人无涉。

闽中乡下，有磨刀山。

光秃秃的铸铁色山上高岩壁立，其上有一道道不规则的竖裂纹，似犬牙交错。村里老人说，这是关羽当年在此打磨他的青龙偃月刀形成的痕迹。山下那块巨石，就是关公为试刀锋挥刀砍落的。

其实，关羽并没有去过福建，这传说与他相系，完全是源于民间对英雄的钦慕，其实并不奇怪。

现在，我站在阳台上。

那声音时强时弱，在清晰与隐约之间飘浮。我原以为，磨刀人在今天已经彻底销声匿迹了，但那人的出现，似一丛微弱的小火苗，显示着这个行业的存在感，尽管气若游丝，但它还是顽强的，没有被抹去。

磨刀人依旧携着这个从几百年前走来的传统行当，在现代生活的巨浪里浮沉。

我看不见那个竭尽全力吆喝的人，却能想到他肩扛着一条嵌了磨刀石的长木凳穿街走巷的孤寂背影。我还会像童年时一样，思考磨刀人会在哪里歇脚。我还想知道，除了日头、月光和风雨，谁还会在意落在他脸上的尘埃和望眼欲穿的等待？他的吆喝赚到了养家的钱吗？

同时，我依旧敬佩他，敬佩他把一个老行当扛到了今天，敬佩他固执地托举着一块磨刀石，传承着原始、粗粝的生活方式，打磨着生活中的锈蚀与钝化。

我居高临下，只听到那声音越来越远，远到被来来去去的汽车轰鸣声遮蔽……

# 雪花入水

那天，我站在南岳坡临水的岸上，看着初起的雪花在洞庭湖上空像细碎的羽毛一般飘舞着。它们在天空中打着涡旋，再一朵一朵落在白亮的湖水里，转眼消失于无形。我突然对这种不可阻挡的消失，有了强烈的惋惜与无措感。

环顾四周，古老的岳阳楼披着簇新的光泽；周边的广场、沿湖风光带，也都是新的。除了"南岳坡"这个名字还有熟悉的气息，其余景物已经让我看不到多少熟稔于心的老痕迹了。

我猛然觉得有股茫然之气在胸腔里上下攒动，它卷起的是对乡土弥新的欣慰和对乡土陌生化的不适。心里那点乡愁的方寸感，隐约有点破裂了，感觉自己像个找不到景点的外地游客，而不是揣着欢喜心回老家的本地人。

我很幸运，谋生处离家乡不远，才一百多公里，不到两小时路程。

照理说，家乡这么近，还去强调自己肚子里积压着的重重乡愁，多少有点矫情。既非前面横亘着千万里山水，也非处在马车牛车、土路颠簸的年月，想回老家，拔腿就可成行。

的确，我每年都会利用周末或者节假日回家乡几次，时间都丢在陪家人、见旧友、会亲戚上。年轻时，回乡喜欢呼朋唤友；人到中年，就觉得窝在老父母家，听他们唠叨，比同学会之类更让我自在。

匆忙回去，匆忙离开，好多年过去了。老家不认识的地名、街道越来越多，熟悉的景物和面孔越来越少。有时兴冲冲地去某地奔赴某场相约，却不得不靠问路，或者借助地图导航才能到达。

童年记忆里一些熟悉的地名，像半边街、洗马池、吊桥、汴河园、郭亮街和瓦亮的枫桥湖，都像云烟一样消失不见了。

我开始茫然。在这个生养我的地方，我站在街头，心里却没有了底气。一个自以为闭上眼睛都能在城里招摇一大圈的本地人，那一刻却有些心慌，仿佛找不到家的孩子。不知不觉间，我对老家竟有了一种"隔"的感觉。

事物就像硬币的两面：老城蓬勃的日新月异，催生了我的自豪感；老城的快速陌生化，也强化了我的疏离感。此后每次回乡，我总感到血管里某种浓烈的东西被白开水勾兑了，有一种酒到微醺、瓶却见底的感觉。

想起那年的同学聚会，大家从四面八方回到曾经就读的中学，庆祝毕业三十年，可母校除了位置没变，校舍、操场、树木全都看着眼生，怎样辨识也看不出当年的一丝痕迹。大家都窝着一些失望，嘴上不说，内里却在哀悼着自己永远消失的童年和母校。

我就想，时代为什么不给远离的人留一点回望的念想呢？

那一年，我站在苏州老城的一条窄巷里，看着黛色的小青瓦、粉白的墙壁，以及光溜溜的麻石板地，看着小楼的窗格里伸出晾衣的竹篙，上面飘着孩子的尿片、大人的背心和洗得掉色的抹布，恍如走回了自己已经丢失的旧时岁月里。

巷子中，两个老太太把竹靠椅倚在半开的木门上，有一搭没一搭地聊天。我听不懂吴侬软语，却感到胸口泛起一阵阵亲切感。

苏州是可以安放旧岁的地方。它懂得人的乡愁多么沉重，又多么脆弱。它知道人的乡愁是依附在旧物旧迹上的，就像许多轰轰烈烈的历史，必得依附在文物遗迹上才能让后人窥其面目、知其缘起。故而苏州的建设保留了旧巷老街，新城在不远处另起炉灶，为的是让老城人的乡情有所附丽。

那年在伦敦，我遇到一位老太太，她离开英国几十年，回来居然发现自己童年时走过的每一条街、每一扇窗、每一幢房子全部都在，高兴得仿佛回到了自己生命的出发点，笑得满脸都是花纹。

她对我说，坐在童年时的旧风景里喂鸽子，是自己这辈子最后的愿望。现在越过半个地球回来，愿望终于实现了，她可以安心地面对生命的尾声了。多少年来，老太太的声音一直萦绕在我耳边。

我想，无论如何，巴陵这个古城，于我不应该是陌生的贴标。它写在我的履历表上，是我名字前终生不可剥落的定语。我是岳阳人，即使在长沙城生活了三十多年，也不可能因为变成了"长沙的葱蒜"，而忘记自己的根须。

可每次回到自己的胞衣地，我又会感到这个贴标像泥巴敷的墙皮，正在被陌生的潮水冲刷着，一层层脱落着。

我记忆中的一些地名、街道凭空蒸发了，那些脚印叠脚印的烟火岁月、那些家长里短、那些平房陋巷，像故去的老人，完全没了影子。还有我们的从前，随着城市的拆除与兴建，都连根铲掉了，几近寸草不生。

现在，我站在汴河园的旧址，那一条大峡谷般凹下去的菜园子早就变成了窗叠窗、门挨门的密集的门面房。泥土与粪肥的味道没有了，清晨的一垄云烟、蔬菜的青涩味道没有了，连同我和一帮在菜花里乱蹿的孩子的童年，一起都不见了。

我以为，城市的建设，还是要给远处的老乡留点旧识，留份可见的熟稔。熟稔可孵化亲切感，也好比河岸码头的桩，能拴住很多远行人的柔肠。

一些历史久远的地名和小街陋巷，并不只代表破旧。相反，一座城市适度的旧，往往是人们不可割断的精神脐带，像每个人心里藏着的一座童年的房子。而一些老地名的消失殆尽，无异于历史的脉络被拦腰截断。

令人欣慰的是，近日返乡，看到一些老旧建筑和巷间被挂上了"文物保护"的牌子。洞庭南路的一些老街修旧如旧，恢复了古城记忆的一些片段。

我感觉自己与这座城市的精神脐带又连通了。

月下怀乡，灯前忆旧。在外地的岳阳人，乡愁依旧悬情有枝，这是大好事。

# 对生活会心一笑

闲坐阳台，品茶翻书，看夕阳临窗、彤云流溢，心里有了一种饮后的微醺。这种感觉来自寄身人间几十载，关山阅尽、风月识透后的须臾梦醒：人生不是鸿文，而是短制，一晃眼，就秋色漫天、霜冷长河了。

楼下花园里，牙牙学语的幼童、球场争锋的少年，与长街上汽车的驱动之声合奏出一部浮世交响。我在一杯薄茶里独对窗外黄昏，身心恬静，思考着当生命的暮色来临，我们该如何面对"我将老去"这个问题。

人活一世，都会被自然规律的驿道，引至夕阳踱步、晚霞披身的台地上。当盛年像剧场的追光灯一样慢慢从身上挪走，我们也许会落进病痛、寂寞的围剿，热闹的往昔、炭火一样的生命力，会一层层退去，我们的肌体将无可避免地陷入力不从心。

是惶恐、悲凉、惊慌失措，还是像落霞一样云淡风轻，像苍松翠柏一样活个坦然？

母亲早给了我答案：她一辈子劳累，十六岁从军，后来转业从教，兢兢业业育桃李，含辛茹苦养儿孙。临终前几天，病榻上的她还笑着说，自己七十八岁，已活过了全国的人均寿命，赚得大了。她笑傲生死的样子，有种秋树向阳的从容美。

如今，九十四岁老父亲的日子已在混沌与清晰之间切换，未承想，他也给了我一份答案。他常对儿女们说："我要好好规划一下未来的生活，存点钱，存点健康，等自己老了的时候，才活得有底气。"父亲以九十四岁的目光瞻望来日，仍然满目生机，仿佛日头才上三竿。他不觉耄耋为老，是因胸腔里揣着一颗少年之心，忘记年龄，不忧风烛。

我熟悉的一位八十岁的老作家，也用行动回答了我思考的问题。他每天四点多钟起床，读书写作到早上六七点，几乎一天写一篇文章，且每日早晚餐后坚持散步两次，走上近万步。以文健脑，以动健身，风雨不改其行，岁月不弱其志。他笑言，自己是一个奔跑着追赶生活的老人。在他文章的丘田中，人们看到了生命力的无限葱郁。

其实，人生就像一把伞，既然用青春撑开了它，也可以用桑榆之色漂亮地将其收拢起来。

年岁也其实是一种恩物，标示着我们从辛辣的黄口小儿，变成了情志舒展的蔼然老者。

饱尝人世春雨冬雪，我们从被督责着长大，到与世事无忤，平淡冲和，仿佛久酿的一坛好酒，到了醇香四溢的境界。

而我们酬偿这个尘世的最好方式，就是在秋深露重时，以高槐深竹之姿，将坚毅乐观、从容豁达的旌幡立起，再恬静地坐在其下，对时移事易的迟暮生活会心一笑，灿烂得如同置身襁褓……

# 一个"霸气"的词

看到"巾帼"这个词，我就会想起佘太君和她的媳妇们，想起号令与金鼓之类；或者想起梁红玉、想起叶卡捷琳娜和撒切尔夫人：总之都是所谓"巾帼不让须眉"的一类女子，让我觉得这个词有硬度，有霸气。

如今有一个词，叫"女汉子"，我对此特别抵触，觉得它太坚硬了，与柔情似水相去太远，所以看到这个词，我总藏不住心里的不适感。而"巾帼"二字，虽有顶天立地的气概，也似有一种迫人的雄强味道。

近日读闲书，我发现了"巾帼"的原意，心里真是风癫雨狂了。

原来，"巾帼"在汉代是女子的一种头饰。古时女子追逐青丝堆云之美，所以常常以假发结于头上，或者直接编成各种假髻，用时直接套在头顶。

《释名·释首饰》记载："王后首饰曰副。副，覆也，以覆首也。亦言副式。""巾帼"原是汉代女子所戴的一种假髻，与其他一些在自己头发上增添假发髻的做法不同，它全用假发制成，是一种貌似发髻的饰物，戴在头上，立即显出顾盼生姿、乌发堆云之媚。后来其被引申为女性的代称。

长沙马王堆汉墓出土的竹简上有"员付萎二盛印副"的字样，每次陪外地朋友去参观，我总也读不懂其意，必得对照展柜里的实物。后来才知道，"员付萎"其实是盛放假发的小盒子。

魏晋时，每逢盛事，女子若抛头露面，就得讲究规矩，即"妇女必缓鬓倾髻，以为盛饰"。

唐人杨玉环，以贵妃之尊与美艳之名，将中国古代历史装点得粉艳了几分。然而，她并非生来奇美，十分美艳靠的是三分姿色、七分打扮。她就常常借助义髻，让自己秀发耸立、香鬓撩人。她的义髻用薄木制成，先做成髻式，再画上彩绘，加缀珠宝，戴在头顶上，自是华贵袭人。

到了宋明时期，无论宫中贵妇或者巷闾布衣，都承袭了前朝的遗风，以高髻为美。以至于这时期，出现了历史上最早的假发店，专门销售发髻。

如今"义"物多，包括"义肢""义胸"之类，"义"却日渐稀薄了。发无义饰，就少了阴柔之美；人间无义，就少了许多真性情与真品格。这是题外之言，还是回到正题：我以为，如今"巾帼"一词，有了些许雄性成分，还有几分女权的威仪，比起女子们千百年来的温柔、贤淑本分，实在多了些坚硬，也多了些犟劲。若还"不让须眉"，那更见"母老虎"的异秉了。

女人还是本性本真些好呢。

# 写竹记

去桃江竹海前，我在宣纸上见过各种梅、兰、竹、菊，它们的花叶覆盖了国画史册的大半个江山。

虽然被类比为四君子，但在我看来，梅、兰、菊三花有堂上贵气，不及竹木入俗、近烟火。

历来画者，多把梅花画得苍古孤傲；兰花含蓄，抱着小香；菊呢，大朵细朵都阒静，显出隐约的愁来，把好好的高秋，弄得有了悲意。只有竹子，不蕾不花，不撩蜂蝶；无开无谢，立得坚劲。

北宋时期，有一位画竹生风的画家。他所画的冬笋夏竹姿态生动、萧萧有声。求其竹画者，踏破了他们家的门槛。

此画家名文同，字与可。他种竹千枝于青砖老屋四周，天天巡视，察其粗细，观其荣枯，搁其万千姿态于心里。待到出笔时，满纸竹风，吹得看画人心旌晃荡，恨不能入竹为虫。

文同写竹，写出了一个"胸有成竹"的典故。表亲苏轼步他后尘，宋元人摹他笔意，成就了"湖州竹派"。文同先生有墨竹图传世，纸上枝叶栩栩如生，疑风可动，不笋而成。

我没有这个眼福，只能在桃江竹海，在漫天漫地的绿影里，对他的笔墨作种种遥想。

东晋王子猷，爱竹爱得不厌其烦。每到一地，他只要停歇三天，就会请人在居所旁植竹数枝，是曰："不可一日无此君。"不过，居无竹为子猷先生所不容，只是不知道先生植梅否？

梅寒而秀，竹瘦而寿，都是上好的寓意。

郑板桥的墨竹兼了众妙，也是劲节虚心、独立不惧的。即使生在破岩中，郑氏之竹还是有骨有节，于萧萧风声里听得出民间疾苦。这样的竹，有情感有良心，多多益善。

白居易的《雪夜》之竹，发出的是诗人谪居江州"衾枕冷"的孤寂声。"夜深知雪重，时闻折竹声。"这十个方块字，将中唐的飞雪与冬夜的寂静传递了千年。一场大雪，让远去的诗意闪回到了竹林，那些大雪满弓刀的夜晚，却越来越模糊了。

此时此地，桃江的竹子还关联着一方人家的生计，相比梅兰的形色，又多了一份担待。这里的竹多被用来制作器物，竹篮、竹席、竹床、竹椅，还有竹雕、竹屏风等。竹家什也好，竹文玩雅器也好，都远及天涯，销达四方。满山的竹笋，冬也入菜，春也上桌，让周边村庄的日子有了滋味。

在竹林深处徜徉，我们遇见村民正在荷锄挖冬笋。

面对满山遍野的绿竹，他的脸上有满足的神情，向我们显摆了起来："我们这里已在建湖南最大的竹产业基地了，将来日子会更有搞头呢。"

环顾四周，这里也是竹的天然博物馆，楠竹、水竹、黄竹、龟甲竹、罗汉竹、慈竹等，几乎集纳了南方天空下所有的品种。

站在观竹楼的高处，满眼竹浪绿得无法无天，翠绿、黛绿、黄绿、嫩绿……从眼睫一直翻滚到丘岗远处，流泻成了一片汪洋。

这一刻才知道，"海"这个词，搁在这里，是七万亩新竹老秆站立在一起做的注释，真乃贴切至极。

# 知味

八月，热风赶脚，人似无处可躲。

溽热中胃口跟着后撤，吃西瓜都不对味。以往遇到生活打结又不香时，我会躲起来，用距离掩饰心里的无措。

最好的藏身处，当是书里。拿着一本书，往"荒无人烟"的某个旮旯一坐，马上就觉身边有山花烂漫、林泉淙淙了。

当然不能是板砖一样的文字，密不透风的那种，太闷了。从某个才子才女笔下跑出来的疏朗些、轻松些、有风致些、聪明些的文字，像穿着散淡休闲衣服的青年，情绪洋溢，不滞不涩。也有老派一点的，像周作人、胡兰成、董桥等，每粒文字都烟火诱人。

这些年，与文为伍，眼睛里总晃荡着文字的潮水。看到又鲜活又干净的，恨不得撒它一网，收于麾下，晒到自己编辑的杂志或报纸版面上。而那些才情出众、文思精奥的仿佛雨后老枝，一触目就惊心地喜欢。

比如我一直关注的乡党李颖妹妹的文字，把生命中的寒苦气，像剜鸡眼般刮剔着，《父亲的三个可疑身份》《河流上的黄昏》《断食者》《虚幻的鱼骨》等散文既锋利灼眼，又让人心动得无法抗拒。还有另一个与我共胞衣地的女作家余红，她从优渥的日子里抽身，沉到鲜花店当店员，只为从生活的烟火里，寻找第一手写作素材。她的《琥珀城》《从未走远》《丁香结》等长篇小说，每一部都冒着当代社会真实生活的腾腾热气。

这两个温婉的女子，都是才情蓬勃又脚踏实地的写作者。她们为人澄明谦冲，不炒作不争锋，安静如秋水。她们的写作只为热爱，不为虚名，实在是佳人佳景。

当然，我欣赏的文坛佳景还有蛮多。我喜欢的文字，也有蛮多，且都是来去生风、见魂见肉有大味道的。

我也读过磕碰打结、光泽全无的文字，如一团理不出线头的乱麻。这种文字出自新手不足为奇，偏偏有些会出自"老江湖"，出自呼风唤雨、名头加身者。当然，这些只能糊弄门外人，逗来瞎仰视，却不知门内人早已看破不说破，把暗笑吞回了肚里。

如今码字者众，"作家"门槛的海拔比地平线还低，或有真才情者，或有玩票者，或有滥竽充数者，一派热闹繁华。可当编辑太久，我有了严重的文字洁癖，读到"大名头"下粗糙的毛坯货，甚或假人之手捉刀的"大作"，便如吞了绿蝇一般。我以为笔力弱，可以真诚地以勤力补拙，唯不可以用增加脸皮的厚度来弥补短板，这应该是起码的底线。

日前，硬着头皮读完某名家小说，故事主人翁为一稚儿，却怀着中年人的心思，说着半百人的话，情节无波澜，细节无咸甜，读完满目寡淡，只觉惊骇。

　　我不明白，如今某些"名家"的盛名中究竟填了几吨海水。其实，如果才情单薄，就守着欢喜心，玩玩票，娱乐一下自己即可。像我这种乏才如贫血的人，偏又喜欢捣鼓文字，写写画画，只如垂钓者临水、嗜饮者举杯，开怀就好。

　　或者，如西窗下的秀才，手持几卷，与孔、孟、老、庄、苏、柳等人的好文字约个会，发一点痴气，顺便给自己爱文字的心挠个痒痒。

　　我以为，文字既出，就粘着自己的羽毛，是乖是孬，在于作文者自爱。或有趣味，或见美辞，或含机锋，或蕴涵昌达，总要让读者图得一头。如一截甘蔗，得让人嚼出一星半点的滋味来。

# 有绿意的时光

不知是时光太急，还是年轻时的脚力太健，一路紧走急奔，嗖地一下，就越过了中年的门槛，来不及细看途中的山高水长。

年少的日子不似中年生活这般，充满了重量感和烟火气，倒像夏天樟树上的蝉声，有绿意，又仿佛纯酒，有绵长的后劲儿，是特意为日后"追忆似水年华"而出现的人生章节。

如今，人离韶华愈远，心离韶华却愈近。

我的心，常常山一程水一程地在回忆里远足，希望清点一下自己年少时缺失与拥有的东西。

那时，我觉得生命是没有尽头的地平线，总在前面横铺着。日子亮闪闪的，比我躺在草坪上数过的星星还多。我是时间富翁，而且富可敌国。所以，我活得不慌不忙。

那是一个没有巧克力，没有电游，没有肯德基，也没有歌星演唱会，甚至连米饭都不够吃的年月，只有每天被催促着起床，每天匆匆跑向学校，匆匆在灯下赶写家庭作业，又被长辈们呵斥着赶进被窝里，但我的小日子却那么的有味道，尤其是漫天飞雪的寒假和虫鸣蝶舞的暑假，成为我记忆里最浓稠的部分。

所以，我常常体味着青春岁月的旧情旧事，以冲抵中年生活的奔突感、困囿感。

少年时，我住在父母学校的教师宿舍，那房子是红砖平房，四周有参天的槐树、樟树、苦楝树。每逢暑假，我最爱在绿意层叠的树下铺一张小草席，趴在上面，以几乎是"啃"的状态，读一本又一本书——薄书、厚书，大人书、小人书。

我读《青年近卫军》《基督山伯爵》《约翰·克利斯朵夫》《静静的顿河》《福尔摩斯探案集》，也读《青春之歌》《西厢记》《红楼梦》，以及泰戈尔的《飞鸟集》等，读累了爬起来，看看蚂蚁搬家，闻闻蒲公英的花香。

那时的寒假，常常一场雪连着一场雪，屋檐上垂着长长的冰凌，树枝被压得垂到了地面。冬天漫长得像一张白白的素描画，连麻雀的叫声都无影无踪。我常常怀抱着竹制的小烘笼躲在屋里，翻读父亲书架底下那些发黄的旧书。

窗外，雪地里小伙伴们闹成了一团。

前些日子，与一位雕塑家朋友喝茶。他说做人物雕塑时，塑人塑形都容易，难的就是塑神。我以为，每个人的少年时代，都是未入窑的素胎，吃五谷杂粮长大不难，能读书纳识、聚才汇学才是自我塑神的过程。人自少年伊始，若积百家精气，便会铸就自己独立的神韵，成为有识有胆、有剑气有书味的自己。

现在，我依然有寒暑假期。不一样的是，电脑与手机里，各种好玩的东西都有，可我还是巴望着，自己的孩子能花多点时间待在书房里。这是入窑烧制自己精神的过程，也是使人成为"成品""精品"必不可少的一环。

# 人生向死

写下"人生向死"这四个字，感觉原本堵塞已久、如在幽暗迷途的心灵，突然豁然一亮，见到了人生各种意义的最后真章。

婴幼儿时，只对母乳、摇篮有感，抓紧这两样，就不再嗷嗷大哭。懵懵懂懂的童年，日子似无限悠长，与草木、昆虫、猫狗亲得很，有点蚕豆、红薯片，日子就过得肥滋滋的，如红烧肉在口了。

青少年时壮志凌云，被天花乱坠的梦想勾引，以为日后可以擎天翻海、主宰大荒。到中年，秋霜渐起，人在职场、事业、情感、柴米的东征西突中渐染悲愁忧戚，不觉中已将光阴挥霍。待暮云拢身，方觉自己的几十年浪费在了"要"与"还要"、"既要"与"又要"之中。猛然收敛锋芒，就如远征回程的老马，踏过八万里路云和月，路尾只见夕阳、寒林，与一方刻有自己名字的清冷石碑……

此一说，非故意搅起悲心，而是拉下"谈死不吉利"的帏帐，洞见不可躲过的结局，正如朝霞之后，必见暮色一样。

近日翻到一张微微泛黄的照片，是十多年前父母与老同事们的合影。十几个老人，结伴出游，在苍山碧水前留下了这张"世纪大合影"。老人们站成两排，共事多年后还能互见华发，是一种纵横葳蕤的缘分。他们的脸上，清一色地写着平和、宁静与满足。

我的老父亲穿得很隆重，浅灰西装、蓝色领带，精神十足地站在中心位置。我母亲穿着浅灰背心，紧挨着站在他的左侧，保持着几十年风雨相携的一贯姿势。照片上其他熟悉的面孔，是张阿姨、彭伯伯、夏叔叔……这是一支男女混合的老教师门球队。

最初，父母单位的离退休老师组建了男女两个门球队，共享操场的一个门球场，两队轮流来。人多场地少，老人们经常争着要上场，操场里也因此每天都有欢声笑语、拌嘴声与嘭嘭的击球声。

后来，有老人陆续奔赴生命的大限，男女两队便合二为一。再后来，我母亲走了，李爹走了，董叔叔走了……操场上只剩下我父亲、鼎爹夫妇等三两个零落的身影，击球声变得稀稀落落，仿佛深秋寒风中勉强挂在柿子树上的几枚残果。

现在，两个门球队都消失了，只剩下我九十四岁的老父亲，一个人顽强地停伫在今世。他常常步履蹒跚地在冷寂的门球场散步，夕阳把他苍老孤单的身影斜斜地投在地面。他用过的那支门球棒，也早已被封存在门后，任由上面洒满时光的尘埃……

众生渴求的公平，以"生老病死"的方式得到了。庙堂之君、江湖之人、名士巨贾、贩夫走卒、引车卖浆者流，一生无论是鸿篇，还是短制，都会被"生老病死"四个字卒章显志。

是呀，天下所有生灵早已被大自然的法则框定，谁也拗不过。人从生下来的第一天，就在向泥土奔跑，向墓碑奔跑。短短的三万多天过去，最终的结局都是走向大限。

"百年之后，没有你也没有我，我们拼搏一生，带不走一砖一瓦，我们执着一生，带不走一丝爱恨情仇！"可见人间的缠斗、硝烟、争锋，都是一种傻蠢的自戕。

弘一法师说过："人生万般随缘。所得所不得，不如心安理得，所愿所不愿，不如心甘情愿。"

季羡林说："根据我个人的观察，对世界上绝大多数人来说，人生一无意义，二无价值。"对大部分人而言，人生确实没有任何的意义和价值。

在时间面前，悲喜不足言，成败不足提，恩怨不足忆，苦甜不足品，因为一切都终将释怀。

我想，就算人生向死，但能在活着的三万来天中，做一个心存善念的好人，做一个暖洋洋的好人，笑历沿途阴晴，岂不也是美事一桩？

# 沐雪闲笔

## 一

旧岁新年交接时，雪落长沙了，仿佛大自然的妙笔，在写着头年的后记、来年的序言。

雪粒打在窗台上，发出排浪般的沙沙声响，似少年人的各种绮思与念头，听起来音调激越，有股豪气。雪粒退场后，毛绒雪絮就出来了，一朵朵、一团团，在无声的静气里，轻巧地飘往四方八极。

一整天，雪下个不停，像谁在天空摆放了一台巨大的粉碎机，不断地把积雪云切碎，再时缓时急、铺天盖地地泼下。从十五楼俯瞰，长街小巷、公园亭阁、树林、步道，整个长沙城都成了白色，横陈在一片明亮的白光中。

推开窗户，明净、清新的气息，让人欣然满足。这是冬雪送给我和这座城池最好的伴手礼。

只是我还没来得及去野外寻梅，雪就收了尾，像隔壁人家晾晒的新棉被，在窗外打了个照面后，就被收入自家衣柜，不再示人。雪如昙花，两个昼夜就匆忙完成了自己的盛衰。其盛大而短促的停留，却把蛰伏在我心底的许多感觉掀开了，旧忆新思浩荡而来。

二

我是冬月生人，于雪夜投奔人间的父母，名字也就沾上了风雪意味。

我此生爱极了的两种颜色，就是雪的洁白和戎装的草绿。清贫的童年里，冬雪虽然带来深寒，冻红手脚，却依旧是我欢快的缘由。

那时的雪一落十天半月，小城闾巷明净，万物皆成"白头翁"。家门前的女贞树，被重雪压得枝叶垂地。路上的冰，在鞋底嘎嘎作响。

我与小伙伴在皑皑白雪里狂欢：堆雪人，打雪仗，支起簸箕逮麻雀，站在哥哥用火烤弯的竹片上，从陡峭的长坡上一滑而下，还用竹竿敲落屋檐上的一溜溜冰凌……

不出门时，我就会和家人围在木炭火盆前，烤糍粑，烧红薯，烘干被融雪沾湿的衣服……我会在炭火的木香味中，好奇母亲为什么管黢黑的木炭叫"白炭"，是不是因为她也喜欢雪季的白色？

在白雪映亮的南窗下，我做着每年寒假必做的规定动作：咬着笔头，搜索枯肠写"新年新打算"。囿于年幼词穷，我总是把讨喜的句子反复誊写，比如"学习进步""争当三好学生"之类，知道老师、父母看了，会眉眼带笑。写完之后，我一头冲进雪雾里，与发小们疯闹，任鸟的惊叫从寒枝落下，泼了自己一身。

再后来，年岁渐长，每到年头岁尾，我会在心里写一份不用示人，却带着鸡尾酒呛劲的"新打算"，里面夹杂着盘点当年"收成"不足、远眺来年目标遥迢的惶恐。如若发现自己虚度了日子，不免心境沉寂，好比树梢的冬韵被簌簌摇落，坏了瑞雪丰年的意境。

到现在，我不改对冬雪的欢喜，是因为它纷纷扬扬的纯白里有风情，有气象，有瑰丽。

在我看来，夜半风起雪落时围炉翻书，最有暖意。这时，各种与风雪相关的人与事会循着文字苍茫而下，让我胸口激荡起如雷似涛的感慨。

我敬重杨时、游酢的"程门立雪"和车胤、孙康的"囊萤映雪"，那是求知的执着；我喜欢白居易"绿蚁新焙酒，红泥小火炉。晚来天欲雪，能饮一杯无"，那是乡谊的讲究与人情味的暖意。在风雪漫天村舍寂静时，与挚友烹雪煎茶、围炉夜话，这腾腾温热，让一千多年后的今人触手可感。

我欣赏张宗子拥毳衣炉火往湖心亭看雪的经历，看天云山水，上下一白，看小舟中"人三五粒"的文人率性，喟叹后世千万场飘雪，也覆盖不了这名士的痴狂。

我更钦佩"大雪满弓刀"里，戍边将士内心坚定如铁的豪迈，敬仰今天在万里国界线上披风沐雪，与寂寞艰苦朝夕相处的军人。他们身后广袤的家国疆土，是"文可执笔安天下，武可马上定乾坤"的精气神，是一代又一代人以劳绩、以性命相守的东西。

三

雪的纯白和戎装的草绿，是我最爱的色彩，若蜿蜒湘江的两岸烟树，不分伯仲。

我记得大约五岁那年，洞庭湖区朔风飒飒，大雪盈尺。姐姐们带我去岳阳楼下的轮船码头，参加她们文艺宣传队慰问旅客的演出。当我亮着脆嫩的童声，唱完那首《都有一颗红亮的心》，从旅客席位走过来一位年轻英俊的军人，身上绿色的军装被雪光映得炫目。他拍拍我的小脑袋，夸我唱得好，还往我手里塞了两粒软糖。受到了军人的褒奖，我的小心脏既激动又兴奋。

第二天，我吵着要大姐再带我去码头找那位叔叔。

待我们来到湖边，冰雪有了消融迹象，可码头上空荡荡的，只有一望无际的湖水，映出岳阳楼积雪的檐角……

从我细小的玄思、微观的视角看，绿色军装就是迅雷烈风与坚强勇毅的代名词。我亦羡慕女子着戎装，一套草绿色的军服，可以让柔美的小姐姐立马变得英气逼人。

上初中时，我读过长篇小说《林海雪原》，看过电影《英雄儿女》，穿绿色军装的战士白茹和王芳，成了我心里的女神。初三那年，部队来学校招女兵，我假想了一百次，要是我穿上了绿军装，那该多么光荣啊！不过梦想最终没有成真，我和一众女生伤心了好多天。

那个时代，不光是我和哥哥姐姐，就连街道上的老头老太太，都是军装、军帽，是军人的"铁粉"。记得大哥有件海魂衫、一顶军帽，穿戴起来神气十足，同学们看到都羡慕嫉妒得不行。

有一天，大哥放学回家，书包还没有放下来，就哭得稀里哗啦，原来是他的军帽丢了。数年后，他报名参军，虽然体检过了关，但还是遗憾地与军旅生涯失之交臂。他的好朋友小夏子，则幸运地进入了军营，成了一名边防军人。我见过小夏子穿着军大衣、扛枪站在雪山前的照片，帅气十足。待小夏子回岳阳探亲，大哥还借过他的军装，在照相馆拍了一张戎装照，照片至今还夹在影集里。

又过了若干年，长我十岁的大姐到了嫁娶年纪。她性格温婉，皓齿明眸，到我们家的崇拜者与介绍人络绎不绝。我们全家人自然都升了一格，全成了她的参谋。

那年春节将近，岳阳照例风雪连天。

大姐的闺密带了一个高个子、长相俊朗的年轻军人来我家，说是自己的表哥，回家乡探亲的。我知道，她是给大姐当月老来了。那一身军装，仿佛春山苍碧，一下子拔高了他印象分的"海拔"。

那天，小伙子自告奋勇，为我们包饺子，说在军营里经常操练这活儿。可最后，他端上桌的只有一锅热气腾腾的面糊糊。看到他尴尬的样子，我们都笑翻了。原来，他是把自己辛苦包的饺子，直接倒入冷水锅里煮的。

虽然饺子事件成为我们姊妹日后的笑谈，但大家当时同声相应，一致投了小伙子的赞成票。毫无悬念，军人胜出！大姐不久就成了军嫂。

小伙子终于变成了我的大姐夫。后来，当得知我父母和舅舅都将青春留在了四野、三野，留在了硝烟中前行的队列里，他才恍然明白，这一家子为何有如此浓郁的军旅情结。

如今，我寓居长沙多年，每见飘雪，每见军人，心里便会微微波动，有种柔软的感觉。我小心收藏起父母、舅舅年轻时的戎装照片，像收起革命老战士的荣光。

因为他们，让我在生活的浓烟急火中情志舒畅，夜得甘寝。

# 痛点

## 一

我是一个痛点极低的人。

只要身体有一点轻微的创口，痛感就会像海洋深处的一场小地震，引起一浪接一浪的海啸。然后，我全身就像被火焰舔到一样，脑海里立马弹射出两个字——哎哟！

这两个字，从嘴巴里冲出来，锋利得连周边的空气都会被戳破。

小时候，我总是在玩耍时不小心跌倒，手掌和膝盖经常在粗粝的炭渣铺就的操场上被擦得皮开肉绽，血红或者青紫的伤痕，就如盖在白肉上的检疫印章。

那时我一摔倒，往往是身体还趴在地上，嘴里尖厉的叫声就像鸟一样冲上天空，把哥哥姐姐们吓得以运动员百米冲刺的速度狂奔过来，一把将我从地上抱起，惊慌失措地查看我是不是会小命不保。

当发现泪水汪汪、连连号叫的我只不过是擦破一点皮，他们在松了一口气的同时，往往会很恼火："号什么号！一点小印子，能有多痛？叫得吓死人！"

他们生气是有原因的。

我在家里是最小的妹妹，走不稳，跑不动，是他们不得不拎着、不得不照看着的"包袱"，只会妨碍他们与同伴尽情玩耍。若我身上青红紫绿的，回家后他们必定会被父母追究一番。所以哥哥姐姐在宠着我的同时，更烦带着我，恼火我来不来就摔一跤，动不动就哭得惊天动地。

他们认定我只是撒娇，于是会教训我说："细毛坨上次摔断了手都没有哭脸，就你好哭！"他们一生气，我哭得更加声嘶力竭，因为我是真痛。对于身上的小磕碰、刮擦、划痕、刺伤等皮肉之苦，我是格外敏感的。

在旁人看来不值一提的伤，我却难以忍受，仿佛我的身体是一部疼痛放大器。哥哥姐姐越发讨厌我，只要听到我高分贝的童音像拉防空警报一样响起，就会无可奈何地向我投射过来一束嫌弃的眼光，好像我是家门口那棵苦楝树上乱叫的乌鸦。

他们一致认为我是被家里人宠坏了，爱撒娇，还好哭。

二十岁那年，腹部一阵阵痛，一鞭一鞭抽打着我的中枢神经。

我已经不好意思哭脸了，只是把身体蜷缩成一只大虾状。后来，我在手术室躺了几个小时，医生从我的身体里割掉了一段盲肠。我躺在病床上，任痛感像一架巨大的碾压机，轰隆隆地碾过我的每一根神经。这是我出生后，完整的躯体上第一次少了一个零件，也是第一次体会到，完整的血肉之躯哪怕有一点被割掉，都会让人疼得锥心，让人忍不住想号叫。

医生不得已，给我注射了哌替啶。他说，这丫头，痛点低。这是我平生第一次听说"痛点"这个词。不过我没想到，以后自己会一直想方设法躲避它的侵袭。

## 二

大约二十六岁那一年，我的身体出现了异常状况，见红，却不疼痛。因为临近春节，工作任务压头，我胡乱吃了一点妇科消炎药，撑到所有的编辑工作完成了，才去看医生。

医生很和善，把我批评了一番："妹子耶，你这是有毛毛了，有先兆流产的征兆了呢。怎么连自己怀孕了都没有注意到咯？真是年轻不懂事啊。"

我又去了几家医院，大夫都建议我说："见红这么久，说明胚胎不健康，最好放弃算了，万一生下不健全的孩子，岂不是一辈子痛苦？"

从医院出来，我站在街角，一种预设的疼痛风一样吹过来。那时还没有无痛手术，一想到那些冰冷的医疗器械将伸入我的体内，一点一点撕扯我的血肉，我就不寒而栗。那是一种实实在在的凌迟，我不敢再经历这种剿杀。

经过一番激烈斗争后，家里人同意了我的决定：看中医保胎！不过既然怕疼痛，就必须扛起另一种苦涩：几十服苦得舌头发麻的中药灌入肠胃，一天两次肌肉注射，几十个针眼留在臀部。

九个多月后，预产期逼近，我却越来越害怕：都说女人生孩子是过生死关，想到影视剧里女人生产时那痛得变形的、扭曲的脸，那撕心裂肺的哭叫声，我的心里就发怵，甚至想逃跑。

孩子父亲安慰我："天下生灵，母鸡生蛋，女人生崽，千百年来都是这样延续，不会有事的；再说，你就是逃到天边，孩子还是要从你肚子里出来……"

想想也是，孩子在肚子里兜着，时候到了，这场疼痛是躲不过去的。很奇怪，在那场深夜三点发作、持续到清晨五点多钟的车裂似的剧痛里，我泪流满面，喉咙里塞满了粗粝的吼声，可当这声音冲出嘴唇时，却只是变频成了低分贝的呻吟——我居然忍住了身体里排山倒海聚集的号叫。

那个十月的夜晚，绵长得像一卷抽不完的蚕丝。

那时，医院的病房是不许陪人过夜的。我的身边没有一个家人，只有惨白的灯光和一个同样年轻、手忙脚乱的女护士。就在疼痛感膨大得将要撑破我的子宫和盆骨时，一个近八斤的小肉团，仿佛带着陨石撞击地表的力量，势不可挡地冲开了生命之门。

孩子的第一声啼哭细弱柔软，却像落下的电闸，将那种忍无可忍的疼痛瞬间截断了。我忍住的号叫变成了满心喜悦。后来，看着聪明可爱的儿子，家里人都会来这么一句："好在你痛点低，不然哪来这么可爱的胖崽？"

然而，疼痛就像生活设定的戏码，躲都躲不开。

若干年后的一个秋日，在去常德出差的高速公路上，我遭遇了一场车祸。

其实，那天的秋阳无比明丽，丝毫不具备发生意外的气候条件。但俗话说"飞来横祸"，这场横祸的黑色翅膀硕大无朋，唰地一下从天际笼罩而来：一辆突然变道的小型皮卡，瞬间挤到了我们那台三菱越野车的前面，眼看就要相撞，年轻的司机，不得已紧急刹车。

我大叫了一声："小心——"

紧接着，车子像皮球般不受控制地弹跳、旋转、翻滚，我的肉体被一堆钢铁裹挟着，抛来摔去。天地在几秒钟之内被掀翻，时序闪电般碎裂，我所在空间的上下方位被彻底倒置。

生死关头，我居然毫不害怕，当然也来不及害怕。无能为力时，任运气之手搓揉，倒是一种镇定良法。

从变形的车里回到人间，我居然冷静得出奇。可当询问并确定两台车上的人都无大碍后，我站立的身体突然像被抽去了所有骨骼，一下瘫倒在地，痛感像猛禽一般腾空扑了过来。

在医院的 X 光片上，只见我的三根肋骨骨折，状如犬牙交错。接下来的四五天里，疼痛每分每秒都如同巨大的风暴一样，呼啸着全身乱窜。我只能听天由命地躺着，一动不动，仿佛最轻微的晃动都会让我四分五裂。那种锐利的痛像一条奇怪的捷径，把我拽回到了童年，我只想赖在坚实的、没有铺水泥的泥巴地上尽情地号叫，以此把疼痛逼退。

家人见我痛得整天无法入睡，心疼得不停叫医生想办法。当镇痛棒和哌替啶对我也毫无作用时，医生似乎也束手无策了。看到父母担惊受怕的眼神，我迅速地回归到成年人的场域，又一次把号叫嚼碎了，咽回到肚子里。

住院期间，穿过窗玻璃的月光，再也撩不起我的钟爱之意；眼睛里的电视机、花篮、医生护士，也不再形象和善……

每天被骨头里的剧痛和其他病友的呻吟、哭泣、哀号声击打着，我几近体无完肤。

若干天后，望着整个住院部那一个个被铁栏杆封牢的窗子，我开始思考：如果你只剩一份剧痛的人生，那你还要挣扎，接受这排山倒海的裂骨之痛吗？

我的答案是逃离，有尊严地逃离。在重围之下，给自己留一条撤离的秘密小道。

## 三

逃离，有时是一把锃亮的钥匙，可以在没有门的地方，预示门的存在。我曾经就有过一次刻骨铭心的逃离。当爱情的大树，长出疤痕一样的树瘿，再也看不到翠色欲流的迹象，我用漫长的时间，从变馊了的婚姻里爬了出来。

这个过程如同用硫酸洗浴。

这种痛不只诛心，还是一场核爆炸。经历过之后，你的心会死。如果侥幸没死，你的自信心、对幸福的向往、对帅气男人的倾慕心、对爱的本能渴求心，还有对婚姻的坚守力，都会面临被气化的灭顶之灾。你春暖花开的生活，会被毫不留情地推下万丈深渊，推向绝望的极夜。

医学上将疼痛的程度，分为从一到十的十个等级。按这种划分疼痛的方式，灵魂之痛的烈度，可以在此基础上增加到一百级：你无法呼吸，连续多天无法入睡，吃任何东西都如嚼木屑；你整个人都会被他突如其来的陌生感锤得晕头转向；你会怀疑，曾经拿命去相爱的日子，是不是一场梦。眼看着自己那颗青春且骄傲的心、自信与尊严，被最亲的人亲手剁碎，剁成了肉泥，你的痛，达到了最高层级。婚姻的残骸像倒塌的四壁，几乎压垮了、吞噬了你。你的天地错位了，认知也被重构了。

一切就如大堤溃坝……

这个"你"，是你，是她，更是我。

妻子的身份，连同无忧无虑的快乐，被连皮带肉地从我的人生里活剐、撕扯下来。我用尽全部力气，扛着"单亲妈妈"的新标签，逃离着失败婚姻的剧烈撕咬。死里逃生，才明白成年人被背叛、被辜负的情伤，只有时间这个救生圈可以帮忙疗救。时间，才是灵魂泅渡冰河的依凭；时间，也是唯一的镇痛良药。

吞下所有痛苦的号叫之后，一只蚕蛹在黑暗的茧壳中蜕皮、生翼，咬破了剧痛的厚垢，然后活过来了，飞出来了。它是我。

正因为婚姻生活如遽然断裂的山崖般出现了巨大罅隙，将我从幸福巅峰摔向了幽深低谷，我才看到了人生的暗面，才从幼稚真正走向了成熟。也正因为如此，我的痛点、耐受值的"海拔"都增高了。

现在，我读书、写作、画画，与闺密喝茶、看山看水；往事早已结痂、脱落，与我不再有半点牵系。我一直在努力重建内心对俗世的信任，对春潭琼草的热爱。

我又爱上了清风动窗竹，楚谣对清樽的日子。

# 牧字者

每次看到宣纸上的书法作品，我就会产生一种奇特的感觉，好像目光洒在了一片积雪的原野上。而时光的鹅毛大雪，在这无飞鸟、无草芥的原野上飘落了数千年，将古往今来的苍茫与深邃、喧嚣与清寂，都寄放在了一种纯白里。

我似乎看见，由贾湖刻符和甲骨文出发的汉字，被一代代捉笔者驾驭着，穿过秦汉魏晋的碑额，跨过唐宋明清的砚池，以篆、隶、楷、行、草的身姿迎面向我奔来。

在我的心里，宣纸就是一片浩大的原野，是传统文化致远的重器。一管不朽的中国毛笔，在这旷野上留下了横竖撇捺的车辙，历千载而不风化。

在这些润湿与枯涩、朴厚与飘逸、疏密与浓淡的墨迹里，站立着王羲之、颜真卿、赵孟頫、黄庭坚、柳公权、董其昌……他们是中国笔墨的来路、文化原野的牧字者，亦是后世行笔挥墨者的指路牌。

同样以颜、柳、赵、董们为导航，芸芸书者中有人法度缠身，亦步亦趋；有人走出了颤巍巍的暮气；有人匠气灌顶，书路越走越逼仄；有人师古亦破古，从先人笔墨里脱缰而出，走出了自己的个性和漂亮的艺术姿势。

我敬重的书法家王超尘先生，当属最后一种。年近期颐的他，将先人精粹与自己的探索糅合并置、合为一体，以几十年砚池躬耕的勤勉，修成了一手苍茫老辣书风。其笔下草隶，更是成为爱书藏家们眼中的珍品。

欣赏他的作品时，我从线条中看到了东汉《张迁碑》的峻实稳重、奔放笔势；看到了《西狭颂》《石门颂》的浑厚飘逸、势方意圆；更看到了晋人《好大王》碑的方正朴拙和其中的何绍基韵味。最重要的是，先生的每一笔、每一画里，都有自己的审美意趣和艺术考量，其中之新意以风驰电掣之势，冲进了我的视野。

"湖南近三十年来的书家，以我之陋见，能入书史者寥寥，而超尘先生是我心中不多的能入书史者。"著名评论家龚旭东先生的这段评价，并非故作雷霆之声以引世人目光流量，而是一个态度严谨的评论家，对超尘先生书法艺术成就最客观、最有力度的褒扬。

的确，中国书法的来路千痕万辙，要在书法艺术的千百年流变中，在前人已将书法的各种可能性都反复探寻、发展的状况下泼出新的墨痕，写出自己的鲜明个性，无异于在绝壁上开疆拓土。

而超尘先生偏偏是个在艺术路途上不畏荆棘的人。躬耕砚田数十载，他将篆书、行书、草书、楷书的笔意，大胆糅入了自己汉碑笔法的作品里，形成了气韵极为别致的"王氏隶法"。

他的作品，从汉碑《好大王》的饱满均匀、方正古拙出发，之后大胆地在结体中糅入草书笔法，打破了传统隶书大小一致、因规循矩的绳墨。并且他会根据字的整体结构行笔，因此呈现出的每个字忽大忽小，在变化多端中形成了与众不同的艺术语言。这种历经几十年艺术思考探索出的独创性，使其作品有了极高的辨识度。

因为含蕴了奇特的美感和震撼力，超尘先生的作品曾多次入选国内外重大书法展，不少作品还被收入了《中国书法选集》《中国古今书法选》《全国文史研究馆书画藏品选》。

细心的书法爱好者们会发现，在黄鹤楼、岳阳楼、炎帝陵、曲阜、漓江、南岳、常德诗墙等名胜景区，随处可见超尘先生书写的匾额、楹联和碑文，其墨迹勒石可谓景中之景。

所有这些成就，并非一夕之间浓烟急火而成。其背后，是一位老人在宣纸原野上艰难行进的大半辈子。

1925 年，王超尘出生于澧水之滨的津市，自幼爱写写画画，后师从名家孙世灏、张一尊。职业生涯中，他当过美术老师，当过湖南省湘绣研究所美术设计师。在他的整个人生里，书画二事仿佛是一种精神契约，与他如影相随。

离休后，王超尘将自己的艺术重心放在了书法创作上。他坚持不懈地研唐楷，习汉碑，临习揣摩其形其神，循法而入，破法而出，历经几十个春秋，最终形成了自己高古、苍浑的书法审美境界。

而今，已臻上寿的王超尘始终保持着儒者的简淡之气，他低调隐居于闹市之中，过着淡名利、远尘嚣，牧字宣纸、笔墨酣畅的生活。

今年初春，我拜访了超尘老先生。

面容清癯、神情安详的他将我带到书房，指着墙壁上那幅点画峻厚、线条灵动的《滚滚长江东逝水》，兴致勃勃地与我谈起了音乐与书法的通感。他说二者都有其内在的韵律与节奏感，且都是从作者心里生成的；书法作品讲究行笔着墨的轻重缓急、枯笔飞白的恰到好处，这种韵律与节奏是否舒展、是否自然流畅，很大程度上决定了作品的成败。

他说："书作应该不断求新，不能几十年都是一张老面孔，我花大工夫搞书法，要是能给后来的书法爱好者留下点禁得看的笔墨，就不虚此生了……"

说话时，长沙城正下着大雪。

窗外的雪光，映照着他的白发和半壁书法作品，呈现出一种寂静之美。人生晚岁，本该山静日长，可这位老书法家，依旧在宣纸原野上扛着笔砚牧字前行，不禁让人感佩。

我想，中国的毛笔，一定会因他这样的人而雄强；中国文化的原野，也一定会因此而更广阔。

# 文人气韵

今天早上，横空而来的一个坏消息击杀了我的好心情。一整天，我的心里都好似咽下了乌云，黑沉沉的，无法明亮起来。弘征老师昨晚走了，在久旱的星城，在他人生中第八十五个秋天里，停止了最后的呼吸。

9月12日，真不是个好日子，月亮尚胖圆，人间竟离散。

这位编辑家、出版家，无疑是许多文人，尤其是当年的文学青年心中最为感念的人，而我，正是他们中的一分子。

扭头回望，二十世纪八十年代，天子山荒地荒岭一片，虫鸣鸟叫统领一切，唯独人迹寥寥。一次，我这个文坛小屁孩儿，跟着一帮大作家到湘西山里采风。

一辆中巴车载着十来个人，在初秋的山风里，沿挂壁小土路颠簸而行。采风团成员有未央、饮可、石太瑞、于沙、罗长江、刘波、刘犁等。

一路观景，我几乎把眼珠粘在了车窗玻璃上，对大山里的草树、村舍稀罕不已，还叽叽喳喳地不停问旁边的人："这是什么，那是什么？"

坐在后排的一个干瘦的中年男子笑着说："一看你就是街上小妹子，城里长大的，冇下过乡。不过，多了解点乡村、大自然，对写东西总是好的，没有乡村生活经历的作者，写作上会哂一滴滴亏，是要花点力气弥补一下……"他的这句话直接沉到了我心底，此后几十年还会时不时地泛起来，仿佛是写作的秘籍。

当时，我不知道这个发际线有点点后撤的陌生男人是谁。诗人于沙告诉我："他叫弘征，是湖南出版界很有名的编辑家。"末了，于老师还补上一句："他就是那个出版《青春诗历》的厉害角色……"当年，湖南人民出版社每年一册推出的《青春诗历》，就像一块烧红的钢，丢进了文学与出版界和全国文青的心海，其哧哧作响之声，有崩山裂石之力，唤起了无数人的文学梦。弘征编辑的名字也如同一个高大上的符号，被人们记住了。

那天，弘征老师给我留下了气场儒雅、为人温热的第一印象。

到天子山后，大家在一户山民单家独户的木楼里安顿下来。离吃饭时间还早，湘西土著石太瑞老师自荐当导游，带于沙、弘征和我去观景台看风景。不过弘征老师因有一书稿得抓紧时间看完，走了一半便返回了。

大山深处，树木茂密，人迹稀少。

缭绕的云雾中，我们剩下的三个人就在满是草窠、刺蓬的灌木丛里不断穿行着继续向前。不料，走在最前面的石老师突然惊叫起来，掉头就往回跑。没跑几步，慌不择路的他，又惊叫着蒙脸蹲下。原来，他不小心触碰到了杂草中的马蜂窝，成百毒蜂向他扑来，叮满头顶。

见状，年轻的我居然不知害怕，立马脱下身上的新风衣，冲过去罩在他头上，再用手狠狠一抓，瞬间灭了百十只毒蜂。回到木楼，石老师头疼脸肿，口舌麻痹。村里人以山妇的奶水敷之，方才为他解了毒。

事后，弘征老师当众夸我："小妹子蛮勇敢，面对毒蜂，不逃走，还想着救人，不错不错！"天子山之行，是我与弘征老师第一次见面。

后来，我与弘征老师也常在文学活动中碰面，渐渐成了老熟人。有一次，他打电话约我给来年的《青春诗历》写一首诗，并提供简单的几句自我介绍。

我一看，上过《青春诗历》的作者，外省有傅天琳、舒婷、杨炼、王燕生、流沙河、顾工、北岛、伊甸等名家，都是我心里神一样的存在；省内的有骆晓戈、聂沛、彭国梁、胡述斌、谢午恒、陈惠芳、碧云等等一众"老诗兄"和"老诗姐"。我的歪诗又嫩又拙，哪里敢露怯、显丑？

我那时虽然在不少报刊发过诗文，但《青春诗历》段位太高，我有点少不经事的自卑，便一直拖沓着。后来，我麻着胆子写了一首，却还是没有寄去。

多年后，我这只"洞庭湖的麻雀"，也成了一个资历不浅的文学编辑。在一次文学活动上，我见到弘征老师后又提起这件事，谈到当年的少年自卑心，让我负了他的美意，实在是有点"不识抬举"。

可他却慈眉善目地宽慰我，说："我当时在报纸上看过你的诗，有学生伢子的天真纯净和自然，这个是很宝贵也很难得的，世故的人未必写得出呢……"

在我心里，弘征老师算得上是一个"文人坐标"。他谦和儒雅，敬业博学，为人师长，指导后学尽心尽力、和善温暖。作为一位作家、学者，他一生编撰不止，留下了《当你正年轻》《青春的咏叹》等诗集和评论随笔集《艺术与诗》《书缘》《杯边秋色》《湖湘拾韵》，以及杂文集《文史艺漂》，古典诗论诗歌译析《唐诗三百首今译新析》《新编唐诗三百首今译鉴赏》《今评新注唐诗三百首》《汉魏六朝诗三百首今译》，等等。此外，他还率先出版了余光中、三毛、琼瑶等作家的作品，以及印谱《望岳楼印集》《现代作家艺术家印集》等。

在文字中打滚了一辈子的弘征老师并没有将时光倾倒在一业的圈囿里，而是不断让自己变得更丰富。擅长书法的他学颜柳、临名帖，纳众家之法，成自家风气。尤其是一杯白酒下肚后，他墨笔宛如狂龙，挥笔之势好似排云布雨，挥洒豪迈。《弘征书法》一书中，真、草、篆、隶四体皆备，书卷气浓郁。

他亦擅金石篆刻，还曾为关山月、萧殷、秦牧、林塘、钟叔河等人治过印。《现代作家艺术家印集》就收了他历年所刊刻的三百七十六方印章，均为高妙之作，真正是名章见情，闲章见趣。

今天，秋风未凉、枫叶未落，弘征老师却走了，不是走在去约稿的路上，也不是走在书展与采风的路途中，更不是走向文人雅集时席间的一盅小酒，而是走到了时间的黄尘之外，任人们如何悬望，也不会折返了。

他是以自己的一生，去向后世诠释"端端正正的读书人""通才""往圣前贤"这些词。

此刻，于匆忙中行文，心有悲声，不得静息。

我想，先生那团文人的君子气韵会一直都在，不散不消。他的人生里程，亦会在他编撰的书籍、诗文中延展、持续。

# 写写葛先生

一直想写写葛先生，却又担心自己的笔头子笨，无法绘出"3D"维度的他。

说不清为什么迟迟没成文，大抵是因为他就像洞庭湖边的一场雨雾，朦朦胧胧的，无法准确界定其身份。他创作书法，埋头墨砚边数十载，被中国书法"兰亭奖"评委张锡良看好，并留墨宝赠言，大赞他功力深厚，书作清逸灵动、气贯全篇，却能使观者怀一份淡然的安静。书法家陈曦明亦断言他未来可期，一定会搞出大名堂。这么说来，他应归于书家一类。

然而，当我披着满肩乡音，穿过南湖边的赊月公园，拐到葛先生的工作室，先前的认知却不那么确定了。

站在眼花缭乱的名石、名砚、名字画前，听他介绍博物架上的田黄石、鸡血石、蓝星石等金石珍藏的子丑寅卯，我在惊讶于他广博的文玩学识之余，先是惭愧自己的腹笥瘠薄，后则坚定地把他归入收藏家之列。

奇怪，当我的目光转向他桌案上的几方墨砚、几支长锋羊毫笔，李白"且就洞庭赊月色"的金句，突然变成了"葛先生赊月砚池边"这句"草言草语"。也不奇怪，在我心里，葛先生无疑是岳阳地面的一个"角色"，他多才多艺、高光晃眼，如南湖北岸雨后的虹影，或红或绿或黄紫。想到这里，我的简笔陋文，恐绘不出他的真形。

几年前，我回岳阳时偶然与葛先生相识。

在茶桌前，我们谈起文艺的事，仿佛有一股热浪，冲开了初次见面的陌生凉意。他是华容人，中等个头，不胖不瘦，脸庞周正，头形与神态皆有几分佛的余绪。后退寸余的发际，显示出他肩膀上的脑瓜是智慧型的、学习型的。

他在一个叫鱼口的小镇长大，自幼聪慧过人，有华容伢儿的倔强，迷上书法后就一条路走到底，学书法数年，不懈不怠。"行书先学二王，继学颜鲁公、米元章及王痴庵，沉潜往复，深有会心。草书师法孙过庭及怀素上人，兼及宋后诸家；隶楷则浸淫汉魏六朝碑……"他挥笔作书时最重笔意章法与生动气韵，就算把笔写秃，也要写出几个字中"花魁"，不然他会泡在砚池里，不思茶饭。

除了会写毛笔字，葛先生还非常善饮，是朋友圈里的"酒神"。每次酒到微醺，他必展纸拎笔，在宣纸上笔走龙蛇。这时的字便狂放起来，有个性，又有味道，还冒着酒气。

每次见到葛先生，我就想，这个人蛮鳌（了不起）呢，到底是被华容米水养大的。在岳阳地界，华容的特产就是鳌人（人才），不论从商从政从文从武，每每都有人尖子冒出。

正因为如此，我对华容人有种天然的喜欢，还为华容框定在岳阳版图之内，让我成为他们的乡里乡亲而莫名骄傲。与葛先生相识，这种感觉似混凝土里加进了钢条——更加稳固了。

今年初春，我在他的工作室小坐，喝红茶绿茶和普洱，隔窗与清亮的南湖相对，看微风在水面踏出涟漪，又把新绿的苇草摇来晃去。看他从柜底拿出明清古砚、梅花坑的端砚，印有八个样板戏图案的老墨，还有林散之的字画，我不禁大为欢喜。

待看到他写的《千字文》草书长卷，我眼里便出现了迎风柳枝、摆尾狂龙、飘逸雨丝，感觉那长长的宣纸上，每笔线条都在舞动，都在招展，张扬着中国历代书家的精气神。

葛先生的笔墨师古而不泥于古，而是纳他人之势，垒自己城池，有极品高货的韵味。他的作品多为草书，走笔豪放，融汉隶笔意于行书的圆润劲道中。仔细一看，他笔下的点、线、提、按，大多脱胎于西晋文人陆机的《平复帖》，但每一笔都从容老辣、收放自然，看得人心里极为舒适。

我想，他是个怪才，潜伏在茫茫人海，低调安静不张扬，却挡不住才情露白，仿佛岳州窑里火候正当时的器皿，突然出现了令人喜出望外的绚烂窑变。他的书法作品与丰赡腹笥，真令我忍不住惊叹："高手在民间，岳州真乃藏龙卧虎之地也！"

近日看到报道，葛先生在"三嘴策岳阳"的讲台上给人们上课，传授艺术欣赏、文玩鉴赏与收藏知识。从文房器物，到古砚、奇石与印章，他往听众耳朵里塞满了干货。葛先生隐于南湖十余年，不显山不露水，却是收藏文房器物、古砚最多的收藏家，也是草圣林散之胜艺堂湖笔藏家，石帝田黄印章收藏家。他有这么牛的底气，在讲座中自然言之有物，又有真材实料，难怪满堂听众把巴掌拍得仿佛洞庭湖起了大潮。这个讲座是岳阳的文化品牌之一，也是文化名家们与大众交流的场所。

我想，低调的葛先生，本就不该把一腔才华关在自己的工作室，早该把它们亮出来，烛照一下故乡的讲坛。现在总算是铁锥穿布袋——肯冒头了。

葛先生先前是岳阳某大厂的员工，后来依着兴趣拐进了书法艺术与金石收藏的路途，几十年学书习碑、摸爬滚打，终于收获甚丰，成为当地书法界与收藏界有影响的人。

我在心里叫他葛先生，其实他大名叫葛炳芳。有一篇文章，是这样介绍他的："葛炳芳，字楮石，号柏岩，别署韵古楼。1957年生，巴陵人氏。湖南书法家协会会员，古砚印石收藏家。楮石先生作品曾参加第四届中国书坛新人作品展、第一回韩中书艺家作品展、大韩民国华虹书艺—文人画大展，荣获全国石化职工美术书法展三等奖。作品与文章散见于《书法杂志》《收藏》《书法之友》《当代艺术名家》《第八届中国当代实力派书画家》等刊物。"

短短百十来字，里面尽是他的汗水渍印，尽是从他笔端砚旁川流而去的春夏秋冬。

# 读书人

夜半风起，一揽子收尽暑热。秋风卷帘，正好读书。苗家木楼里，我读的是黎安谈读书的书。

读书是养气的事，养安谧静和之气。

我常仰望一类前人，他们隐于古寺荒村，与一豆青灯浩繁卷帙相守，情态极静，心里却层叠了天下大业、两汉三国、唐宋传奇、明清盛衰。这类蓄养大气的读书可谓孤怀远志，可蕴雷霆风云。

几年前，在台北的阳明山中，我曾去寻访过半山腰上的林语堂故居。

那是一间中西风格兼具的庭院，小巧精雅，白墙蓝瓦，床几都在，家什都在。印象至深的是老先生的书斋，无论居家何地，始终叫"有不为斋"。两面墙上摆满了他的存书，还有宋美龄隽秀的国画、林老夫妇春风满面的合影。屋内的老黑皮沙发、桌上的台灯依旧喷发着光晕，茶几上有摊开的书和眼镜，仿佛先生读书累了，起身歇息片刻。

院外远山，院内绿树，是读书做学问之地。生命的最后十年里，林语堂就在这书堆里踱步，《京华烟云》《生活的艺术》《吾国吾民》都在书柜陪他。在后院与书斋一墙之隔处，是先生为自己与妻子挑选的墓地。长眠书斋旁，鸟鸣与阳光不时来抚摸一下碑石，像他闲适散淡的笔调拂过人间。老先生虽说有不为，其实是大有为，这是真读书人的心性。

清人金圣叹在贯华堂读书，文字道理入了心肺。他不求仕进，却可批注《楚辞》《庄子》《史记》《西厢记》《水浒传》《杜诗》这六大才子书，评得世人惊叹，用清初剧评家李渔的话说，是"令千古才人心死"。如若不是读出了书的真魂，金才子哪里敢捉笔？枉死时，他耳朵里滚落的两个字，真真是他在后世心中的两枚定位钉："硬气"的读书人。

今人钟叔河，是我心里的当代大儒。

在长沙念楼，他的生活起居同样被数千卷今古书籍环绕。从五岁读开明书店出版的由郑振铎翻译的《列那狐》开始，他浮沉于书卷凡八十余年，风吹雨打皆不减与书之缘。

他编辑的八百万字的《走向世界丛书》如巨石击水，响声惊动了中外文学界、史学界。我登门拜访，听老先生谈读写，谈周作人，并得其《学其短》《从东方到西方》《念楼学短》《念楼集》著作，常在夜窗之后、料峭的风里读出星月与秋阳。

与书本亲近，总会有获益。先贤在人生没有起色时，翻到书里的沧桑与跌宕，便会忘却许多烦扰，起一些重整山河之心。而我等草根也可以用书香筑起心里的金玉门楣，让精神上扬的角度提升些许。

在我看来，前面所列读书人，是文化天地里蹈空的高音，声传弥远，可闻可敬。

同样可敬的，是黎安这种寻常的读书人。

他安居水碧山苍的浏阳，扛着公务员的繁忙日子，朝九晚五，却不改手不离书的雅好。他不只是读，还掏出自己的灵魂与卷上的魂魄击掌和鸣，写下一篇又一篇珠玉文字，包括自己对阅读的理解、感悟，对作品的品鉴与评价，阅读对自己写作的引导与启示，等等。后来，他将这些结集成《卷里明珠随处觅》一书，收集各类文章凡四十余篇。其中竟有一半，是我数年间陆续编辑、刊发过的。

庚子秋重温《无处不在的感悟》《阅读给我写作灵感》《向书本讨教》等篇目，亲切得如老友相聚时温了一壶清酒。

黎安心里揣着一面明镜，认了这样的理：读书人可扩大生命的半径，闲暇时倾倒在读书这件事上，可让人删削尘俗，见识他人头脑中的云蒸霞蔚。

黎安的读书文字从他头脑的丘田里生成，是其精神管弦发出的声响，如同蹈空高音、悦动人心。认识黎安数载，他那张国字脸配着一双大牛目，外表憨厚，颇有几分武人气息。殊不知，他骨头里原来藏着浓郁的书卷气，是个文秀才，其好读之心无论在哪个位置都没被烟火日子冲淡，也没被官职遮蔽。

他曾说："读点好书堪比欢饮，否则浑身不舒坦。"于是他将可自由支配的时间都丢在了书事上，到外地出差，只要偷得片刻闲时，就会去书肆"扫荡"一番。他手中的卷帙包罗万象，涉及古今中外，包括历史书、工具书、经济学家的书，还有文学名著，等等。而且他读书胃口大，古人今人一把收，阮直的杂文、林清玄对人生的观照、罗雪村笔下的文人故居、鲍尔吉·原野的草原、董桥的伦敦与台北，都曾在他的案头出现过。

由读到写，他师从先贤，师从自然，师从本心，中年的人生因之悠然自适。有了读书嗜好，他手中的烟卷也萧瑟落幕，戒了。人有癖，是好事，然癖烟酒、癖名利，不及黎安兄癖天下万卷来得爽气。

贪读的人，是有大福的。它能让人的目光伸进先秦、魏晋、唐宋、明清文章的沃野，在其中纵横天下，还能让人在长文短札的诗意哲理间与孟庄、李杜、曹子建迎面，或者与王实甫、冯梦龙、李叔同等一干人撞个满怀，乐不思归。

黎安是一个拥书垒福的人。

# 行走的情怀

　　四月多雨，春气蚀骨。

　　坐在一团浓绿的春天里，阅读起伦兄的散文随笔集《行走的姿势》，思绪就像随了春风，起伏不已。在我看来，这本厚厚的手稿，是一个军旅汉子骨骼里横生的柔情，是他在人生路上用文字留下的脚印。他的行走与山河有关，与乡愁有关，更与思想有关。这种行走，有盛大情怀。

　　作为老朋友，我读过他不少诗歌，常常被他极具穿透力的句子打动，也常常惊叹他细腻的文学感觉和精准独到的词句中深蕴的美学思考。最让我折服的是，他心里总会有不绝的创作激情，灵感的火花几乎随时随地都能迸发。这对于一个有几十年写作经历的作者而言，实在是太可贵的气质。

　　现在，我从这本《行走的姿势》中，再一次感受到了他多重的写作气质和旺盛的创作势头。他的文字半径从诗歌的疆域，抵达了散文随笔的领地，且同样的既有金属质地，又有河山妖娆与月色柔软。

他行走，将沿途的风景和盘托出：边地的风光、成长中的点滴、家乡的人事、战友的情谊、诗人们的趣事、校园的往昔……沿途的风物人情，都在他的笔录中得到了鲜活的呈现，让我的心也不由自主地在那片文字的山河里驰骋：从吐鲁番的葡萄架下，到石河子军人之城；从克拉玛依的油田，到布尔津的五彩滩……它们还让我看到了达坂城的水果、博格达峰的白雪、准噶尔的野马、恰库图尔的美食……

脚步的行走，让他思想的维度更宽阔了。

在他的文字里，喀纳斯湖上的夜空是这样的："星星们近得就像从怀抱喀纳斯湖的群山中那些树上长出来的果子，仿佛伸手可摘……每一颗星与另一颗星都相隔着我们无法想象的距离，它们都有着自己的意志和独立的思想……"

他从自然景观中，生发出了对生命的感悟："而人生不过短短几十年，相对而言，连流星划过夜空的一刹那都算不上，困囿于某些事，并因此烦恼、愤怒，似乎有些可笑了。"看到被人用绳子拴住双脚的鹰，他感慨："一只失去王者之风的鹰；一个囚徒；一个道具。我第一次如此近距离地看到鹰。我看见了它眼里痛苦的眼神。它看得见蓝天，却永远失去了蓝天！这让我又联想到里尔克的那首著名的诗作《豹》，以及牛汉的诗《华南虎》。"

在湖边的原始森林前，他记下这样的感受："那些隐于时间深处的树木，尊重生死轮回的法则，在岁月刻蚀之下，一些老树倒在地上，而它的身旁却有更多的新树挺拔着身姿……"

作为一个优秀的写作者，起伦具有极其敏锐的洞察力，其笔下常常可以"从小处见大端"，从对寻常景物的书写中可看见人文、社会以及时代的发展，亦能见到他思想的光焰。

在他笔下，故土也好，边地也好，都是一方水土、四面风物的投影。他从老家祁东那个叫白地市的小镇和八庄门的村子出发，开始了自己上大学、入军营的人生行旅，又在诗文中深情地转身，回望那里的一切。

故乡是他心里的图腾，也是他所有梦想的地理背景。

白地市镇那条老旧的文化街上有他父母双亲的身影、有同学"W""Y"和录民、祥明、云生们，有后院里的枣树，有羊角棘与钓竿竹，还有露天电影；有他少年时莫名其妙的自卑、怅然与豪迈，有他1981年决战高考的日日夜夜，有他砍柴割草的乌山；当然，还有他情窦初开的忐忑与羞涩……这点点滴滴的萦怀往事，都清晰得像电影胶片，在这本书稿里被放映出来时，就像祁东天空的雨水，径直滴到了读者的心里。

我惊讶，一个人要有怎样深厚的情感，才能将故土上琐碎的一切刻录在心底，并且在几十年后还纤毫不忘？

起伦的写作是丰富的，也是骨感的。除了边地旅痕、故土旧事，这本书的人声喧闹处显得愈加生动有趣：他那些在诗文里呼天啸地的文友，那些精神敞亮、学识驳杂的师长，在酒杯前亦有纵横捭阖的气象，并且他们不再是"老村沽酒慰烦愁"，而是知己相逢喝上一盅，哪怕喝到吐也绝不含糊。真正是：诗文美酒里天宽地阔、情谊厚实。

书稿的后几辑文字，多为散文诗短章，这些文字笔触干脆，处处都有哲思之火，其中包括了他对人生的思考，对个人情感、社会现实、生活状况，以及精神层面的敏锐关注和细腻捕捉，读来有如阳光落在手心，能掂出激情与理性的重量。

　　一个作家从文学的自发转入到文学的自觉，必须经历时间霜色的浸润。丰富的人生阅历、天赋的潜质与后天的勤奋向学叠加在一起，加大了他在文学道路上向前推进的马力。

　　他文字的背后，是故园质朴的乡土，是钢铸的军营，前者给了他朴实、真诚，后者淬炼了他执着行事的坚毅品性。而广泛的阅读，让里尔克、米沃什、博尔赫斯、罗杰·加洛蒂等国外大家进入了他的视野，让他的文字因为汲取了丰富养分而变得血肉饱满，更具张力。

　　在我看来，起伦的散文随笔写作与诗歌写作是互相渗透的，其发散的思维、奔突的想象力与理性、从容、严谨交织在一起，形成了很强的穿透力。

　　我喜欢这部作品强大的叙事能力和多变的叙事语言，有时平实、亲切，充满烟火气息；有时精致、机巧，充满诗性。最让我欣赏的，是他善于从生活的积淀中捕捉日常生活场景的各种细节，所写文字生动鲜活，有很强的现场感。

　　作为朋友，我很高兴，能见证他这一路行走的步伐，见证他从一个文学爱好者成为一个著名诗人的人生历程。

　　二十多年前，一个飞雪漫天的上午，我与起伦初次见面。风华正茂的他一身戎装，帅气逼人地卷着门外风雪的清寒，走进了我的办公室，同行的是他所在军校的另外两位作者。那次见面，我对他有了极深的印象，深刻得仿佛被锉刀刻在记忆的板块上：他高而瘦，长相俊朗，脸上挂着干净的微笑，甚至还带着一丝腼腆。吝于言词的他安静地听我们几位谈诗论文，偶尔回答几句，眼睛里却燃烧着明快的光芒。他递给我一叠稿子，有诗歌，也有散文诗。稿纸上的字迹工整端庄，仿佛列队的士兵。

细读他的文字后，我有一种强烈的感觉：这个作者极具文学潜质！后来，他果真干了不少给我的副刊版和其他报纸添砖加瓦的事。最让人惊讶的是，在很短的时间里，他的诗歌成了《诗刊》《人民文学》等各大文学期刊的"常客"。其中，《漂在血缘里的祖国》组诗先是被选登在《诗刊》"中国新诗选粹"栏目上，之后又入选了湖南文艺出版社出版的《祖国颂——建国 50 周年朗诵诗选》，并获得了《解放军文艺》"1997—1998 双年度诗歌奖"。《酿酒的农妇》曾获《诗刊》举办的全国诗赛的二等奖，他也因此登上了人民大会堂颁奖典礼的领奖台。接着，他应邀参加了第十六届青春诗会……今天，他已经赫然进入中国优秀诗人方阵的前列了。

作为戎装在身的军人，他有治国安邦或者折冲樽俎的政治理想，对此我其实并不觉得意外。意外的是，他的报国之心中竟还有一曲清词、万缕诗情与绵延大爱，并将其赋予了河山家国与春花秋月。这就是铮铮铁骨与似水柔情了。

很荣幸，因为文学，我与他成了知音与挚友。随着几十年友谊的深入，我对他的了解更加全面。除了工作中的沉稳、严谨，文学上的执着、坚毅，生活中才情灼灼的起伦是一个这样的哥们儿：他心地善良柔软，为人真诚热情，重情重义。对当年提携过自己的老作家、老编辑王燕生、韩作荣、萧金鉴等人，他始终心怀感恩，生前去看望，身后去悼念。时至今日，他对已故老师们的家人，依旧以亲人之情帮之待之；对外地来拜访的乡亲、战友、同窗、文友，总是好吃好喝地接待，唯恐有半点怠慢；老家的人带话来，说村上要修路，他一次便捐出了八千元……

他还不遗余力帮助、提携、鼓励身边的文朋诗友，帮他们修改稿子，推荐稿子，甚至"拽着"他们前行。据我所知，多年前他为了鼓励一位有写作潜力的朋友，竟然将自己的诗作以朋友的名字发表在了杂志上。这位老弟知道后，感动得立马投身写作，如今果真佳作迭出，成果不俗，还与起伦成为意趣相投、豪情相通的铁杆文友。

正因为起伦的文学成就与人格魅力赢得了大家的信任和敬重，无论在当年的"6+0"诗歌群体里，还是在今天的"浏阳河西岸"诗歌沙龙中，他都是大家心中的灵魂人物和写作上的标杆。

扑面而来的岁月改变了许多东西，文学的篝火却一直在他心里燃烧。二十多年前，我读到了他最初的文学梦想；今天，我看到了他在文学原野挥旌奋进的姿势，仿佛挽弓射日之壮士。

这部《行走的姿势》，就是他人生行走、思想行走、文学行走的铿锵脚步，是他生命盛年的一往情深。

# 风烟望

# 无北归

初冬的阳光从书斋的窗外照进来，温暖而宁静。

在冬阳下，我手中的《唐诗一万首》就像一条穿越时空的捷径，直通历史的远山远水处。从山水那端，我看见了两度流寓湖湘的初唐诗人宋之问郁郁而行的身影，看到他正从一首首迁谪诗中向我们走来。

"马上逢寒食，愁中属暮春……故园肠断处，日夜柳条新"（《途中寒食》）；"魂随南翥鸟，泪尽北枝花"（《度大庾岭》）；"孤舟泛盈盈，江流日纵横"（《入泷州江》）；"同气有三人，分飞在此晨……谁怜散花萼，独赴日南春"（《留别之望舍弟》）……从宋之问这些凄凉和感伤的诗句里，我读到了迁客逐臣们刻骨的哀伤和愁苦。

宋之问（656—712），字延清，汾州（今山西汾阳）人。唐高宗上元二年（675）被朝廷取为进士，后因媚附武则天宠臣张易之，成为宫廷侍臣。唐中宗神龙元年（705），新登基的皇帝李显着手恢复李唐江山，宋之问因与张氏兄弟关系密切而遭清算，被贬往岭南泷州（今广东罗定）。以上诗作虽写山水景色，但皆"愁苦"万丈，是他初贬岭南时痛苦、凄惶内心的写照。

神龙二年（706），春夏之交的南国，绿树繁花。一纸官文，让宋之问从命运的谷底看到了希望。他遇赦了！

得旨北归还朝时，他创作了《初承恩旨言放归舟》，字里行间将他昨日屈辱被贬、今朝承恩遇赦的激动心情展现得纤毫毕现："一朝承凯泽，万里放归舟。去国云南滞，还乡水北流。泪迎今日喜，梦换昨宵愁。自向归魂说，炎方不可留。"

北归回朝之旅中，宋之问沿西江、桂江北上，经湖湘，过湘水，入荆楚，渡汉江，直向长安进发。其时他心情大好，越衡山时看棟树缤纷、蝶舞蜂飞，过湘水时观两岸江阔水漫、山影云霞。湘南的烟雨村路、楚北的湖湘重镇，在他眼中皆是山美水润之地，有着无限的好意。

这时，他笔下的景物人事都是喜悦的，就像这首《自湘元至潭州衡山县》所写的那样：

> 浮湘沿迅湍，逗浦凝远盼。
> 渐见江势阔，行嗟水流漫。
> 赤岸杂云霞，绿竹缘溪涧。
> 向背群山转，应接良景晏。
> 沓障连夜猿，平沙覆阳雁。
> 纷吾望阙客，归桡速已惯。
> 中道方溯洄，迟念自兹撰。
> 赖欣衡阳美，持以蠲忧患。

诗歌中，湍急的飞流、夹岸的青山，刻画的正是湘江衡阳段。其山清水秀的如画景色，与诗人"纷吾望阙客，归桡速已惯"中流露出的那种迫不及待地希望早日回朝侍君，重拾昔日荣耀的心境相契合，可谓山河安妥，心亦安妥。

中宗李显雅好诗文，还曾特设修文馆，广纳文学之士。北归后的宋之问与薛稷、杜审言等人被遴选为第一批修文馆直学士，成为当时著名的宫廷诗人。

唐中宗景龙四年（710），皇帝驾崩，韦后欲效仿武则天临朝称制。临淄王李隆基发动玄武门之变诛杀韦后，扶植其父李旦即位，是为唐睿宗。此后，宋之问又因曾依附韦后及武三思，被贬至岭南钦州。

这一次，他则是由中原直入荆楚，经湖湘入桂地的。据考证，宋之问此行曾由湖南径直南下，在桂州逗留了一年多，这期间有一趟短暂的出行，乃取道衡阳至韶州，再至南粤。

"诗人不幸，诗家幸。"在唐诗的皇皇巨卷中，除了征戍、行旅、离别等主题，迁谪诗也占了相当比例，且不乏巅峰之作。而与那些诗作一样，每一首迁谪诗背后，都有一段迁客逐臣的郁愤悲挫的故事。

宋之问的两次流贬之旅，与湖湘关联甚密。他在湖南境内写下了若干佳作，除了在九嶷山留下《舜祠》，还在第二次经湘赴贬地时创作了其贬谪诗的代表作《洞庭湖》：

地尽天水合，朝及洞庭湖。

初日当中涌，莫辨东西隅。

晶耀目何在，滢荧耿天吴。

张乐轩皇至，征苗夏禹徂。

楚臣悲落叶，尧女泣苍梧。

野积九江润，山通五岳图。

风恬鱼自跃，云夕雁相呼。

独此临泛漾，浩将人代殊。

永言洗氛浊，卒岁为清娱。

要使功成退，徒劳越大夫。

　　此诗像一幅开阔的长卷，将水色江天、浩瀚无边的洞庭湖，铺展在了人们眼前。诗人从黄帝、虞舜、夏禹、娥皇女英等与洞庭湖有关的历史人物，联想到屈原以及功成身退的范蠡，让整首诗显得气势壮大，想象奇特。在宋之问从前的馆阁生涯里，这样的诗是无论如何也难觅其踪的。

　　我想，是贬谪路上的千山流水，为其诗歌题材的开拓提供了条件；也因为湖湘山水润泽了诗人的行旅，才使得他笔下多了些自然气韵与拔草瞻风之明。

　　《晚泊湘江》则是宋之问第二次赴岭南经过湘江时所作，那种忧伤之情，可谓灌满了他的悲凉之笔："五岭恓惶客，三湘憔悴颜。况复秋雨霁，表里见衡山。路逐鹏南转，心依雁北还。唯余望乡泪，更染竹成斑。"

　　此诗真实地状写了诗人流离转徙，赶赴贬地的凄凉情形，是他留给古楚国的悲冷声音。今天读来，仿佛还能看见满脸风霜的他怀着无限憾恨，在高风悲旋的寂寂青山间一步一蹭、再度南行的身影。诗里蕴含着他坎坷仕途的苦痛，更有风雨晦暝中的思乡情怀。

此后，他在湖湘境内还创作了一首与向佛悟道有关的诗《自衡阳至韶州谒能禅师》，表达了他希望从佛教中寻求平静，忘却俗世宠辱的心愿。

然而谁都没有料到，历史再也没有给他北归的机会。

712 年，唐玄宗即位，宋之问被几尺白绫赐死，结束了其短暂且颇多争议的一生。

历史是有重量的，自有人心之秤去度量。

作为宫廷诗人，宋之问想在强权面前八面驭风，想通过诗歌为统治者歌功颂德，站稳自己的位置。然而现实是残酷的，在皇权面前显得无比卑微的他，还是被一次又一次地卷入了政治纷争旋涡中，并最终成为朝廷斗争的牺牲品。

宋之问多舛的命运是可悲的，也是值得同情的。

# 朝游洞庭上

像许多人一样，我也一直以为，古城巴陵的那座名楼是北宋庆历年间滕子京修建的。

有这样的印象，是因为范仲淹的《岳阳楼记》开篇就说了，"庆历四年春，滕子京谪守巴陵郡，越明年，政通人和，百废俱兴，乃重修岳阳楼，增其旧制，刻唐贤今人诗赋于其上"。也许是这篇闻名天下的文章太过于深入人心，让多年反复吟诵此文，品味作者忧乐观的我们忽略了"重修"的"重"字。

近日读汪曾祺先生的书，他提到岳阳楼为唐玄宗开元年间中书令张说所建，我这才注意到，这座名楼的历史来路更为遥远。而这样的发现，也让我回眸张说其人时有了新的视角。

张说（667—730），字道济、说之，祖籍范阳（今河北涿州），后迁至洛阳。张说一生历经四朝风雨，前后两次被贬，三次为相，是武则天到唐玄宗时期的重要政治人物和文坛领袖。其诗文情感率真质朴，可谓开了盛唐文坛风气之先。他与同朝为官的才子苏颋，被称为"燕许大手笔"，而有此称谓，是因为才华盖世的他们，曾分别被封燕国公、许国公。

张说十二岁时，其父卒于洪洞县丞任上，他由母亲冯氏抚养成人。武则天载初元年（690），张说应试科举，因"应诏对策为天下第一"，被授太子校书郎，迁左补阙，从此踏入宦海。

武则天时期，他的仕宦之路顺风顺水，三十出头参与《三教珠英》等大型图书的编撰，后因为修书之功被升迁为右史，兼知考功贡举事。三年后，大唐与突厥爆发战争，他随军开赴疆场，班师回朝后被拜为凤阁舍人，进入权力中枢，行走于皇帝跟前。

张说因为能文能武、才望兼具，先后得中宗、睿宗赏识。唐睿宗景云二年（711），张说以中书令身份入相，同时为相的还有姚崇、宋璟等人。姚、张二人因代表着文学派与吏治派两种不同类型的官僚，故而有着不同的政治品格，由此也产生了严重的分歧与水火不容的矛盾。

由于这种权力争斗，唐玄宗开元三年（715），张说从被贬的相州（今河南安阳）刺史、河北道按察使的位置上，再降职为岳州（今湖南岳阳）刺史。从庙堂的权力中心被发配到荆蛮之地，张说进入了政治生涯中的失意期。

在岳州三年，内心忧愤的张说却也获得了人生的另一种体验，他的文学创作进入了繁盛期。《唐诗纪事》说："（张说）既谪岳州，而诗益凄婉，人谓得江山之助。"公务之余，他喜欢与文朋诗友游洞庭、上君山，在山水湖光中与大自然融为一体。在这样的生命体验中，他写下了大量题材多样、体裁丰富的优秀诗歌作品，内容或叙事写景，或咏史抒怀，形式有五古、七古、五律、七绝，等等。后来，这些诗作被编辑成《岳阳集》，但遗憾的是，这本书最终在历史的洪流中散佚了，如今能见到的留存的"岳州诗"，只有五十多首。

张说来湘的这段经历，对其本人来说无疑是一段愁苦的历程，但湖南却因此至少得到了两方面的益处。

其一，因张说在初、盛唐之交文坛上领袖群伦的影响力，他身边形成了一个活跃的诗人、作家群。而随着张说南去巴陵，这个群体亦由长安移到了岳州，并为唐代湖湘诗歌创作带来了第一个高潮。这个过程约在开元三年至开元六年（715—718），与张说贬谪岳州的时间大致重合。这个群体里有南贬的官吏、地方文人、游历的迁客骚人，如北归长安的潭州刺史王熊、梁知微，广州都督萧培，南调衡阳的泽州刺史王琚，被贬到岳州任司马的姚绍之，被贬到岳州任县尹的赵冬曦、尹懋，等等。他们与张说泛舟洞庭、邕湖，畅游君山，宴集南楼，一同赋诗唱和，写下了大量反映湖湘民情风物，以及忧国忧民的诗歌。

作为地方官，张说更是入乡随俗，与岳州民众气息相通：五月初五，他去湖边观百姓的龙舟比赛；夏夜，他与当地人一样，在屋外摇着蒲扇纳凉，与人谈天说地；除夕，他与家人、本地杂役们一起喝酒、守岁。其间，他写下了《岳州观竞渡》《岳州夜坐》《岳州守岁》等诗篇，将岳州的气候、民间风俗，与自己的思绪交融在了一起。

张说及其诗歌群体为唐代湖湘诗歌创作掀起的这次高潮，对唐代乃至后代湖湘诗歌创作的影响是巨大的。此后，诗人们的目光开始注意到湖湘地区特有的民情风物，后人唱和之风亦由此开始盛行。

其二，开元四年（716），是张说来岳州后，最忙的一年。

这一年，他干了一件大事：张榜召集天下能工巧匠，在岳州西城门的谯楼（亦是三国时东吴谋士鲁肃的阅兵台）旧址上，修建了一座气势不凡的新楼，名曰"南楼"。竣工后，他经常与赵冬曦、尹懋等幕僚，以及不少文人墨客登楼观光、诗酒唱和。

后来，南楼亦被称为"岳阳楼"，它成就了滕子京、范仲淹以及巴陵古城不朽的盛名，成为"先忧后乐"思想的物质载体。这是张说给我们留下的一笔最宝贵的建筑文化财富。

被贬岳州后，张说的心境与所有被贬谪的官员一样，时刻梦想着重回长安，重返朝廷。然而现实是残酷的，他不得不在千里之外的洞庭湖畔，在苦闷中期待着这段日子的结束。

在此期间，他写下了"摇落长年叹，蹉跎远宦心"（《岳州九日宴道观西阁》），"夜梦云阙间，从容簪履列。朝游洞庭上，缅望京华绝"（《岳州作》），"空对忘忧酌，离忧不去心"（《对酒行·巴陵作》）等诗句，来表达被贬的失落，抒发自己的恋阙之情，流露着自己身处江湖却心系庙堂的情怀，以及对仕途理想永不褪色的执着精神。

开元五年（717）二月，在岳州刺史任上已过三年的张说终于等到了好消息：他被迁升为荆州大都督府长史。次月，他心情愉快地经华容，过石首，往荆州赴任。途中，他还游览了石门山、墨山，拜谒了禅堂观……

此后，张说东山再起，担任过河北节度使、兵部尚书、中书令等官职，因为颇有政绩，深得唐玄宗的关照和尊重。

开元十八年（730），张说病逝，唐玄宗亲自为他写下碑文，赐谥号"文贞"。

今天，张说建的岳阳楼还站在水天一色的洞庭湖东岸，注释着忧乐天下的涵义，也气度蔼然地给后人厘清着"谁建了岳阳楼"这个历史问题。

每次游历岳阳楼，当见到湖光山色间白云悠然时，我就会想：莫不是张公还在洞庭湖上拂袖而动？

# 诗有远意

作为盛唐时期最有影响的山水田园派诗人，孟浩然在中国文学史上有着重要的地位。

他的诗歌作品摆脱了初唐时期形成的应制和咏物的拘囿，更倾向于抒发个人抱负，表现田园逸情，且风格恬淡，意境清远，给其时的诗坛带来了一股清新的气象。

他一生曾三入湖湘，或干谒名士，或寻访旧友，或纵情于山光水色之间，留下了十余首意境清远、韵致流溢的"湖湘诗"，其中不乏气势干云的佳词妙句，被历代后学心记口诵，可谓"清诗句句尽堪传"。

孟浩然三次入湘，时间分别是唐玄宗开元四年（716）前后、开元九年（721）岁末、开元二十七年（739）秋天。从他的诗句中，我们可以追寻到他羁旅湖湘的时间顺序。

孟浩然第一次入湘，主要是为了干谒南贬岳州的丞相张说。因张说被贬岳州是开元三年到开元六年间的事，可见孟浩然入湘也在这段时间。这次，他先后到了汨罗、武陵、岳阳等地。

从他写下的《武陵泛舟》"武陵川路狭，前棹入花林……水回青嶂合，云渡绿溪阴"可以看出，他到武陵时正值夏秋。而《望洞庭湖上张丞相》，则描写了八月洞庭湖的浩瀚无际与博大气势，与自己渴望被人提携的心情：

> 八月湖水平，涵虚混太清。
> 气蒸云梦泽，波撼岳阳城。
> 欲济无舟楫，端居耻圣明。
> 坐观垂钓者，徒有羡鱼情。

二诗时令相接，可见他是先在武陵一带乐山乐水，再东往岳州拜高士、观烟波。

这次干谒，可以说是成功的：《唐诗纪事》卷二十三记载，孟浩然因被张说推荐，得到了唐玄宗的召见。

同为盛唐时期才华灼灼的著名诗人，张说、孟浩然惺惺相惜，一路上诗文唱和，相对甚欢。在《经七里滩》中，孟浩然这样写道："五岳追向子，三湘吊屈平。湖经洞庭阔，江入新安清。"从中我们可以知道，他这次湖湘之行还曾在汨罗江一带行足。翻阅孟浩然的诗集，我们还可以从《荆门上张丞相》等诗作中知道，他曾经有随张说从岳阳出发，北上湖北荆州的经历。

孟浩然第二次入湘，是为了寻访被贬岭南的友人袁瓘。

开元九年前，袁瓘以左拾遗之位被贬岭南。孟浩然在洛阳得知消息，思友心切的他随即南下，顺湘江自北而南，前往粤北寻访袁瓘。但当他千里迢迢、风尘仆仆到达袁瓘的被贬之地时，袁瓘早已经得到了赦免，并被授职为太祝，此时已踏上北归长安的旅途了。当年交通、通讯的不便，使得两位朋友失之交臂。

得知友人佳音，尚在旅途的孟浩然，写下了《南还舟中寄袁太祝》以及歌山咏水的《夜渡湘水》《晓入南山》《赠衡山糜明府》等诗作。查阅《新唐书·玄宗本纪》，在开元六年至开元十年的五年中，朝廷大赦天下，只有开元九年十一月一次。由此推算，孟浩然第二次来湖南，当是开元九年末了。这一次，他的足迹自北而南，又自南而北，纵贯湖南全境，是三次入湘行旅中行迹最远、费时最久的一次。

开元二十五年后，丞相张九龄被贬任荆州长史，孟浩然的好友宋鼎之推荐他担任了张九龄的幕僚。孟浩然与张九龄相处甚笃，二人一起登高望远，一起看冬雪春花。其间，他写下了《陪张丞相登嵩阳楼》《和张丞相春朝对雪》等诗作。

然而，这段日子十分短暂，开元二十八年（740）春天，张九龄"请拜扫南归"，五月却病故于他在曲江的私宅。而就在之前不久，孟浩然渐渐感到幕府生涯的无聊，萌生了归隐之心，故在开元二十七年的一袭秋风中离开荆州，开始了第三次湖南之旅。

这个秋天，他主要在洞庭湖畔游历。

在洞庭湖的湖光山色间，他又写了几首流传甚广的诗。《洞庭湖寄阎九》是为在长安结识的友人阎九所作，"洞庭秋正阔，余欲泛归船。莫辨荆吴地，唯余水共天"将洞庭湖水天一色之浩渺，纳入了寥寥几字之中。另一首《同曹三御史行泛湖归越》写道："秋入诗人兴，巴歌和者稀。泛湖同旅泊，吟会是思归。白简徒推荐，沧洲已拂衣。杳冥云海去，谁不羡鸿飞？"字里行间流露出的是"闲云野鹤终思归"之意。此间，他还有一首《湖中旅泊寄阎防》，也是为南贬广西梧州的阎九所写。

　　开元二十八年，孟浩然在故乡湖北襄阳接待了诗人王昌龄，并与之把酒论诗，宴饮甚欢。但此时孟浩然背上正生毒疮，据说是因为"食鲜"而导致的"疾动"，最终其因疮毒激发而病故，时年五十二岁。

　　作为诗人，孟浩然年轻时亦曾有过"用世之意"。四十岁那年，孟浩然应进士不第，曾经徘徊在求官与归隐的矛盾之中。后来，耿介不随的他选择了一生不仕，漫游于山水之间，而这也使得他在艺术上获得了极为开阔的视野，成为著名的诗人。

　　孟浩然的诗不事雕饰、即景会心，有超妙自得之趣。而其孤高如竹的个性，更是得到了时人的尊敬与倾慕。他与王维、李白、王昌龄、杜甫等大家交好，亦与宦海诗人张说、张九龄交往甚密，时有往来酬唱。其中，李白曾称颂他"高山安可仰，徒此揖清芬"（《赠孟浩然》），杜甫亦写下过"赋诗何必多，往往凌鲍谢"（《遣兴》）这样的句子，赞叹了他在诗歌上取得的成就。

# 春衣冷

在唐代诗人中，刘长卿算是与湖南渊源颇深的一位。他的足迹先后留驻在岳州（今岳阳）、衡阳、郴州、永州、长沙等地，可谓踏遍三湘四水。而旧时的潇湘胜迹，也在他众多的诗文中得以永存风华。

刘长卿，字文房，祖籍安徽，后迁居洛阳。关于他的生平一直没有明确考证，甚至《旧唐书》和《新唐书》皆无其传记。一般认为其生年在 710 至 725 年左右，卒于 786 至 791 年之间。也就是说，刘长卿经历了玄宗、肃宗、代宗和德宗四朝。

刘长卿少年时在嵩山读书，唐玄宗天宝年间登进士第，唐肃宗时期在苏州出任长洲尉、摄海盐令等职务。由于他"刚而犯上"，因而"多忤逆权门"，于唐肃宗至德三年（758）被贬至广东茂名。唐代宗大历五年（770），刘长卿出任转运使判官，知淮鄂岳转运留后。当时的岳州属于鄂岳观察使管辖，因此刘长卿往来湖南次数甚多，并在湖湘大地留下了许多优秀诗篇。

虽然无从查考他几次入湘的具体时间，但从这些诗歌中，可窥见他对湖湘山水人文的至深情怀。

在岳州，他登岳阳楼，游洞庭湖，与友人诗歌唱酬，写下了《斑竹》《湘妃》《岳阳馆中望洞庭湖》《酬李侍御登岳阳见寄》《九日岳阳待黄遂张涣》等十余首诗歌。在湖光山色与二妃遗冢前，他愁思滔滔，以《湘妃》一首寄怀："帝子不可见，秋风来暮思。婵娟湘江月，千载空蛾眉。"面对烟波浩渺的八百里大湖，他心底的思乡之情，亦如浪花泛起："长安邈千里，日夕怀双阙。已是洞庭人，犹看灞陵月……江皋见芳草，孤客心欲绝。"（《初至洞庭怀灞陵别业》）

《弄白鸥歌》则是托物言志之作："泛泛江上鸥，毛衣皓如雪。朝飞潇湘水，夜宿洞庭月。归客正夷犹，爱此沧江闲白鸥。"在岳州，他还留有"洞庭秋水阔，南望过衡峰。远客潇湘里，归人何处逢"的感慨。

后来，刘长卿来到长沙。

虽然他在长沙的行迹与前来的具体时间均难以考证，但从他在长沙写下的三十多首诗歌中，我们不难知道他与蔡侍御、魏万成、郭夏、辛京杲、李纾、张南史等人往来频繁，时而雪中相寻，时而在长沙馆中对雨，时而宴饮南亭，时而诗文赠别。

广交朋友的同时，他亦在长沙饱览了不少名山佳水，走访了多处历史遗迹。他一面拜谒长沙桓王墓，西渡湘江登岳麓山，从道林寺西行至麓山寺，访贾谊老宅，一面写下了《长沙过贾谊宅》《南楚怀古》等追古思今、托古抒怀的诗篇。

大历五年（770）四月，湖南兵马使臧玠发动兵变，潭州（今湖南长沙）刺史兼湖南都团练观察使崔瓘被杀。五月，辛京杲继任。刘长卿以转运使的身份为朝廷军需之事来湘，公务之余，他与辛京杲宴游唱和，二人关系密切，这从《晦日陪辛大夫宴南亭》《奉酬辛大夫喜湖南腊月连日降雪见示之作》等作品中可以看出。在离开湖南时，他还特别写了《湖南使还留辞辛大夫》诗以答谢辛京杲。

来到长沙的刘长卿除了观光、宴游，也记录了长沙的生活。"长沙积雨晦，深巷绝人幽。润上春衣冷，声连暮角愁。云横全楚地，树暗古湘洲。杳蔼江天外，空堂生百忧。"这首《长沙馆中与郭夏对雨》，写的正是长沙地区春天阴冷多雨、令人生忧的气候特点。特别值得一提的是，刘长卿在湖南留下了《湘中纪行十首》，即《湘妃庙》《斑竹岩》《洞阳山》《云母溪》《花石潭》《秋云岭》《赤沙湖》等。这些诗都是以三字为题，以五言为咏，描绘了湖湘山水与人文风光，记录了他在湘地的见闻、行踪。

同样，他到达永州、郴州、衡阳的具体行踪与时间也难以确考，只能从他留下的十多首湘南诗中看出个大概。

在道州（今湖南道县），他曾经去拜访道州刺史裴虬，但遗憾的是裴虬当时刚好不在家，他便以《春过裴虬郊园》写园内景物，表达见友人不遇的遗憾。他在道州时，正逢原道州刺史、时任容州（今广西北流）刺史的诗人元结在家乡丁母忧，他前去拜访后写下了《赠元容州》一诗，以"避世歌芝草，休官醉菊花。旧游如梦里，此别是天涯"几句话，描述了元结休官闲居的生活情景。

此时他的其他诗作，如《桂阳西州晚泊古桥村主人》《赠湘南渔父》《送道标上人归南岳》等等，或描绘了湘南一带的山水特色，或表达了对友人远行的感伤。虽然刘长卿离开湖南的时间，以及来湘的次数均因为史料的缺乏而无从考证，这些"湖湘诗"却可以成为他入湘游历的最好见证。

大历八年到十二年（773—777）间，担任转运使之职的刘长卿因反对地方藩镇侵夺转输朝廷的钱物，得罪了顶头上司、时任鄂岳观察使的吴仲孺，被吴以"犯赃三千万贯"的罪名论罪下狱，囚于姑苏（今江苏苏州）。后来，监察御史苗丕审理此案，刘长卿得以减轻罪责，被贬为睦州（今浙江建德）司马。这段时间，他与严维、黄甫曾、秦系、章八元等诗人来往甚多，经常以诗歌唱和。

大约在唐德宗建中元年（780），朝廷重新起用了一批在代宗时期被贬的官吏，刘长卿因此升任了随州（今湖北随州）刺史。

唐德宗贞元初年，刘长卿去世。他身后留有《刘随州集》十一卷，其诗多写贬谪之旅"春衣也冷"的感慨，也有隐逸山水的闲情。

# 苦心诗

872 年的深秋，一位年轻的寒士告别庐山的满山秋色，来到了湖南境内，开始了他干谒生涯的潇湘之旅。

此人就是晚唐著名诗人杜荀鹤。

学以入仕，是唐代士子的最大理想。而所谓干谒，指的是士子为了科举入仕而游历各地，拜访当地的文坛名家、宦海权贵，以求得到提携与帮助。此风在晚唐尤烈，因当时的人才选拔制度允许权贵引荐，一个人一旦有了权贵之荐，仕途往往通达顺畅。一时间，科场请托之风尘嚣一片。

杜荀鹤（846—904），字彦之，池州石埭（今安徽石台）人，出身于"三族不当路，长年犹布衣"的一个无权无势的地主家庭，自幼在庐山、九华山隐居向学十年（唐代私学教育的一大特色，就是隐居山寺苦读），曾数次赴长安应考，结果都不第还山。作为一介尚未出名的寒士，他不得不于唐懿宗咸通十一年（870）踏上长达二十年的干谒之路，以期遇到贵人，疏通入仕之途。

杜荀鹤第一次入湘，是咸通十三年（872）。

从《杜荀鹤文集》中《将游湖湘有作》一诗可知，此行是他干谒生涯中拜访官员比较集中的一次。他先后游历了湘潭、长沙、衡阳，拜访了三地刺史。

杜荀鹤第一站到了湘潭。因为自小在佛教圣地九华山、庐山求学，对寺庙有着特殊感情的他，每到一地必访名山古刹。在湘潭唐兴寺，他写下《霁后登唐兴寺水阁》："一雨三秋色，萧条古寺间。无端登水阁，有处似家山。白日生新事，何时得暂闲。将知老僧意，未必恋松关。"这首诗抒发了他的羁旅忧愁与思乡之情，也表达了他不知何时可以过悠闲生活的感叹。

在湘潭短暂停留后，他来到此次干谒的主要目的地潭州（今湖南长沙）。这一次，他叩开了潭州刺史王凝的府门，并写下了《献长沙王侍郎》一诗。诗中，他对这位王大人多有溢美之词。

然而，王凝并没有助他一臂之力，反倒让他感受到了世态的炎凉、人生的挫折，这让他转而写下了一首《湘中秋日呈所知》。诗中说"四海无寸土，一生惟苦吟。虚垂异乡泪，不滴别人心。雨色凋湘树，滩声下塞禽。求归归未得，不是掷光阴"，表达的是才华无人赏识，前途渺渺却又心有不甘的心境。

离开长沙，他一路往南到达衡州（今湖南衡阳），拜见了衡州牧（刺史）李延泽。但从他的《别衡州牧》中，我们可以了解到，此次拜访亦让他充满失望。他写道："朝别使君门，暮投江上村。从来无旧分，临去望何恩？"在这首诗里，他将干谒之路的辛酸，以及自己鹤鸣于野、无法一展雄才伟抱的抑郁心态都尽情地表露了出来。

不久，他满怀惆怅地离开了湖南。

唐僖宗乾符二年（875），他又参加了一次科举考试，依然不得高中。这次他更深刻地意识到，若无权场政要举荐，纵然再有才华，也很难在晚唐黑暗的科场出人头地。

因此，他于乾符三年（876）冬末再次入湘，继续为自己进入仕途寻找出路。乾符元年至乾符三年（874—876），裴瓒任湖南观察史兼潭州刺史，杜荀鹤先以诗歌《冬末投长沙裴侍郎》投石问路，但并没有表明此行真意。后来，他又在《投长沙裴侍郎》中直奔主题："此身虽贱道长存，非谒朱门谒孔门。只望至公将卷读，不求朝士致书论。垂纶雨结渔乡思，吹木风传雁夜魂。男子受恩须有地，平生不受等闲恩。"希望裴大人帮助自己在宦海一展大志。

第二次入湘时，杜荀鹤已过而立之年。但此时的他在仕途上依然毫无建树，心里因此结下了郁郁不化的忧伤。为了排遣愁绪，他苦中作乐，一路游历潇湘美景。他在《冬末同友人泛潇湘》中写道："残腊泛舟何处好，最多吟兴是潇湘。就船买得鱼偏美，踏雪沽来酒倍香。猿到夜深啼岳麓，雁知春近别衡阳。与君剩采江山景，裁取新诗入帝乡。"在长沙，他到了道林寺，有《题道林寺》云："身未立间终日苦，身当立后几年荣。万般不及僧无事，共水将山过一生。"

从这些文字可以看出，历经世事沧桑后的杜荀鹤对自己孜孜以求的入仕理想产生了怀疑，有了隐居山林、逃避现实的想法。

离开长沙后，他南行到了永州境内，有《冬末自长沙游桂岭献所知》一诗为证："家隔重湖归未期，更堪南去别深知。前程笑到山多处，上马愁逢岁尽时。四海内无容足地，一生中有苦心诗。朱门只见朱门事，独把孤寒问阿谁。"清嘉庆年间《清统一志·永州府》提到："桂岭，在宁远县西五里，古有桂丹，因为乡名……"由此可见，杜荀鹤的足迹曾经南及苍梧，一路愁思攒动，他只能以诗排遣。

南游结束后，回到故乡的杜荀鹤目睹家乡民不聊生的社会现状，内心悲愤不平。他决定再一次北上京城谋求功名，以求施展才华，解救生灵。唐昭宗大顺二年（891），他再次参加科举考试，得朱温之助，终于进士登第。然而此时黄巢起义军气势甚锐，唐朝的国运已经快到头了。杜荀鹤得第后次年，动乱的政局让他不得不"复还旧山"。

此时，年过不惑的他自称"九华山叟"，过起了一段山林隐居的生活。至于他后来的行踪，资料上是这样记载的："宣州（今安徽宣城）的田頵（宣州刺史）很重视他，用为从事。唐昭宗天复三年（903），田頵起兵反叛杨行密，派他到大梁与朱温联络。田頵败死后，他又得到了朱温的表荐，被授翰林学士、主客员外郎。然此时他却因身患重疾，旬日而卒。"

杜荀鹤才华横溢，仕途坎坷，一生虽终未酬仕途之志，但在诗坛却享有盛名。杜荀鹤的诗以七言律绝见长，善于把律诗的音律对偶和浅近通俗的语音结合起来，语言通俗，风格清新，平易质朴，被后人称之为"杜荀鹤体"。

他的《自江西归九华有感》《题所居村舍》和《山中寡妇》等诗篇揭露了晚唐朝廷势穷力绌、政治昏暗、军阀混战、酷吏残忍、民不聊生的现状，反映了民间的疾苦与呼声，也表现出了他心怀天下的悲悯器识。

# 系舟岳阳城下树

黄昏时，我独自沿着大水汤汤的洞庭湖东岸散步。

眼前，洞庭湖的湖面上，舟船渔火，水色无涯；身后，岳阳楼的飞檐上，淡月隐隐，倦鸟暮归。

此情此景不由得让我想起了欧阳修的名作《晚泊岳阳》："卧闻岳阳城里钟，系舟岳阳城下树。正见空江明月来，云水苍茫失江路。夜深江月弄清辉，水上人歌月下归。一阕声长听不尽，轻舟短楫去如飞。"

面对同样的空江云水，我仿佛也来到了千年前的北宋，陪伴着欧阳修观赏巴陵郡的炊烟与灯火，聆听洞庭湖的渔歌与长风。而我亦想从景色壮丽的岳阳楼下出发，寻访他与湘楚大地曾经有过的千丝万缕的联系。

欧阳修（1007—1072），字永叔，号醉翁、六一居士，吉州庐陵（今江西永丰）人，北宋著名文学家、政治家。

欧阳修幼年丧父，由寡居的母亲带大。宋仁宗天圣八年（1030），他进士及第，入西京留守钱惟演幕府，迈出了宦海生涯的第一步。此后，他官至枢密副使、参知政事，先后知扬州、滁州、颍州、亳州、开封府等地，还曾奉诏出使契丹，亦曾因范仲淹"朋党罪"牵连，被贬夷陵县令。

宋仁宗嘉祐二年（1057），主持进士考试的欧阳修一扫宋初形式精美、内容空洞的"西昆体"，转而提倡平实的文风，为北宋诗文风气的转变提供了一大契机，因此也成为当时诗文革新运动的领袖。嘉祐五年（1060），欧阳修还与宋祁一同编纂了《新唐书》。

纵观欧阳修的一生，他留下了诗文逾千篇，有《欧阳文忠公集》《新五代史》等传世，所著《六一诗话》为最早以"诗话"命名的论诗著作。

欧阳修的散文畅达自然，诗歌高古妍雅，词承南唐诸家，颇为婉丽。作为"唐宋八大家"之一，他以政治上的直言、文化上的创新闻名于世，对中国文化史有着深刻的影响。

欧阳修一生未在湖南为官，从史籍中也难查考其在湘的详细行踪，但从《晚泊岳阳》中可以肯定，他的足迹是到过湘北地区的，"系舟岳阳城下树"也是有可能的。

而从他的《永州万石亭》《智蟾上人游南岳》《送廖八下第归衡阳》等诗歌中的"青山入楚路，白水望湖田""自言秦陇水，能断楚人肠……何如伴征雁，日日向衡阳"等诗句可知，他与湘人、湘土渊源颇深。

事实上，欧阳修的文学与政治生涯，甚至其家世一脉，的确与湖南是休戚相关的。

作为北宋名臣，欧阳修的入仕之路，与曾任工部郎中、翰林学士的潭州（今湖南长沙）人胥偃有很大关系。欧阳修四岁时，父亲欧阳观病故。因家道中落，母亲郑氏只能带着他从四川绵州投奔其叔父——时任随州（今湖北随州）推官的欧阳晔。少年时代，欧阳修勤勉好学，以荻草为笔，在沙地练字习画，留下了著名的"荻画学书"的故事。

天圣六年（1028），二十一岁的欧阳修携带文章拜访胥偃，对方赏识其才华，将其置于门下，并携之入京。这段经历帮助欧阳修开阔了眼界，增长了见识，终于两年后进士及第，任西京（今河南洛阳）留守推官。次年，爱才心切的胥偃还将爱女嫁与了欧阳修。

婚后，夫唱妻随，情深意笃。然宋仁宗明道二年（1033），欧阳修十七岁的妻子为他生下儿子还不足一月，就不幸病故了。后来，欧阳修在《胥氏夫人墓志铭》中以哀辞深情叙述了胥公的关爱之情和自己的亡妻之痛。他这样说道："公以文章取高第，以清节为时名臣，为人沈厚周密……胥女既贤，又习安所见……"

湘人廖倚，与欧阳修相交三十年，《送廖八下第归衡阳》即欧阳修为廖倚所写。廖倚之兄廖翱乃衡山学者，不仅诗名甚高，且德名甚彰，好与贤士交游，但与欧阳修却从未晤面。

然而，当欧阳修在治经中力辟伪学邪言，遭群儒非议时，唯独廖翱写下《洪范论》，对其观点大加赞赏。这样的举动令欧阳修十分感动，他说："廖翱与我素不相识，意见却与我相合，这说明'今之世，固有不求而同者矣，亦何待于数千岁？'"嘉祐六年（1061），廖翱英年早逝，其家人将他的一百多篇遗文结集成书，欧阳修主动为其撰写了《廖氏文集序》。

欧阳修三十八岁时，任太常丞、知谏院。这年恰逢湘南一带爆发瑶民造反事件，朝廷派官兵镇压，一时腥风血雨。而欧阳修却先后上了《论讨蛮贼任人不一扎子》《论湖南蛮贼可招不可杀扎子》《再论湖南蛮贼宜早招降扎子》三道疏文力谏劝阻，言明征讨杀伐之害："以臣思之，莫若罢兵曲赦，示信推恩，庶几招之可使听……莫瑶之类，使安耕织，而岁输皮粟，得为平民，乃彼大幸。"后朝廷纳其谏，改以招抚政策应对。

欧阳修在政事上的睿智，缓解了北宋朝廷与少数民族间的矛盾，客观上为湘民们做了一桩善事。

在欧阳修自己纂修的《欧阳氏谱图》与《新唐书》中记载，潭州为其先祖长期世居之地。其祖上欧阳质自冀州渤海一带南下潭州，自西晋至中唐已有十七代人世居于此。欧阳修在追溯家世起源的文章中，称潭州为祖居故地，自己则是唐太子率更令欧阳询之后裔。

湖南这一方山水，养育了欧氏一脉，如今的湖南境内还聚居着不少欧阳修后人。据称平江那一支，就是欧阳修次子欧阳奕之后。

今时今日，我站在岳阳楼下，像文化的朝圣者，思量着庆历年间，滕子京在巴陵郡，做的两件名震今古的大事：其一是重修岳阳楼，请范仲淹写下千古名文《岳阳楼记》；其二是在岳阳西门到金鸡山之间，修筑了一条长千尺、高三十尺、厚三尺的偃虹堤，以绝水患。堤防选址、设计经过了周密的考证，可谓惠民利民。

堤成后，滕子京派人请欧阳修为之作记。他与范仲淹一样，在阅其图、览其书、问其情后，挥笔写下了《岳阳楼记》的姊妹篇《偃虹堤记》，在文中高度肯定了滕太守为民所谋的忧民精神，被认为是我国古代少有的颂扬民生工程建设的绝作。其中"事不患于不成，而患于易废""不苟一时之誉，思为利于无穷"的论断，与告诫后来者应爱护先人成业的文句，犹如金玉良言，让后人得到了有益的启迪。

今天，我在两篇名文与一座名楼的光芒里，看到了欧阳修先生与其他先贤们的背影。